Christoph Spielberg
Hundertundeine Nacht

SERIE PIPER

Zu diesem Buch

Hundertundeinen Tag war Celine mit einem humanitären Hilfstransport im Irak, endlich kehrt sie zurück – in einem Sarg. Dr. Felix Hoffmann, Arzt an der Humana-Klinik, kann die offizielle Erklärung aus Bagdad, seine langjährige Lebensgefährtin sei bei einem selbstmörderischen Bombenattentat umgekommen, nicht akzeptieren. Das paßt absolut nicht zu seiner pazifistischen Freundin! Private Kanäle im Irak stützen allerdings die offizielle Version, und das Auswärtige Amt mauert bei weiteren Nachfragen ebenso wie die irakische Botschaft. Wem kann Felix bei seinen Nachforschungen überhaupt noch trauen? Plötzlich interessieren sich nicht nur der deutsche Verfassungsschutz und der irakische Geheimdienst, sondern auch die CIA für den kleinen Klinikarzt. Fast zu spät erkennt er, daß er in ein internationales Katz-und-Maus-Spiel geraten ist, in dem es vor dem Hintergrund des drohenden Angriffs der USA auf den Irak um weit mehr geht als um seine verschwundene Freundin …

Christoph Spielberg, 1947 in Berlin geboren, ist Facharzt für Innere Medizin und Herzspezialist. Er war Oberarzt in einem Berliner Klinikum, dann niedergelassener Kardiologe in Potsdam. Heute ist er freiberuflich tätig und lebt abwechselnd in Berlin und in den USA. 2001 veröffentlichte er seinen ersten Krimi mit Dr. Felix Hoffmann: »Die russische Spende«, ausgezeichnet mit dem Friedrich-Glauser-Preis für das beste Debüt. 2002 erschien der zweite Dr. Hoffmann-Krimi: »Denn wer zuletzt stirbt«. 2003 wurde Christoph Spielberg für den Agatha-Christie-Preis nominiert.

Christoph Spielberg
Hundertundeine Nacht

Roman

Piper München Zürich

Von Christoph Spielberg liegen in der Serie Piper vor:
Die russische Spende (3438)
Denn wer zuletzt stirbt (3718)
Hundertundeine Nacht (4000)

Originalausgabe
November 2003

Umschlag/Bildredaktion: Büro Hamburg
Isabel Bünermann, Julia Martinez/
Charlotte Wippermann, Kathrin Hilse
Foto Umschlagvorderseite: Peter Ginter, Bilderberg
Foto Umschlagrückseite: Cordula Groth
Satz: EDV-Fotosatz Huber/Verlagsservice Pfeifer, Germering
Druck und Bindung: Clausen & Bosse, Leck
Printed in Germany ISBN 3-492-24000-3

www.piper.de

Memo

Von: Auswärtiges Amt der Bundesrepublik Deutschland, StS von Schmöllendorf

An: Botschaft der Bundesrepublik Deutschland Amman, Königreich Jordanien, Referat Irak, Geschäftsträger a.i. LR Drebner.

Betreff: Ihr nächster Gesprächstermin im Außenministerium der Republik Irak

1. Betreff Absage Besuch Wirtschaftsdelegation: Auch wenn der geplante Besuch einer hochrangigen Wirtschaftsdelegation aus der BRD wegen der aktuellen Lage und aus Rücksicht auf die USA vorerst abgesagt werden muß, ist BRD unverändert an wirtschaftlichen Kontakten zur Republik Irak und deren Intensivierung interessiert. Dies muß insbesondere gegenüber den Technokraten und örtlichen Fabrikleitern, von denen anzunehmen ist, daß sie auch nach einem evtl. Regimewechsel unsere Gesprächspartner bleiben, unmißverständlich zum Ausdruck gebracht werden.

Hermes-Bürgschaften ebenfalls mit Rücksicht auf USA z.Zt. nicht möglich, Lösungsmöglichkeiten in Zusammenarbeit mit deutschen Großbanken in Arbeit.

2. Betreff deutsche Staatsbürgerin Celine Ulrike Bergkamp: Es ist gegenüber den irakischen Behörden mit Nachdruck darauf hinzuweisen, daß Frau Bergkamp nicht im Auftrag der BRD in die Republik Irak gereist ist, Aufenthalt und Aktivitäten Frau Bergkamp im Irak rein privater Natur. Es liegt nicht im Interesse der BRD, daß der Fall Bergkamp die Beziehungen BRD/Irak belastet.

3. Betreff Kurdenproblematik: Die BRD betrachtet Verhältnis der Regierung Irak zur irakisch-kurdischen Bevölkerung als interne Angelegenheit der Republik Irak. Einmischung in innere Angelegenheiten anderer Staaten entspricht nicht der Politik der BRD. Duldung oder Asyl von Kurden aus dem Irak in der BRD erfolgt aus humanitären, nicht politischen Gründen. Noch einmal darauf hinweisen, daß Regierung der BRD auf Berichterstattung in deutscher Presse keinen Einfluß hat.

4. Die Position der Regierung der BRD zu den amerikanischen Drohungen gegenüber der Republik Irak ist bekannt.

Mail

(Der hier vorliegende Ausdruck dieser abgehörten Nachricht ist mit dem Stempelaufdruck »SECRET SPOKE« einer der niedrigen Geheimhaltungsklassen für NSA-Dokumente zugeordnet.)

From: NSA Bad Aibling, Germany
To: NSA Headquarters, Fort Meade, Maryland

Report 22-49876-451
Source: ECHELON
Technique: MEMEX
Original language: Arabic

Von: Ministerium für auswärtige Angelegenheiten der Republik Irak, Bagdad
An: Nasif Hamdai, Geschäftsträger, Botschaft der Republik Irak, Berlin, Deutschland.

Betreff: Sendung aus Damaskus. Flughafen Berlin-Tegel, Flug LH 1600 aus Frankfurt, Eintreffen Mittwoch, 17:05 Uhr (Ortszeit).

Aufgabe: Feststellung, ob Sendung eintrifft. Wer Sendung entgegennimmt. Verbleib der Sendung. Bericht unverzüglich.

Analyse / Bewertung NSA: folgt

1

Als Celine endlich aus Bagdad zurückkam, waren wir hundertundeinen Tag getrennt gewesen. Und hundertundeine Nacht. Nicht, daß wir sonst all diese Nächte zusammen verbracht hätten, dazu waren wir schon zu lange ein Paar. Aber hundertundein Tage bedeuteten vierzehn Samstage, an denen wir nicht das Wochenende mit einem Frühstück zu zweit eingeleitet hatten, und vierzehn Sonntagabende ohne den Spaß des gemeinsamen Kochens. In diesen hundertundein Tagen war aus anfänglichen guten Wünschen banges Warten geworden, seit zwei Wochen schließlich schreckliche Gewißheit. Deshalb war mir Celines Rückkehr aus dem Irak jetzt irgendwie gleichgültig. Natürlich fuhr ich trotzdem zum Flughafen.

Flug LH 1600 aus Frankfurt landete um 17 Uhr 11 mit sechs Minuten Verspätung auf der Landebahn 08. Ein kurzer Kippler nach rechts, vom Autopiloten sofort ausgeglichen, dann wirbelte die kleine Wolke aus Gummi und Staub auf, als das Fahrwerk Bodenkontakt bekam. Wenn nicht selbst an Bord, halte auch ich Fliegen für die sicherste Sache der Welt, und Celine war ohnehin immer gerne geflogen.

Celines Eltern standen am Gate 12 und starrten auf das Flugfeld – eine kleine Frau, die sich an ihrer Handtasche festhielt, daneben der Vater, Augen geradeaus, in fast militärisch stoischer Haltung. Kaum zu glauben, daß die beiden gerade gut zehn Jahre älter als ich waren! Ich hatte sie nur kurz gegrüßt und mich dann abseits gehalten. Schließlich war es ihre Tochter, die nach fast einem halben Jahr endlich zurückkehrte, schon vor Tagen waren sie nach Berlin gekommen und hatten hier gewartet. Während die Maschine jetzt langsam ausrollte, tauchte ein offiziell wirkender Mann bei den Eltern auf, schien ihnen etwas zu erklären und nahm sie dann mit, fort aus meinem Blickfeld.

Ich hatte mich zu Celines Empfang nicht besonders herausgeputzt, mein legerer Aufzug würde Celine genauso wenig stören wie die fehlenden Blumen. Eher könnten die Leute vom Bundesgrenzschutz irritiert sein, junge Männer, kaum der Pubertät entwachsen. Mit ihren schußbereiten Maschinenpistolen bevölkerten sie das gesamte Terminal, musterten mich mißtrauisch nach der unter meinem Wintermantel versteckten Handgranate oder Boden-Luft-Rakete. Mit den täglich schärferen Tönen aus Washington und dem jüngsten al-Qaida-Drohvideo war die Situation auf dem Flughafen merklich angespannt, die Sicherheitsvorkehrungen noch einmal verstärkt worden.

Während die ersten eiligen Passagiere aus Frankfurt, die Geschäftsleute mit ihren Aktentaschen und dem Parkticket vom Morgen, schon zum Parkdeck eilten, beobachtete ich, wie eine Ebene tiefer das Gepäck über ein Förderband aus dem Bauch der Maschine kam. Koffer natürlich, ein paar Kinderwagen, dazwischen ein Surfbrett und zum Schluß zwei Paar Ski. Dann wurde das Förderband weggeschafft, ein Gabelstapler nahm seinen Platz ein und fuhr die Hebearme auf die Höhe der Gepäckklappe aus. Vorsichtig plazierten die Transportarbeiter den Zinksarg, ebenso vorsichtig ließ ihn der Mann im Gabelstapler hinunter. Jetzt sah ich auch Celines Eltern wieder, stumm standen sie dort unten neben dem großen Flugzeug, etwas hinter ihnen der Mann, der sie eben im Empfangsbereich abgeholt hatte.

Der Gabelstapler setzte behutsam zurück, beschrieb eine kleine Kurve und verschwand mit seiner Last unter dem Terminal. Mit schweren Schritten folgten ihm die beiden so schnell gealterten Leute. Ihre Tochter war heimgekehrt.

Im Flughafen Berlin-Tegel wird die Luftfracht direkt unter dem Passagierterminal abgefertigt. Wahrscheinlich öffnete der Zoll gerade den Sarg, zur Kontrolle, daß keine Drogen oder Giftgasampullen auf diesem Weg nach Deutschland eingeschleust würden. Die Zeiten von Särgen als Transportmittel für derlei Dinge sind zwar lange vorbei, aber vielleicht rechnet unser Zoll mit ein paar Nostalgikern unter Bagdads Drogenbaronen.

Ich ging zu meinem Wagen und ließ Celines Eltern allein mit ihrem Schmerz. Sie hatten deutlich gemacht, daß der Empfang des Sarges ihre Sache war, Dr. Hoffmann dabei unerwünscht. Wahrscheinlich gaben sie mir die Schuld an Celines Ausflug nach Bagdad und an seinem tödlichen Ausgang. Zu Unrecht, die ganze Sache war allein Celines Idee gewesen. Aber das war nun egal.

Ich kannte diese Leute ohnehin kaum. Einmal hatte ich Celine ins elterliche Reihenhaus in Hamburg-Bergedorf begleitet, zu einem Weihnachtsfest, das in einem Riesenkrach zwischen Eltern und Tochter endete.

»Und warum heiratet dich dieser Doktor dann nicht?« war es zu mir nach oben gedrungen, wo ich gerade das Präsent für Celine in ökologisch absolut inakzeptables goldenes Geschenkpapier einwickelte. »Du mußt sehen, daß du endlich mal dein Leben ordnest.«

Das kam von Leuten, deren Lebenshöhepunkt darin bestand, daß Gudrun Ensslin angeblich einmal bei ihnen übernachtet hatte!

»Dieser Doktor heiratet mich genauso wenig, wie ich diesen Doktor heiraten werde!«

Auf Wunsch von Celine packten wir noch vor dem Frühstück unsere Sachen und verschwanden zurück nach Berlin.

Nur noch ein weiteres Mal traf ich die beiden, vor zwei Jahren, bei der Beerdigung von Celines Lieblingsonkel Kurt – oder Fritz.

Auf dem Parkplatz des Flughafen Tegel spendierte ich dem Automaten die gewünschten drei Euro, winkte der Überwachungskamera freundlich zu und sortierte mich auf die Stadtautobahn. Die Klinik würde mich heute nicht mehr sehen. Ich würde mir zu Hause einen schönen Mozart auflegen, etwas Heiteres. Vielleicht die Violinkonzerte oder Così fan tutte. Trauer ist schon traurig genug.

Spiegel Online, 28. Februar

Mißbrauch in Flüchtlingslagern: Ein Stück Seife als Belohnung für Kindersex

Jahrelang sollen Mitglieder von Hilfsorganisationen und Blauhelm-Soldaten in westafrikanischen Flüchtlingslagern Kinder mißbraucht haben. Uno-Generalsekretär Kofi Annan hat eine harte Bestrafung der Schuldigen versprochen, und das Hilfswerk der Vereinten Nationen hat einen Plan erarbeitet, wie die Ausbeutung gestoppt werden kann.

Spiegel Online, 9. Dezember

Deutsches Rotes Kreuz: Millionen in die eigene Tasche gewirtschaftet?

Das DRK soll seit Jahren Überschüsse in Millionenhöhe zweckentfremdet haben. Unter anderem soll das DRK in NRW mit Spendengeldern dubiose Grundstückskäufe getätigt haben. Das hat das ARD-Fernsehmagazin »Kontraste« und der Ostdeutsche Rundfunk Brandenburg (ORB) recherchiert.

Spiegel Online, 10. Dezember

Deutsches Rotes Kreuz: Spenden, Drinks und Rock'n'roll

Der Bernauer Kreisverband des Deutschen Roten Kreuzes hat offenbar munter Gelder zweckentfremdet und damit eine Diskothek mit angeschlossenem Solarium gebaut. Der DRK-Präsident Knut Ipsen schließt nicht aus, daß auch in anderen Kreisverbänden ähnlich krumme Geschäfte abgelaufen sind.

2

Es wurde nichts mit Mozart und mir. Kaum hatte ich aus meiner ständig wachsenden Kollektion von Fernbedienungen die für den CD-Spieler gefunden, nachdem erst das Radio mich angebrüllt und dann der Fernseher losgegangen war, standen zwei ordentlich gekleidete Herren vor der Tür. Ob sie mich wohl ein paar Minuten sprechen könnten? Ich erklärte ihnen, daß ich mein Fernsehprogramm jede Woche kostenlos bei Tchibo mitnähme, für Zeitungen oder Zeitschriften keine Zeit und auf Spenden oder eine neue Religion keine Lust hätte.

»Und bei der GEZ habe ich mich schon vor einem Jahr angemeldet!« ergänzte ich.

»Wir sind nicht von der GEZ. Wir hätten Ihnen gerne ein paar Fragen zu Frau Celine Bergkamp gestellt, wenn Sie nichts dagegen haben.«

Dabei hielt mir jeder eine Plastikkarte mit seinem Konterfei unter die Nase, aber das machte mich erst recht mißtrauisch. Denn eigentlich war ich an diesem Abend nicht unfroh über irgendeinen Besuch und hätte die beiden wahrscheinlich einfach eingelassen, hätten sie nicht so bedeutungsvoll mit ihren Plastikkarten gewedelt.

»Wen kann ich anrufen, wo kann man mir Ihre Legitimation bestätigen?«

»Kein Problem. Wählen Sie 226 570, und fragen Sie nach dem Diensthabenden. Dort wird man uns legitimieren.«

Ich bin im Grunde ziemlich gutgläubig, vielleicht hing meine Reaktion mit Celine und dem Sarg zusammen.

»Mir wäre es lieber, sie gäben mir den Namen ihrer Behörde. Dann suche ich mir die Nummer selbst aus dem Telefonbuch heraus.«

Nach einigem Blättern fand ich es: Bundesamt für Verfassungsschutz, Außenstelle Berlin, Mauerstraße 34–38, 10117 Berlin. Telefon 226 570 stimmte. Irgendwie fand ich es auch wieder tröstlich, in einem Staat zu leben, dessen Geheimdienst im Telefonbuch steht. Ich nahm mir vor, demnächst zu schauen, ob die Leute auch eine Homepage betrieben, zum Beispiel mit den Fotos aller Mitarbeiter, oder wenigstens das Foto des »Mitarbeiters des Monats«. Jedenfalls wurde mir unter der Telefonnummer 226 570 versichert, daß die Herren Jablonske und Waldeck in offiziellem Auftrag kämen und die Bundesrepublik Deutschland meine Kooperation zu schätzen wisse.

Mir gegenüber hatte diese Bundesrepublik Deutschland bei meinen Nachforschungen zu Celines Verschwinden keine übermäßige Kooperation gezeigt, aber ich war interessiert, was die Herren aus der Mauerstraße 34–38 wollten oder mir mitzuteilen hätten.

Sie standen noch immer im Hausflur, direkt vor meinem Türaufkleber mit den zwei dicknasigen Polizisten und der Aufschrift: »Wir müssen leider draußen bleiben.« Den hatte Celine dort einmal angeklebt, und nach meinen Erfahrungen mit Hauptkommissar Czarnowske letztes Jahr war er da geblieben.

Endlich eingelassen, schauten sich Jablonske und Waldeck mit mehr als professioneller Neugier um. Ich kannte das schon, mein Hauswart hatte es einmal so ausgedrückt: »Ist doch interessant, mal zu sehen, wie ein Arzt so wohnt« – und war sicher ebenso enttäuscht gewesen wie jetzt die Herren vom Verfassungsschutz. Was stellen sich die Leute vor? Einen heimlichen OP in der Küche? Einen Sack voll Drogen in jeder Ecke? Vergoldete Wasserhähne?

Jablonske zog erst einmal ein Papiertaschentuch hervor, schnaubte sich ausführlich und murmelte entschuldigend »Stirnhöhlen«, vielleicht in Erwartung eines kostenlosen ärztlichen Wundertips. Vergebens.

Kollege Waldeck begann mit der Befragung.

»Können Sie uns Ihr Verhältnis zu Frau Bergkamp beschreiben?«

Eine berechtigte Frage, schien mir, wollten die beiden abwägen, wieviel von ihren Informationen sie mit mir teilen würden. Allerdings, woher wußte der Verfassungsschutz überhaupt von unserer Beziehung? Meine entsprechende Frage wurde nicht direkt beantwortet, aber schließlich war ich in den Wochen nach Celines letztem Anruf, direkt von der Grenze zwischen der Türkei und dem kurdischen Irak, häufig genug im Auswärtigen Amt vorstellig geworden. Immer hatte mich derselbe freundliche Legationsrat empfangen, immer mit demselben Bescheid, daß er tue, was in seiner Macht stehe, aber ...

»Celine Bergkamp und ich waren Freunde.«

»Und wie gute Freunde, bitte?«

»Sehr gute Freunde. Enge Freunde. Seit Jahren.«

»Aber sie wohnten nicht zusammen?«

»Nein. Doch Sie wissen sicher, daß Celine gleich gegenüber wohnt – gewohnt hat.«

»Aber trotzdem enge Freunde, ich verstehe.« Offensichtlich nicht, wie seine nächste Frage zeigte.

»Und warum waren sie nicht verheiratet?«

Hatten Celines Eltern mir die beiden geschickt? Ich mußte schmunzeln. Celines Eltern wurden beim Verfassungsschutz sicher immer noch als potentielle Staatsfeinde geführt, obgleich aus ihrem angekündigten langen Marsch durch die Institutionen ein flotter Marsch in die Bürgerlichkeit geworden war. Wahrscheinlich deshalb ging es jetzt mit Politik weiter, nachdem ich ihre letzte Frage unbeantwortet gelassen hatte.

»Sagen Sie, Dr. Hoffmann, teilen Sie die politischen Ansichten von Frau Bergkamp?«

Celines politische Ansichten waren einem täglichen Wechsel unterworfen und zumindest ebenso verworren und widersprüchlich wie meine Vorstellungen zu den ersten zehn Millisekunden nach dem Urknall oder der Frage, wie ein Reißverschluß tatsächlich funktioniert.

»Sie kennen Frau Bergkamps politische Ansichten?«

Jablonske war weiter mit seiner Sommergrippe beschäftigt, Waldeck fuhr fort.

»Nach unseren Informationen soll sich Frau Bergkamp sehr aktiv in verschiedenen oppositionellen Gruppen betätigt haben.«

Für den Moment schluckte ich meinen aufkommenden Ärger hinunter.

»Celine Bergkamp hat sich immer für Gerechtigkeit und Menschenrechte eingesetzt, für die Chancengleichheit aller. Sie war recht aktiv in ProAsyl – ist das in Ihren Augen eine oppositionelle Gruppe? Verstößt jemand, der sich für die Rechte von Asylanten einsetzt, gegen die freiheitlich-demokratische Grundordnung der Bundesrepublik Deutschland?«

»Na ja, immerhin gibt es Fotos von Frau Bergkamp auf verschiedenen Anti-Globalisierungsdemonstrationen.«

»Das glaube ich Ihnen gerne. Celine nahm immer Partei für die Schwächeren, die Benachteiligten. Und für sie bedeutete Globalisierung die Fortsetzung unseres westlichen Kolonialismus auf hohem Niveau. Das macht sie in meinen Augen noch längst nicht zu einer Bombenlegerin in Bagdad.«

Waldeck blieb unbeirrt.

»Sie selbst, Herr Dr. Hoffmann, waren über lange Jahre Assistentensprecher in Ihrer Klinik, richtig?«

Langsam nahm die Sache Konturen an. Den beiden vom Verfassungsschutz ging es nicht um Celines Schicksal im Irak, oder gar, mich darüber zu informieren. Sie waren hier am Aufspüren und Ausheben einer Terrorzelle! Ich erhob mich.

»Entschuldigen Sie meine Naivität. Für einen Moment war ich tatsächlich davon ausgegangen, daß Sie mir etwas zum Tod von Frau Bergkamp mitteilen könnten. Wenn das nicht der Fall ist, haben Sie heute abend sicher noch wichtige Aufgaben, von denen ich Sie nicht abhalten will.«

Waldeck sprang auf, Gesicht hochrot, wollte etwas sagen. Wahrscheinlich etwas wie, daß er auch anders könne oder daß ich mich nicht zu sicher fühlen solle. Der ohnehin verschnupfte Kollege Jablonske hingegen blieb sitzen, schnaubte erneut laut und ausführlich, inspizierte das Ergebnis im Taschentuch und räusperte sich.

»Herr Dr. Hoffmann. Wir vom Verfassungsschutz sind manchmal etwas betriebsblind und stellen dann Fragen, die mißverstanden werden können.«

Eine deutliche Kritik am Kollegen Waldeck, Jablonske hatte mich leicht auf seine Seite bekommen.

»Ich schlage vor, wir beginnen unser Gespräch einfach von vorne. Wir sind an der Aufklärung des Schicksals von Frau Bergkamp genauso interessiert wie Sie, das können Sie mir glauben. Aber dazu brauchen wir ein paar Hintergrundinformationen. Zum Beispiel, wie es überhaupt zu diesem Hilfstransport von Frau Bergkamp in das irakische Kurdistan kam, wer ihr dabei geholfen hat. Wären Sie bereit, uns dazu ein paar Auskünfte zu geben?«

Wahrscheinlich handelte es sich nur um das alte Spiel guter Kommissar und böser Kommissar, aber ich ging darauf ein. Eventuell würden die beiden schließlich doch noch mit etwas Wissenswertem herausrücken. Also setzte ich mich wieder. Waldeck auch.

»Ich habe es bereits erklärt. Celine hat sich immer für Benachteiligte eingesetzt. Besonders engen Kontakt hatte sie zuletzt zu den kurdischen Asylanten bei uns, dadurch hat sie viel über die Situation im Irak erfahren. Unter anderem, wie wenig die Bevölkerung vom UN-Programm ›Brot für Öl‹ profitiert. Das meiste von diesem Geld geht in weitere Paläste für Saddam Hussein, der Rest an befreundete Familien. Mag sein, daß zum Schluß sogar ein paar Cent für die Bevölkerung übrigbleiben. Die dreizehn Prozent jedenfalls, die Saddam davon den Kurden abgeben muß, reichen dort hinten und vorne nicht. Die würden ohne den Ölschmuggel in die Türkei verhungern! So kam die Idee auf, Medikamente zu sammeln, bei uns in der Klinik und bei niedergelassenen Kollegen, die kostenlosen Ärztemuster zum Beispiel. Das war der Anfang. Später kamen ausrangierte OP-Instrumente dazu, schließlich unsere ausgemusterte Röntgenanlage. Zusätzlich haben wir fleißig Geldspenden eingeworben.«

Ich sah keinen Grund zu erwähnen, daß uns die vorschriftsmäßige Entsorgung der alten Röntgenanlage in Deutschland einige Hunderttausend Euro gekostet hätte.

»Aber dies hätten Sie doch alles einer erfahrenen Hilfsorganisation wie dem Roten Kreuz übergeben können. Die machen so etwas schließlich andauernd.«

»Da war Celine strikt dagegen. Selbst wenn alles korrekt läuft, argumentierte sie, versickert bei diesen Organisationen zuviel in der Verwaltung. Zusätzlich verdienen bei dieser Methode eine Menge Leute an abgelaufenen Lebensmittelkonserven oder ausrangierten Bundeswehrzelten. Der Rest verschwindet schließlich vor Ort.«

»Trotzdem, so einen Transport quer durch Europa zu organisieren und ihn dann noch selbst anzuführen ...«

»Das hat auch mir überhaupt nicht gefallen, aber hierzu hatte Celine ebenfalls eine dezidierte Auffassung. Sie meinte, die großen Hilfsorganisationen würden häufig dieselben Leute beauftragen, die sonst die illegalen Waffentransporte durchführen oder Drogen durch die Gegend karren. Sie kennen Frau Bergkamp nicht. Als sie sich zu Fahrstunden für den LKW-Führerschein angemeldet hatte, war klar, daß sie die Sache durchziehen und niemand sie davon würde abhalten können.«

»Aber ich habe Bilder gesehen, daß zum Beispiel das Rote Kreuz solche Konvois auch selber durchführt.«

»Und die Funktionäre dieser humanitären Organisationen überwachen dann vor Ort alles weitere vom Barhocker aus, Zutritt für örtliche Bevölkerung tabu.«

Ich hatte diese Leute letztes Jahr auf einer Ärztetagung in Nairobi erlebt, bei der natürlich auch wir Mediziner in einem entsprechenden Luxusschuppen residiert hatten.

»Und woher kamen die Lastwagen für den eigenen Konvoi?«

Schmunzelnd erinnerte ich mich an die sogenannten Transportmittel, die Celine und Heiner ursprünglich vorgesehen hatten: ausgediente Transporter von der Paketpost, von irgendwelchen Freunden zu Wohnwagen oder rollenden Imbißbuden umgebaut.

»Wie weit, meint ihr, kommt ihr mit diesen Rostlauben?«

»Hast du was Besseres?«

»Laß mal überlegen.«

So kam ich auf Herrn Sommer.

»Wir sind auch an die Industrie wegen Spenden herangetreten, Pharmafirmen, Firmen für medizinische Geräte, unsere

Zulieferer eben. Zu der Zeit hatte die Klinik gerade den Auftrag für eine Neuinstallation der Gasversorgung in der Chirurgie zu vergeben, neue Leitungen und Pumpen für Sauerstoff, Druckluft, Narkosegase und so weiter. Natürlich war das kein offizielles Junktim, aber die Firma Sommer, eine der führenden Firmen auf dem Gebiet in Deutschland, hat den Auftrag bekommen – und uns zwei ihrer Firmenlastwagen kostenlos überlassen. Dazu hat Herr Sommer noch eine komplette Trinkwasseraufbereitungsanlage für Kurdistan spendiert! Die haben wir diesmal allerdings nur zur Hälfte mitbekommen, der Rest wartet auf die nächste Fuhre.«

Vielleicht war es mein Schmunzeln, jedenfalls fand es Kollege Waldeck an der Zeit, sich wieder in die Vernehmung einzuschalten.

»Ein Menschenfreund, dieser Herr Sommer, was?«

»Das weiß ich nicht. Jedenfalls ein guter Geschäftsmann. Darüber hinaus war ihm bekannt, daß die Klinik in naher Zukunft eine neue Abwasseraufbereitung braucht. So etwas macht seine Firma auch.«

»Wer hat den anderen LKW gefahren?«

Keine gute Frage, was mich persönlich betraf.

»Ein Freund von Celine aus der ProAsyl-Gruppe.«

Freund Heiner eben, den Celine zunehmend häufig als Autorität zitiert hatte, wenn wir verschiedener Meinung waren. Freund Heiner war spurlos im Irak verschwunden, nicht einmal ein Sarg bisher.

Waldeck, dem bei dem Begriff »Asyl« oder »ProAsyl« jeweils ein leichtes Zucken der Unterlippe das Gesicht kurz entstellte, kehrte wieder den »bösen Bullen« heraus.

»Dr. Hoffmann, Sie tischen uns hier die herzzerreißende Geschichte von den selbstlosen Helfern auf, die hier alles stehen und liegen lassen, ihren Beruf, ihre Freunde, nur um sich selbst mit ein paar LKWs auf den Weg quer durch Europa zu machen mit ein paar Sachen, die andere weit effizienter dort hätten hinbringen können. Meinen Sie, wir sind wirklich so einfältig, Ihnen dieses Märchen abzunehmen?«

Einen Moment betrachtete ich die Welt durch die Augen

von Herrn Waldeck: eine Welt, in der niemand seinen Urlaub als Krankenpfleger in den Slums von Kalkutta verbringt oder als Sozialhelfer in Lima, in der kein Ingenieur allein für ein Dankeschön Wasserleitungen in Afrika baut. Eine traurige Welt. War Waldeck mit dieser Weltsicht geboren? War sie Einstellungsvoraussetzung beim Bundesamt für Verfassungsschutz? Oder war dieser Defätismus erst mit dem Dienst für die BRD gekommen, handelte es sich um eine anerkannte Berufskrankheit? Auf jeden Fall hatte er nie Celine getroffen, nie ihre manchmal etwas naive, aber immer optimistische Hilfsbereitschaft erlebt.

Dann sah ich mir seinen Kollegen genauer an. Seine Augen hatten etwas Abgeklärtes, mit einem Stich ins Bedauern. Ein netter Onkel, der abends den Nichten und Neffen Gute-Nacht-Geschichten vorliest. Bedeutete diese Abgeklärtheit, daß er alles Leid dieser Welt schon gesehen, alle Lügen schon gehört hatte, nichts ihn mehr erschüttern konnte? Würde er mich auch, mit dem gleichen Ausdruck ewigen Bedauerns, umbringen, wenn man es ihm befiele? Aber wahrscheinlich stellte ich mir die Arbeit beim Verfassungsschutz viel zu dramatisch vor. Diese Leute töten wahrscheinlich nur in Romanen oder im Film. In der Wirklichkeit wälzen sie, wenn sie nicht gerade einen Hochverdächtigen wie mich befragen, vorwiegend Akten, tippen mit ungeschickten Fingern Vernehmungsprotokolle in dreifacher Ausfertigung, legen »Vorgänge« an oder versuchen, ein paar Restauranttermine mit der Familie in die Spesenabrechnung einzuarbeiten.

Waldeck wiederholte seine Frage, für wie naiv ich sie halte, mit einer solchen Geschichte zu kommen.

»Was genau stört Sie an meinem Bericht?«

»Herr Dr. Hoffmann, ich will Ihnen und Ihrer Freundin mal die gute Absicht unterstellen, wenigstens am Anfang. Kann ja sein. Aber auch wir vom Verfassungsschutz kennen uns ein wenig aus mit den Verhältnissen in Osteuropa und im Nahen Osten. Sie wollen uns doch nicht erzählen, daß Frau Bergkamp ohne ausgesprochen gute Kontakte zu den entsprechenden Kreisen dort Lastwagen voll mit wertvollen Medikamenten und medizinischen Instrumenten unbeschadet durch die Gegend fährt und tatsächlich sowohl mit den Lastwagen wie auch mit der kompletten Fracht bis in das irakische Kurdistan kommt. Also, alles was recht ist!«

Tatsächlich war die Fracht in Kurdistan nicht mehr ganz komplett, und was Waldecks Bedenken hinsichtlich Transporten durch Osteuropa betraf, waren sie wahrscheinlich eine korrekte Beschreibung der Realität. Aber wieder kannte er Celine nicht. Am besten hatte mir ihr E-Mail-Bericht von der bulgarischen Grenze gefallen, wo man sie nur gegen Abgabe mindestens der Hälfte der mitgeführten Sachen durchlassen wollte. Nach einer Nacht mit fünf Flaschen Slibovicz und unzähligen Runden Poker hatten sich die Schlagbäume gehoben. Aber, noch einmal: Man muß Celine kennen, um diese Geschichte zu glauben. Für mich hätte sich auch nach fünf Kisten Slibovicz die Grenze nicht geöffnet, sicher auch nicht für meine beiden Freunde vom Verfassungsschutz. Aber Einzelheiten gingen die beiden nichts an, ihnen gegenüber beließ ich es bei dem Hinweis auf Frau Bergkamps »ungewöhnliche Durchsetzungskraft«.

Waldeck war nicht überzeugt, ganz und gar nicht, dafür um so mehr von seiner eigenen Theorie.

»Ich will Ihnen sagen, wie man so einen Transport da unten durchbekommt. Sie haben es vorhin selbst erwähnt: mit Drogen zum Beispiel. Für ein paar Kilo ist in einem Lastwagen immer Platz. Natürlich nur um der guten Sache willen.«

Seit wann kümmerte sich der Verfassungsschutz um Drogen? Soweit ich wußte, waren Drogen das neue Hobby des Bundesnachrichtendienstes, nachdem ihm die kommunistischen Spione ausgegangen waren. Vielleicht aber war genau das auch der Grund für ihre absurde Unterstellung.

»Da habe ich wohl in der Schule nicht richtig aufgepaßt. Heutzutage werden also Drogen von hier *in* den Irak geschmuggelt?«

Jablonske versuchte, seinem Kollegen zu helfen.

»Sie machen sich keine Vorstellungen, was auf dieser Strecke alles versucht wird. Aber wir sprechen natürlich von dem umgekehrten Weg.«

Waldeck nahm die Vorlage an.

»Wir meinen, der ganze private Hilfskonvoi für die armen Kurden im Irak könnte nur ein Vorwand gewesen sein, Drogen auf dem Rückweg mitzubringen. Sie wissen doch: keine Leerfahrten! Oder, bei gutwilliger Interpretation, um den nächsten Hilfskonvoi zu finanzieren.«

»Ich verstehe. Im Irak gab es dann Streit um den Preis, da hat Frau Bergkamp eine Bombe geworfen und sich aus Ärger gleich selbst mit in die Luft gesprengt, ist logisch, vollkommen klar. Wie sonst soll es gewesen sein!«

Ich konnte das Geschniefe von Jablonske nicht weiter mit ansehen und holte ihm eine Rolle »Wisch-und-Weg« aus der Küche. Mir brachte ich eine Flasche Bier mit. Das gab den beiden Zeit, eine neue Theorie aus dem Hut zu zaubern.

»Drogen sind ja nicht das einzige, was auf dieser Strecke gerne transportiert wird. Zum Beispiel ist auch eine Ladung Sempex aus der Tschechei immer ein willkommenes Mitbringsel.«

Klar, macht man in der Medizin auch: Kommt man mit einer bestimmten Annahme nicht weiter, ordnet man Symptome und Laborergebnisse neu, versucht es mit einer anderen Diagnose. Die beiden stocherten ganz offensichtlich im Nebel, wobei sie jetzt der Wahrheit etwas näher kamen.

Zwar hatte niemand versucht, Celine diesen praktischen Sempex-Sprengstoff unterwegs anzudrehen, tatsächlich aber rund dreihundert Kilometer hinter Ankara vier Kisten »humanitäre Hilfe für unsere kurdischen Freunde von Ansar al-Islam«, säuberlich mit dem roten Halbmond bemalt und randvoll mit Handgranaten. Celine und Heiner hatten die Kisten sofort wieder abladen lassen.

»Haben Sie sonst noch etwas im Angebot? Biowaffen für Saddam Hussein aus unserem Kliniklabor? Pest- oder Anthraxerreger? Giftgas?«

Noch einmal versuchte es Jablonske auf die Tour gütiger Onkel, während er mein Bücherregal studierte. Was erwartete er dort? Erbauungsliteratur wie »Die BombenbastlerIn, ein Schnellkurs für Frau/Mann« oder »Wir bauen Mollis in der Kindergruppe«?

»Herr Dr. Hoffmann. Sicher ging es Ihrer Freundin in erster Linie um die humanitäre Hilfe. Was immer dann geschehen ist, es tut uns schrecklich leid. Wir wollen es nur aufklären.«

Waldeck versuchte zu unterstützen.

»Vielleicht sollten wir Sie daran erinnern, daß mit dem Antiterrorpaket auch die Kronzeugenregelung reaktiviert worden ist? Keine vollkommene Straffreiheit, das geht leider nicht, wir sind nicht in Amerika. Aber das Strafmaß am untersten Anschlag, und die Anklage ebenso.«

Beide strahlten mich an wie Weihnachtsmänner, die einen Jungen, der es eigentlich nicht wirklich verdient hatte, in ihren aufgeschnürten Weihnachtsmann-Rucksack schauen ließen.

»Was mein Kollege meint«, sekundierte Jablonske, »ist zum Beispiel, daß aus Mord Körperverletzung oder Tötung auf Verlangen wird, oder aus schwerem Raub ein einfacher Ladendiebstahl.«

»Aber ich habe niemanden ermordet, und auch in keinem Laden was geklaut, in letzter Zeit zumindest nicht.«

Ich hielt ein bißchen Unwissenheit für angebracht. Paragraph 211 Mord, Paragraph 212 Totschlag, Paragraph 224 schwere Körperverletzung – die beiden hatten sicher keine Vorstellung, wie genau sich ein Arzt heutzutage mit dem Strafgesetzbuch auskennen muß, um zumindest einen Teil seiner Arbeitszeit außerhalb von Gefängnismauern zu verbringen.

»Ich meinte das als Beispiele«, entgegnete Jablonske indigniert und warf mir einen ziemlich verärgerten Blick zu. »Ist Ihnen zufällig das Strafmaß für die Unterstützung einer terroristischen Vereinigung bekannt?«

Mir wurde klar, wir würden doch keine Freunde werden.

Demonstrativ holte ich mir ein zweites Bier, die sehnsuchtsvollen Blicke der beiden waren mir schon bei meinem ersten nicht entgangen. Genüßlich ließ ich den Kronkorken ploppen und nahm einen kräftigen Schluck.

»Sie haben vorhin angedeutet, Ihnen wären die politischen Ansichten meiner Freundin Celine bekannt. Dann müßten Sie auch wissen, daß es in diesen Ansichten nur eine wirkliche Konstante gab: ihr absoluter Pazifismus, ihre bedingungslose

Ablehnung jeder Gewalt, gleich zu welchem Ziel. Nie also würde Celine Sprengstoff oder Waffen in den Irak geschmuggelt haben, und erst recht nicht eine Bombe in den Straßen von Bagdad, wie die Behörden dort als Erklärung für ihren Tod behaupten. Und wie, nur mal als kleiner Denkanstoß, ist Frau Bergkamp überhaupt nach Bagdad gekommen? Sie wollte zu den Kurden, in den Norden. Also machen Sie verdammt noch mal endlich Ihre Arbeit. Finden Sie heraus, was dort wirklich geschehen ist, warum meine Freundin, eine deutsche Staatsbürgerin, sterben mußte. Und als ersten Schritt vergessen Sie die haarsträubenden Theorien, die Sie mir aufgetischt haben.«

Jablonske nickte dem Kollegen Waldeck zu, der mir seine Visitenkarte über den Tisch schob.

»Hier erreichen Sie uns jederzeit, wenn Ihnen noch etwas Hilfreiches einfällt, Dr. Hoffmann.«

Als Arzt ohne Ansehen der Person immer zum Helfen verpflichtet, gab ich Jablonske meine Rolle Haushaltstücher mit auf den Weg. Er bedankte sich und kam dann, fast schon auf dem Flur, mit einer eigenartigen Frage.

»Haben Sie eigentlich nach dem Bombenattentat noch einmal von Ihrer Freundin gehört?«

Ich konnte nur den Kopf schütteln, die beiden schoben endlich ab. Sicher würden sie in der nächsten Kneipe eine Bierpause einlegen.

3

Empfand ich Trauer um den Tod von Celine? Ich meinte ja, doch wie soll man sich je der Worte für seine Gefühle sicher sein? Nie wird man wissen, was der andere tatsächlich fühlt, wenn er von Trauer spricht, von Liebe, von Schmerz. Jedenfalls empfand ich einen enormen Verlust, eine Art Amputation.

Bis zur Realität von Celines Sarg auf dem Gabelstapler hatte ich ihren Tod nicht wirklich akzeptiert, immer noch an ein furchtbares Mißverständnis geglaubt, auf eine Verwechslung oder eine irakische Propagandakampagne gehofft. Aber nun begann ich zu begreifen, daß Celine nie mehr über meine blöden Scherze lachen würde, wir nie wieder gemeinsam kochen, in Büros einbrechen oder Mülltonnen nach Indizien durchwühlen würden. Vielleicht würde die Amputationswunde tatsächlich eines Tages nicht mehr so furchtbar schmerzen, obgleich ich mir das im Augenblick nicht vorstellen konnte.

Womit die Leere füllen? Nichts scheint mir unsinniger als ein »Trauerurlaub«, nie war ich so froh über meine Arbeit an der Klinik, wo die Patienten jederzeit einen einwandfrei funktionierenden Doktor ohne private Probleme erwarten. Deshalb war ich dankbar, als ich am nächsten Morgen zum immerwährenden Kampf gegen Pest und Tod und die Widersinnigkeiten unseres Gesundheitssystems in unserer Humana-Klinik einlief, daß sie überhaupt noch existierte.

Erst letztes Jahr schien ihr Schicksal unwiderruflich, ihre Schließung ausgemacht, denn irgendwie mußten die Gelder eingespart werden, die dem Berliner Haushalt durch die Immobiliengeschäfte der landeseigenen Bankgesellschaft verloren gegangen waren, und es wäre irgendwie schäbig gewesen, das sah jedermann ein, die verantwortlichen Manager oder die Profiteure dieser Geschäfte zu bitten, bei der Wiederbeschaffung der über zwanzig Milliarden Euro behilflich zu sein. Dann schon lieber eine weitere Klinik schließen! Kein Problem, riefen die anderen Berliner Krankenhäuser unisono, differenziert nur in der Lautstärke, selbstverständlich könnten sie Patienten und sonstige Aufgaben einer abgewickelten Humana-Klinik übernehmen!

Unsere Rettung kam in Gestalt der Vital-Kliniken GmbH & Co KG, die dem Berliner Senat die Humana-Klinik und alle anderen städtischen Krankenhäuser für einen Euro pro Klinik abkauften. Damit habe er Millionen an Unterhalts- und Personalkosten vom Hals, argumentierte der Senat. Meiner Meinung nach hatten die Vital-Kliniken schon allein über die Grundstückswerte ein gutes Geschäft gemacht. Was mir recht war, solange es meinen Arbeitsplatz sicherte, und so dachte auch der Rest der Belegschaft.

So war die Humana-Klinik unter den Fittichen der Vital-Leute gerade auf dem Rückweg zu einem ganz normal strukturierten Krankenhaus, mit Chefärzten, Oberärzten und endlich wieder Klarheit, wer wem in den Hintern treten durfte. Für die Innere Abteilung allerdings, in der und für die zu arbeiten ich seit nun über zehn Jahren die Ehre hatte, lief die Bewerbungsfrist für die Chefarztposition noch. Aktuell wurde der Posten von Professor Kleinweg, internistischer Chefarzt der ebenfalls zur Vital-Gruppe gehörenden Waldklinik, kommissarisch mitbetreut, was allerdings lediglich seinen Gastauftritt jeden Donnerstag bedeutete, damit unsere Patienten nicht ihrer wöchentlichen »Chefarztvisite« verlustig gingen. Um die täglichen medizinischen Probleme in der Inneren Abteilung durfte sich der dienstälteste Internist kümmern: Ich, Dr. Felix Hoffmann.

Und es gab heute tatsächlich wieder eine Menge zu kümmern und zu entscheiden. Beim Patienten Krauskopf die Frage nach einer letzten Runde Antibiotika oder ob sich die Chirurgen endlich über seine infizierte Niere hermachen durften. Bei Herrn Schlups ging es um Schrittmacher ja oder nein, und bei Frau Zachels war der Grundsatzstreit zu schlichten, ob sie primär unsere internistische Patientin wäre (wegen ihrer Angina pectoris) oder den Gynäkologen gehöre (wegen ihrer blutenden Uterusmyome).

Selbstverständlich entschied ich zu unseren Gunsten und damit, wie mir schien, zu Gunsten von Frau Zachels, mit dem leicht nachvollziehbaren Argument, daß es leichter sei, täglich drei Stockwerke hinunter zu stiefeln (die Gynäkologen zu uns) als drei Stockwerke aufwärts (einer von uns zu den Gynäkologen). Die Kollegen von der Frauenheilkunde waren dermaßen verdutzt über diese streng medizinische Begründung, daß ihnen nicht einmal der Fehler in meiner Energiebilanz auffiel.

Jedenfalls wurde es über das Entscheiden, Entscheidungen verschieben oder falsche Entscheidungen zu revidieren Mittag, ehe ich endlich Beate traf.

»Hallo, Felix!«

Beate nahm mich in die Arme.

Schwer zu sagen, wer Celine nähergestanden hatte, ihre langjährige Freundin Beate, nun schon seit einigen Jahren Verwaltungsleiterin der Humana-Klinik, oder ich. Wahrscheinlich kann man das nicht vergleichen, vermutlich gab es eine Beate-Celine und eine Felix-Celine mit einer großen gemeinsamen Schnittmenge, aber eben doch auch mit Dingen, die nur Beate über Celine wußte oder nur ich.

Geplant war natürlich, gemeinsam am Flughafen Celines Sarg zu erwarten. Aber dann hatten Vital-Leute kurzfristig eine Konferenz ihrer Verwaltungsleiter einberufen. Ein Termin, den Beate weder aufschieben noch absagen konnte, wollte sie nicht ihre Existenz aufs Spiel setzen. Denn schnell hätte sich die Versammlung geeinigt, welche der Vital-Kliniken auf eine eigene Verwaltung verzichten könnte.

»Wie war's auf dem Flughafen?«

»Celines Eltern haben alles geregelt. Sie sahen um Jahre gealtert aus.«

»Wundert dich das? Es muß schrecklich sein, das eigene Kind zu begraben. Können wir etwas für die beiden tun?«

»Ich weiß nicht. Sie mochten mich noch nie besonders, jetzt haben sie sich total abgeschottet. Vielleicht sprichst du mit ihnen. Wir müssen die Beerdigung klären, was mit Celines Wohnung geschieht, all solche Sachen.«

Beate machte sich eine Notiz, sie war schon immer gut organisiert und in dieser Hinsicht ganz anders als Celine. Jedenfalls, so ging das zwischen Beate und mir zur Zeit, sobald wir über Celine sprachen. Beide unsicher, was wir dem anderen zumuten konnten, oder uns selbst, beschränkten wir uns auf technische Fragen. Oder wechselten das Thema.

»Was gab es auf der Konferenz?«

»Das Übliche. Zu hohe Kosten. Zu hohe Behandlungskosten pro Patient, zu hohe Behandlungskosten pro Arzt, zu hohe Kosten überhaupt.«

Ich konnte mir die Runde lebhaft vorstellen. Der Oberverwaltungsdirektor aller Vital-Kliniken, Herr Hirt, der sich »Vorsitzender der Geschäftsführung« nennt, ist ein Fan von Statistiken und deren grafischer Aufbereitung. Und natürlich ein König bei der Suche nach Einsparpotentialen.

»Aber das ist leicht, Beate. Einfach mehr Ärzte einstellen, schon gehen die Behandlungskosten pro Arzt runter. Und als Nebeneffekt machen wir weniger Überstunden.«

Beate lächelte nur schwach, während sie vorsichtig einen dicken Aktenordner aus dem kunstvoll geschichteten Stapel auf ihrem Schreibtisch hervorzog.

»Im Moment konzentriert sich Hirt auf die Reha-Kliniken von Vital, wir sind etwas aus der Schußlinie. Aber das kann sich jederzeit ändern. Darüber hinaus ging es um ein neues Thema, das die Gesundheits- und Innenverwaltung beim Senat von Berlin gefunden hatte: Katastrophenschutz.« Beate deutete auf den Aktenordner. »Ist unsere Klinik überhaupt, und wenn ja, ausreichend gegen Anschläge gesichert? Könnten Patienten als Geiseln genommen werden? Wie leicht können gefährliche chemische oder infektiöse Materialien aus unserem Labor entwendet werden?«

Die Sorge schien nicht ganz unberechtigt. Im Moment jedenfalls war unsere Klinik weniger streng überwacht als ein Mittelklassehotel, hier konnte jeder ein- und ausgehen, dem gerade der Sinn danach stand. Erst neulich hatte ein mit meiner Diagnose – »keine erkennbare körperliche Erkrankung« – unzufriedener Patient auf der Station eine Stinkbombe geworfen. Irgendwie war der Tag abzusehen, wo auch diese Art von Leuten aufrüsten würde. Und ich wußte zwar nicht, ob man mit den Isotopen aus unserer nuklearmedizinischen Abteilung eine Atombombe basteln konnte, sah aber erhebliche Probleme, ließe zum Beispiel eine radikale Tierschutzorganisation die Bakterien und Viren aus den Brutschränken frei.

Es war klar, daß Beate mir nicht zum Zeitvertreib von den Sorgen der Innenverwaltung erzählte, und ich überlegte schon, an welchen Assistenzarzt ich die Unterlagen weiterreichen würde, als sie noch einen zweiten Aktenordner aus dem Stapel fischte, was allerdings zu seinem Kollaps führte. Während wir uns gemeinsam um eine Wiederherstellung der vorbestehenden relativen Ordnung bemühten, berichtete Beate weiter.

»Die Ängste unserer Stadtregierung gehen weiter: Sind die Krankenhäuser in Berlin überhaupt auf eine allgemeine Katastrophensituation vorbereitet? Haben wir genug Blutkonserven, Medikamente, Reservebetten? Klappt unser Alarmsystem? Können wir große Bereiche der Klinik isolieren? Dieser Ordner ist voll solcher Fragen.«

Wie erwartet, schob sie mir beide Aktenordner entgegen.

»Kannst du dich darum kümmern? Ich habe mal durchgeblättert, ist viel medizinischer Kram, den ich nicht verstehe. Natürlich, wenn du im Moment …«

»Kein Problem. Im Gegenteil. Ich bin dankbar für jede Ablenkung.«

Und, wie gesagt, im Notfall konnte ich die Ordner immer noch an einen fleißigen jungen Kollegen weitergeben.

»Ich danke dir. Die vom Senat haben uns sogar ihren neu ernannten Koordinator, mit dem wir zusammenarbeiten sollen, auf die Konferenz geschickt. So ein Fuzzi vom medizinischen Dienst der Krankenkassen, ein Dr. Zentis. Ein furchtbarer Schwätzer!«

»Dr. Zentis?«

»Ja, ich glaube, so heißt er. Steht auch irgendwo in den Akten. Der Kerl hat zu jedem und allem eine Meinung, präsentiert prompt Zahlen, die sich für mich frei erfunden anhören. Aber alle sonst hingen an seinen Lippen, als verkünde er das Evangelium. Du kennst den Typ.«

Ich kannte nicht nur den Typ, ich kannte sogar den Prototypen, das fleischgewordene Baumuster aller Schaumschläger und Intriganten: Ich kannte den guten Dr. Zentis höchstpersönlich. Beate konnte das nicht wissen, sie war erst nach seiner Entlassung zu uns gekommen. Damals hatte Professor Kindel dem Assistenzarzt Zentis noch die Voraussetzungen zum Facharzt bescheinigt, obgleich er die nie erfüllt hatte, nur um ihn loszuwerden. Später hatte Zentis die Klinik mit Anzeigen wegen angeblicher Behandlungsfehler überzogen und sogar behauptet, wir hätten ihm nach dem Leben getrachtet. Die wirklichen Behandlungsfehler – nämlich seine – hatte er allerdings nicht erwähnt. »Furchtbarer Schwätzer« war eine treffende, aber extrem untertriebene Beschreibung.

»Na, dann viel Spaß!«

Ich stand auf und klemmte mir die beiden Ordner unter den Arm. Wann würde es uns wieder möglich sein, wirklich über Celine zu sprechen? Plötzlich fürchtete ich mich vor dem Wochenende, wenn auch erst Dienstag war.

»Beate – willst du nicht nächsten Sonntag zum Essen kommen?«

Beate kannte das Wochenendritual des Singlepaars Celine-Felix: Samstag gemeinsames Frühstück, Sonntag abend gemeinsames Genießen von Felix' Kochkünsten.

»Einzige Bedingung: Du darfst dich nicht beim Kochen einmischen!«

»Ich koche nicht so schlecht wie Celine!«

Das war auch kaum möglich.

»Also abgemacht. Du bringst den Wein mit.«

Auf dem Rückweg zur Inneren Abteilung schaute ich kurz bei den Chirurgen vorbei, um sie zu informieren, daß sie die Niere von Herrn Krauskopf vorerst nicht bekommen würden.

»Es gibt ein neues Aminoglykosid, das wir noch probieren wollen.«

Erstaunlicherweise kein Protest, im Gegenteil.

»Ist uns recht, im Moment kommt uns jede abgesagte OP gelegen. Guck dir an, wie es hier aussieht – und die wollten vor zwei Wochen fertig sein!«

Im Hintergrund, am Übergang zum OP-Trakt, wurden offensichtlich gerade erst frisch verputzte Wände wieder aufgestemmt, neu gelegte Leitungen herausgerissen.

»Die Leute der Firma Sommer haben es tatsächlich fertiggebracht, das Lachgas an die Druckluftleitungen anzuschließen, und wenn du destilliertes Wasser haben willst, bekommst du es auch – aber kochend heiß! Deshalb teilen wir uns noch immer den alten OP mit den Gynäkologen und den Traumatologen. Also halt deine Antibiotika warm.«

Das konnte sich sowohl auf die Niere von Herrn Krauskopf beziehen wie auf die Infektionen, die nach Meinung der Chirurgen bei gleichzeitiger Nutzung des OPs ausgerechnet mit den Kollegen von der Gynäkologie unvermeidlich waren.

»Kein Fehler unserer Firma. Das liegt an den vollkommen veralteten Plänen, die wir von Ihrer Klinik bekommen haben.«

Ungefragt hatte sich Herr Sobotka zu uns gesellt, verantwortlicher Bauleiter der Firma Sommer und steter Vertreter von deren Interessen. Seine Firma hatte den Auftrag zur Neuinstallation der Pumpen und Leitungen in unserer Klinik nicht nur bekommen, weil sie einer der größten Hersteller von Anlagen zur Herstellung und Nutzung von medizinischen und technischen Gasen ist, sondern weil sie darüber hinaus auch deren Installation durch eigene Mitarbeiter anbietet.

Natürlich hatte auch die Unterstützung von Celines Hilfstransport durch Herrn Sommer bei der Auftragserteilung geholfen. Aber hätte ich damals schon den Bauleiter Sobotka gekannt, hätte ich wahrscheinlich trotzdem mein Veto eingelegt. Er war sich seiner Statur und deren einschüchternder Wirkung wohl bewußt. Ohne dies zu sagen, hatte er uns deutlich gemacht, daß wir eventuelle Zahlungskürzungen wegen Terminüberschreitungen gar nicht erst erwägen sollten. Diesem Mann wollte ich wirklich nie in einer einsamen Gasse begegnen.

Zurück in meinem Zimmer, rief ich den großen Unternehmer Sommer an und bekam ihn tatsächlich nach einiger Zeit ans Telefon. Zwar war die Humana-Klinik inzwischen Eigentum von Vital und die Firma Sommer nun deren Geschäftspartner, aber da ich mich damals für die Firma Sommer eingesetzt hatte, fühlte ich mich weiter verantwortlich.

»Ich weiß nicht, ob die Verzögerungen mit veralteten Bauplänen der Klinik zu tun haben oder nicht, Dr. Hoffmann, jedenfalls werde ich mich sofort persönlich darum kümmern. Aber, noch viel wichtiger: Es tut mir schrecklich leid, die Sache mit Frau Bergkamp. Hätte ich doch bloß nicht unsere Lastwagen zur Verfügung gestellt, dann wäre das alles nicht passiert.«

»Herr Sommer, Celine wäre auf jeden Fall mit den Sachen nach Kurdistan gekommen, mit Ihren Lastwagen oder auf Mauleseln. Sie trifft keine Schuld.«

Außerdem hatte ich Schwierigkeiten mit der Vorstellung, daß der ziemlich hartgesottene Industrielle Sommer allzu sehr unter dieser Schuld leiden sollte. Klartext schien mir eher zu sein, daß er die geschäftlichen Beziehungen zur Humana-Klinik dadurch nicht gestört hoffte oder so etwas, immerhin war der Auftrag für die neue Abwasseraufbereitung noch nicht vergeben.

Ich hatte ihm nicht zugehört, bekam gerade noch mit:

»... ich sonst etwas für Sie tun kann?«

Tatsächlich, das konnte er, fiel mir ein.

»Mit Ihren guten Kontakten in den Nahen Osten, Herr Sommer, könnten Sie mir einen Termin bei einem wichtigen Menschen in der irakischen Botschaft machen?«

Bei allem, was ich den Jungs vom Verfassungsschutz erzählt oder besser nicht erzählt hatte, das war wahr: Nie wäre ausgerechnet Celine mit einer Bombe herumgelaufen, weder in Bagdad noch sonstwo auf der Welt. Herauszubekommen, was wirklich passiert war, auch das würde ein Weg sein, mit dieser Leere fertig zu werden.

»Ich melde mich, Dr. Hoffmann. Da kann ich bestimmt etwas vermitteln.«

Das glaubte ich. Denn immerhin war es Sommer gewesen, der für Celines Transport alle Durchfahrts- und Einfuhrgenehmigungen besorgt hatte. Und das innerhalb nur einer Woche!

Position 53°37'Nord / 09°59'Ost. Hamburg (Germany)

Stückgutfrachter MS »Virgin of the Sea«

Eigner: Transoceanic Shipping Company, Panama

Fracht komplett geladen, Mannschaft komplett. Schiff bereit zum Auslaufen. Zielhafen Karachi, Pakistan.

4

Ich hatte es nicht weit zur Botschaft der Republik Irak. Sie residiert ganz in meiner Nähe, Riemeisterstraße 20. Eine etwas heruntergekommene Gründerzeitvilla mit Jugendstilornamentik, Eckgrundstück, deshalb leichter zu überwachen.

Spätestens seit ihrer kurzfristigen Besetzung durch die bis dahin unbekannte Widerstandsgruppe »demokratische irakische Opposition Deutschland« patrouilliert die Polizei vor der Tür, sicher unterstützt von einer irgendwo installierten Videokamera. Die Zeiten der unauffälligen Eisverkäufer auf der anderen Straßenseite, die ihr Eis auch bei strömendem Regen oder klirrender Kälte anboten, sind vorbei. Gut sichtbar hielten die Iraker ebenso ihren Eingang unter Beobachtung. Eigentlich hätten deutsche und irakische Behörden sich auf eine gemeinsame Kamera einigen können, aber ein solches Arbeitsvernichtungsprogramm wäre nicht im Sinn des ohnehin von Stellenabbau bedrohten BND.

Gestern abend hatte ich mir die Zeit mit dem Studium der Akte »Stand und Defizite im Katastrophen- und Terrorismusschutz in Berlin« vertrieben, zusammengestellt vom guten Dr. Zentis. Tabellen, Diagramme, Statistiken – Dr. Zentis war offensichtlich in seinem Element gewesen. Vollkommen übereilt habe der Berliner Senat nach dem Ende des kalten Krieges die atombombensicheren Bunkerkliniken unter U-Bahnhöfen und Einkaufszentren aufgegeben, die Depots an Notfall-Medikamenten aufgelöst, die Nahrungsmittelbevorratung beendet. Es würden Verbrennungseinheiten, Dekontaminierungseinrichtungen, Reservebetten fehlen.

Erbarmungslos hatte Zentis die Schwachpunkte aufgelistet. Er kannte alle Fragen, wußte alle Antworten, derzeit ginge schon eine entgleiste U-Bahn oder ein abgestürzter Airbus über die vorhandenen Kapazitäten hinaus. In der Regel zitiert sich Freund Zentis gerne selbst, in dieser Akte allerdings fehlte der an anderer Stelle stolz verkündete Hinweis auf seinen entscheidenden Anteil am Bettenabbau in Berlin als »leitender Arzt des medizinischen Dienstes der Krankenkassen«.

Für diesen Nachmittag hatte er zu einer ersten Konferenz gebeten, ich freute mich schon jetzt auf das Wiedersehen.

Aber es war noch Vormittag, und ich betrat mit einem leichten Beklemmungsgefühl die Botschaft der Republik Irak, schließlich war das, laut US-Präsident, die Vertretung eines Schurkenstaates. Ich beruhigte mich damit, daß man heutzutage dank der allgegenwärtigen Überwachungskameras kaum noch verlorengehen kann in Deutschland.

In der Eingangshalle wurde ich durch eine elektronische Schleuse gebeten und zusätzlich abgetastet, im weiteren herrschte diplomatische Höflichkeit.

Sommer hatte Wort gehalten, immerhin empfing mich der Herr Geschäftsträger persönlich: Armanianzug, Krokodillederschuhe, Seidenkrawatte. Die Botschafter Saddam Husseins und ihre Stellvertreter litten offensichtlich nur begrenzt unter dem UN-Embargo.

Der Einstieg in unser Gespräch stimmte mich ganz optimistisch. Der Herr Geschäftsträger betonte die positive Rolle, die Deutschland in den gegenwärtigen Auseinandersetzungen seines Landes mit den USA spiele, und es wäre unklug gewesen, ihn darauf hinzuweisen, daß ein Teil dieser »positiven Rolle« wahltaktisch begründet war und ich wie wahrscheinlich alle Deutschen trotzdem sein verbrecherisches Riesenarschloch von Chef zur Hölle wünschte. Lieber lenkte ich das Gespräch auf Celine.

Natürlich bedauerte auch er zutiefst den Tod von Celine, war untröstlich, aber ihr tragisches Schicksal wäre nicht die Schuld der Republik Irak, die Frau Bergkamp als Gast des Landes willkommen geheißen und ihr jede Unterstützung angeboten hätte.

Das entsprach sogar den Tatsachen: Die Einreisegenehmigung für das kurdische Gebiet im Nordirak hatten Celine und Heiner über ihre kurdischen Freunde hier in Berlin bekommen, aber Herr Sommer hatte ihnen über das Ministerium für Kultur und Information in Bagdad auch eine Einreisegenehmigung für Saddams Irak besorgt. Sicherheitshalber, obgleich das Kurdengebiet im Norden seit dem Golfkrieg von 1991 autonom ist.

»Wer weiß schon, was passiert, während Sie unterwegs sind, Frau Bergkamp? Zuletzt haben die Irakis auf einmal wieder das Sagen dort!« hatte Herr Sommer gemeint.

»Hoffentlich nicht! Aber möglich ist alles. Und außerdem, das sind auch Menschen im Irak. Was können die für ihren durchgeknallten Saddam?« hatte Celine zugestimmt und in mir die Befürchtung geweckt, sie könnte ihre Reise weiter ausdehnen als geplant.

Hatte sie das dann tatsächlich durchgezogen? War sie aus irgendeinem Grunde weiter nach Bagdad gefahren? Ich fragte den Herrn Geschäftsträger.

»Sind Sie sicher, daß Frau Bergkamp im Irak war? Meines Wissens wollte sie mit ihrem Hilfstransport nur in die Region nördlich des 36. Breitengrades.«

»Auch die Region nördlich des 36. Breitengrades ist ein integraler Bestandteil der Republik Irak, Herr Dr. Hoffmann. Leider Rebellengebiet, durchsetzt mit Terroristen. Bedauerlicherweise hat sich die Bundesrepublik Deutschland bisher nicht bereit gefunden, diese Terroristen zu verurteilen, gewährt ihnen sogar Asyl. Trotz ihres angeblichen Kampfes gegen den Terrorismus!«

»Ist das der Grund, weshalb Frau Bergkamp sterben mußte? Die Haltung meiner Regierung in der Kurdenfrage?«

Ich versuchte, den Herrn Geschäftsträger aus der Reserve zu locken, doch er bewahrte diplomatische Contenance.

»Herr Dr. Hoffmann, Sie wissen, wie Frau Bergkamp ums Leben gekommen ist. Tatsächlich hat sie ihr Gastrecht aufs gröblichste mißachtet, hat das ihr entgegengebrachte Vertrauen mißbraucht.«

»Genau das glaube ich nicht. Das hätte Frau Bergkamp nie getan.«

Selbst wenn Celine, aus welchem Grund auch immer, nach Bagdad weitergefahren war – warum hätte sie dort eine Bombe werfen sollen? Niemals!

»Leider hat Frau Bergkamp nicht nur humanitäre Güter in ein Gebiet transportiert, das, wie gesagt, von Terroristen durchsetzt ist, sondern bedauerlicherweise auch mit diesen Terroristen zusammengearbeitet. Das hat sie selbst zugegeben.«

Kompletter Blödsinn, ich kannte Celines Haltung. Aber einen Moment!

»Hat sie selbst zugegeben? Wann soll denn das gewesen sein? Ich denke, sie war auf der Stelle tot, von dieser Bombe zerfetzt?«

Irritiert musterte mich der Herr Geschäftsträger.

»Sie mißverstehen, Herr Doktor. Durch ihre Tat zugegeben natürlich. Viel deutlicher kann man seinen Sympathien wohl kaum Ausdruck verleihen.«

Ich kam nicht weiter. Trotz des vorzüglichen Deutsch meines Gegenübers würde ich nichts erfahren. Wahrscheinlich wußte man auch hier nichts über die mir längst bekannten offiziellen Verlautbarungen hinaus.

Ich erhob mich.

»Wenn Sie mir sonst nichts zu sagen haben, Herr Botschafter, möchte ich Ihre wertvolle Zeit nicht weiter beanspruchen.«

Der Herr stellvertretende Botschafter erhob sich ebenfalls, gab erneut seiner Anteilnahme Ausdruck und drückte mir zum Abschied einen ganzen Stapel von Broschüren über den Irak in die Hand: der Irak als Reiseland, der Irak als Freund aller friedliebenden Menschen, der Irak als Opfer der verbrecherischen amerikanischen Politik. Wurde er danach bezahlt, wie viele von diesen Heftchen er unter die Leute brachte?

»Meine Heimat ist ein sehr schönes Land. Und ein gastfreundliches Land, Dr. Hoffmann. Vielleicht dürfen wir Sie trotz des traurigen Schicksals Ihrer Freundin dort einmal begrüßen.«

Ich konnte mir keine Konstellation vorstellen, unter der ich in diesem Leben seine Behauptung vom schönen und gastfreundlichen Irak überprüfen würde.

Mein Wagen stand eine Ecke weiter, vor einer neugotischen Kirche in rotem Backstein. Mir war nie aufgefallen, daß sie

Herz-Jesu-Kirche hieß, also wohl eine katholische Kirche war, erstmals jetzt, als die Tür aufging und zwei ältere Frauen herauskamen.

Einem plötzlichen Impuls folgend, betrat ich die Kirche, sofort umfangen von dieser wunderbaren Stille, dieser feierlichen Gelassenheit. Vor einem Seitenaltar brannten zwei Kerzen, wahrscheinlich gerade entzündet von den beiden Frauen. Ich bin evangelisch und nicht einmal sicher, ob Celine noch Kirchensteuer bezahlt hat. Trotzdem warf ich zwei Euro in die schmiedeeiserne Kasse und steckte eine dritte Kerze an. Wenn es einen Gott gab, sollte er Celine gnädig aufnehmen.

Und wenn ich hier bei dem falschen war, Gott zum Beispiel Buddhist ist, so hoffte ich auf seine Großzügigkeit gegenüber der Begrenztheit menschlicher Einsichten. Wenigstens aber sollte er diesen Fehler mir ankreiden und nicht Celine.

5

Celines Beerdigung hatten ihre Eltern organisiert, Hilfe von Beate oder mir abgelehnt.

Ihre Tochter wurde auf dem Waldfriedhof Zehlendorf bestattet, in geweihter Erde. Im wesentlichen, weil es die Deutsche Bestattungsverordnung so vorschreibt. Trotz Reihenhaus und bürgerlicher Vorbehalte gegenüber dem Verhältnis ihrer Tochter zu Dr. Hoffmann waren sie seit 1968 nicht ohne ideologische Grundsätze durch die Institutionen marschiert. Deshalb erinnerte an Stelle eines Pfarrers oder Priesters ein professioneller Trauerredner an die nach seiner Überzeugung »viel zu früh von uns Gegangene«.

Auch sonst war der Unterschied zu konfessionellem Beistand nicht groß, bei diesem Trauerredner hier gab es ebenfalls irgendeine Art von Weiterleben nach dem Tode, allerdings, das gefiel mir besonders gut, keine Hölle. Aus seiner Mischung von Christentum, Hermann Hesse und Naturreligion meinte ich herauszuhören, daß auch die Möglichkeit einer Wiedergeburt allemal drin wäre. Unklar blieb jedoch, ob als Schmetterling, Orchidee oder Versuchstier in der Pharmaforschung.

Die Trauergäste um Celines Eltern schienen die Ungereimtheiten dieser selbstgestrickten Welt- und Ewigkeitssicht nicht zu stören. Sie waren nicht nur an ihrem Alter, das sie zum vorgezogenen Ruhestand berechtigte, als Freunde der Eltern erkennbar. Auch ihre Kleidung, zu weite Jeans bei den Männern und großblumige Kartoffelsäcke unter unförmigen Mänteln bei den Frauen, unterschied sie vom Rest der Gemeinde. Sicher handelte es sich um Mitglieder der Wohngemeinschaft, in der Celine aufgewachsen war, um Leute aus der damaligen KiTa-Gruppe und der Eltern-gegen-den-Atomtod-Initiative. Viel fehlte nicht, und sie hätten sich bei den Händen gefaßt und eine Prozession veranstaltet. Spätestens an dieser Stelle hätte sich Celine totgelacht.

Aber Celine war bereits tot, und wir standen hier als der letzte Beweis dieser Tatsache.

Schräg links von mir Celines Freundinnen und Freunde, meist in gut sitzenden Anzügen und Kostümen, deutlich eine neue Generation. Einige von ihnen kannte ich gut, andere nur flüchtig, viele gar nicht. Es hatte mir immer gefallen, daß Celine ihren eigenen Freundeskreis behalten, nicht einfach ihr Leben in meinem hatte aufgehen lassen.

Die Benachrichtigung dieser Freunde hatte Beate besorgt. Kollegen aus der Schule, Studienfreunde, Mitstreiter von ProAsyl. Insbesondere von denen hielt ich mich fern, machte ich sie doch, bewußt ungerecht, mitverantwortlich an Celines Schicksal.

Ich gehörte weder zu der Gruppe von Celines Freunden und Kollegen, von denen mich unter anderem fünfzehn Jahre trennten, noch zu den Leuten um die Eltern mit etwa gleich großem Altersabstand in entgegengesetzter Richtung. Das ewige Trauma: zu keiner Gruppe wirklich gehörig, zu jung oder zu alt, zu früh oder zu spät. Glück bedeutet, im richtigen Alter zur richtigen Zeit am richtigen Ort zu sein, und die Glücklicheren unter uns sind die, die es mit Zeit, Ort und Alter nicht so genau nehmen.

Trauerfeiern werden unter anderem veranstaltet, um dem einzelnen die Last zu erleichtern, ihn des Mitgefühls der Gemeinschaft zu versichern. Ich fühlte mich hier allerdings erst recht einsam und allein mit meiner Trauer.

»Dr. Hoffmann!«

Ein Mann, schwer bestimmbaren Alters, streckte mir seine Hand entgegen. Grauer Stoppelbart, Mittelmeer-Physiognomie. Es war Baran, Exilkurde aus dem Nordirak, der Celine damals maßgeblich bei der Zusammenstellung ihrer Hilfslieferung, der Ausarbeitung ihrer Route durch Osteuropa und beim Kontakt mit den Empfängern im irakischen Kurdistan geholfen hatte. Seine Gruppe – soweit ich wußte, nur eine von verschiedensten Vereinigungen der Exilkurden – nannte sich »National Union of Kurdistan«, oder so ähnlich.

»Wir Kurden sind ganz, ganz traurig wegen der Celine. Sie war ein guter Mensch, immer sehr gut zu uns.«

Hinter ihm kam eine kleine Gruppe näher auf mich zu und unterstrich mit stummem Nicken seine Worte. In Gesellschaft dieser Leute mit über Jahre gepflegtem und ausgebessertem Sonntagsstaat fühlte ich mich gleich besser. Keine Ahnung, warum ich verbittert reagierte auf die Deutschen von ProAsyl, nicht aber auf diese Menschen hier, deren Landsleuten Celines Hilfsaktion gedient hatte.

»Danke, Baran.«

In meiner Jackettasche kramte ich nach dem Zweitschlüssel zum Keller im Klinikaltbau. Celine und Heiner hatten nicht alle eingesammelten Spenden auf ihre Karawane mitnehmen können, außerdem kamen ständig weitere Sachen dazu. Baran wollte sich um einen neuen Transport kümmern und sollte sich einen Überblick verschaffen. Ich gab ihm den Schlüssel und sah ihn fragend an.

»Haben Sie schon etwas aus der Heimat gehört?«

Baran schüttelte den Kopf.

»Noch nicht, wir haben noch keine Informationen, was wirklich passiert ist. Aber unsere Leute hören weiter. Wir sind ganz sicher, daß, was Regierung in Bagdad sagt, nicht stimmt.« Er deutete auf eine Gruppe jüngerer Männer im Hintergrund. »Die da wissen wahrscheinlich!«

Erst jetzt fiel mir auf, daß sich diese Männer von den Kurden unterschieden, für die ich sie ursprünglich gehalten hatte. Ihre Anzüge entsprachen in Stil und Sitz eher denen von Celines Freunden.

»Geheimdienst von Saddam Hussein«, gab mir Baran zu verstehen.

Einen Moment war ich versucht, mich auf diese gutgekleideten Schlägertypen zu stürzen, die Wahrheit aus ihnen herauszuprügeln. Aber ich hätte mich nur lächerlich gemacht, keine Chance gehabt. Und außerdem glaubte ich im Gegensatz zu Baran nicht, daß man diese irakischen Außendienstmitarbeiter über Celines wirkliches Schicksal informiert hatte. Wahrscheinlich gingen sie nur ihrer Lieblingsbeschäftigung nach: Kurden bespitzeln.

Irgendwann hatte der Trauerredner seinen Vorrat an philosophischen Kochrezepten aufgebraucht, waren alle Hände geschüttelt, alle »Ich kann es noch gar nicht fassen« gesagt, und Beate fuhr mich nach Hause. Die Eltern hatten nach der Beerdigung ein Essen organisiert, wir uns mit ein paar höflichen Worten entschuldigt. Dem Redner, der sich seinen Lebensunterhalt über diesen Friedhofsjob hinaus wahrscheinlich noch mit launigen Geburtstagsgedichten oder Lobreden auf Betriebsjubiläen verdiente, würde es auch ohne uns schmecken, für ihn war der regelmäßige Leichenschmaus sicher integraler Bestandteil seiner Wochenplanung.

Beate parkte vor meinem Hauseingang.

»Ich bin ziemlich enttäuscht.«

»Enttäuscht? Warum?« fragte Beate.

»Ich glaube, ich trauere gar nicht richtig.«

Beate wendete mir ihr Gesicht zu. Mit ihren blauen Augen und den langen blonden Haaren, für den Friedhof hochgesteckt wie sonst in der Klinik, entsprach sie ziemlich dem gängigen Schönheitsideal. Alles an ihr war etwas weicher, etwas runder als an Celine. Sie strich sich eine Strähne hinter das Ohr, die sofort wieder vorfiel.

»Und wie geht richtiges Trauern deiner Meinung nach?«

»Keine Ahnung. Weinkrämpfe? Plötzliche schwarze Löcher, die jeden anderen Gedanken in sich aufsaugen? Ich fühle mich verlassen, enttäuscht und wütend. Aber ich mache weiter gewissenhaft meine Arzt-Arbeit, schneide mich nicht beim Rasieren, lebe einfach so weiter, funktioniere.«

»Findest du? Trägst du auch sonst deine Krawatte falsch herum?«

Sie verabschiedete sich mit einem Kuß auf die Wange.

»Kommst du zurecht?«

Ich nickte. Erst jetzt wurde mir bewußt, daß wir Hand in Hand nebeneinander gesessen hatten. Hatte Beate nach meiner Hand gegriffen oder ich nach ihrer?

6

»Guten Morgen. Sie müssen Dr. Hoffmann sein!«

An meinem Schreibtisch in der Klinik erhob sich ein unverschämt gut aussehender Araber um die dreißig und streckte mir seine Hand entgegen.

»Und wer sind Sie?«

»Dr. Hassan, Abdul Hassan. Sie wissen Bescheid?«

Ich ignorierte seine Hand und setzte mich hinter meinen Schreibtisch, Position Platzhirsch. Vor mir lagen deutlich mehr Patientenakten, als ich vorgestern dort zurückgelassen hatte.

»Nein. Ich weiß nicht Bescheid. Ich habe keine Ahnung, wer Sie sind und mit welchem Recht Sie in unseren Patientenunterlagen herumschnüffeln.«

Die Selbstsicherheit von Dr. Hassan schien nicht erschüttert.

»Das tut mir leid, dann hat man Sie nicht informiert.«

Es klang nicht, als täte es ihm wirklich leid. Eher, als registriere er, daß ich vielleicht zu den Leuten in der Klinik gehöre, die man nicht unbedingt informieren müsse. Immerhin besaß er die Freundlichkeit, mich ins Bild zu setzen.

»Ich komme aus dem Irak, bin Internist mit abgeschlossener Ausbildung. Die klinischen Semester habe ich in Köln studiert. Nun bin ich über ein Programm der GTZ hier, um mich an Ihrer Klinik in der Nierenheilkunde fortzubilden, insbesondere in der Dialysetechnik.«

»Wer ist GTZ?«

»Das ist die Deutsche Gesellschaft für technische Zusammenarbeit. Die unterstützt Projekte in der Entwicklungshilfe.«

Irgendwie war ich zur Zeit auf Leute aus dem Irak nicht gut zu sprechen, schon gar nicht, wenn sie so selbstbewußt auftraten wie dieser junge Mann hier. Ich griff zum Telefon und fragte bei unserer Verwaltungsleiterin nach.

»Mensch, Felix, das habe ich gestern vollkommen verschwitzt, wegen der Beerdigung und allem. Entschuldige. Der Typ soll gut deutsch sprechen und eine abgeschlossene Ausbildung haben, die Unterlagen liegen hier irgendwo. Er wird von so einem Programm aus dem Auswärtigem Amt finanziert, kostet uns keinen Pfennig und kann euch doch bestimmt entlasten. Setz ihn einfach irgendwie sinnvoll ein. Wir sehen uns nachher, okay?«

Celines Freundin oder nicht, als Verwaltungsleiterin ließ sich auch Beate einen kostenlosen Doktor nicht entgehen. Mein Problem, wie ich dafür sorgte, daß uns Dr. Hassan nicht dauernd auf den Füßen stand und bei der Arbeit aufhielt. Ich erhob mich.

»Gut, Herr Kollege. Ich bringe Sie hinüber zur Nephrologie und stelle Sie dort vor. Im übrigen wäre ich Ihnen dankbar, wenn Sie mein Dienstzimmer nur betreten, wenn ich Sie darum bitte.«

Und ich nahm mir vor, mein Zimmer in Zukunft abzuschließen. Keine große Sache. Sobald die Vital-Leute einen Chefarzt für die Innere gefunden hatten, mußte ich hier sowieso raus.

Nachdem ich unseren neuen Gastarzt auf der Dialyse abgegeben hatte, saß ich rum und wartete auf Professor Kleinweg, unseren kommissarischen Chefarzt, und seine wöchentliche Visite. Wie jeder Donnerstag fand auch dieser die Betten frisch bezogen und die Patienten in gespannter Erwartung, endlich eine kompetente Meinung zu hören. Kleinweg war im Grunde kein schlechter Kerl, spielte sich uns gegenüber nie als Chefarzt auf. Ihm war klar, daß er in der Humana-Klinik nur vorübergehend den Chefarzt-Darsteller gab, und er war dankbar, wenn ich ihn nicht mit wirklichen administrativen oder medizinischen Problemen belästigte und er seine »große Chefvisite« schnell durchziehen konnte. Dazu hatten wir ein einfaches System entwickelt, das sich auch heute bewährte.

Erster Patient war Herr Schubert, letzte Woche zwei Tage vor Kleinwegs Visite mit einem schweren Asthmaanfall aufgenommen.

»Gerade noch rechtzeitig, keine Minute zu früh«, wie ihm Kleinweg versichert hatte.

Ein absoluter Routinepatient: vorübergehende Erhöhung seiner Asthmamedikation, ein paar Tage Infektbehandlung. Für den nächsten Tag stand die Entlassung an.

Vor dem Zimmer erinnerte ich Kleinweg in kurzen Worten an den Fall.

»Erstes Bett links, Herr Schubert. Infektexacerbiertes Asthma, Sie haben ihn letzte Woche gesehen. Alles in Ordnung, morgen Entlassung.«

Vor Schuberts Bett hörte sich das dann etwas anders an.

Ich: »Sie erinnern sich an Herrn Schubert, Herr Professor?«

Kleinweg: »Natürlich erinnere ich mich an Herrn Schubert. Schwerster Asthmaanfall, gerade noch einmal so am Schlimmsten vorbeigekommen. Wo ist er, Dr. Hoffmann?«

Ich: »Sie stehen vor ihm!«

Kleinweg, ungläubig zwischen mir und Schubert hin- und herblickend: »Nein! Das ist nicht Herr Schubert!«

Selbst anhand der Krankenunterlagen ließ sich Chefarzt Kleinweg offenbar nur schwer davon überzeugen, daß dieser nun fast kerngesunde Mensch identisch mit dem Todgeweihten von vor einer Woche war.

»Unglaublich!«

Und wieder würde ein dankbarer Patient im Verwandten- und Bekanntenkreis berichten, wie der Herr Chefarzt persönlich ihm bestätigt habe, daß er dem Tod nur gerade mal eben so von der Schippe gehopst sei und welche Wunder die Humana-Klinik an ihm vollbracht habe.

Schuberts Zimmerkollege, am Tag zuvor mit Magenbluten unter Aspirin-Medikation aufgenommen, bekam Kleinwegs Gerade-noch-einmal-rechtzeitig-Begrüßung zu hören und die Versicherung, daß wir zu seiner Wiederherstellung ohne Rücksicht auf Mühen oder Kosten alles aufbieten würden, was die moderne Medizin zu bieten habe. Nächste oder übernächste Woche würde Kleinweg dann auch diesen Patienten kaum wiedererkennen.

In mehreren Varianten, teils vom jeweiligen Krankheitsbild, teils von unserer Laune bestimmt, führten Kleinweg und wir Ärzte der Humana-Klinik unsere Donnerstags-Matinee durch die Innere Abteilung fort. Bei Herrn Krauskopf waren die Temperaturen rückläufig, vielleicht würden wir die Niere wirklich retten können.

Frau Zachels Uterusmyome hatten kaum noch geblutet, und ihre Angina pectoris war deutlich gebessert. Herr Schlups wollte wissen, ob er mit einem Herzschrittmacher weiter kegeln gehen könne.

»Aber klar können Sie das, Herr Schlups. Besser als bisher sogar.«

Ein glückliches Gesicht strahlte uns entgegen. Natürlich hatte er mir und den Kollegen wiederholt die gleiche Frage gestellt und die gleiche Antwort bekommen, aber nun hatte es der Herr Chefarzt auch gesagt.

Das wirkliche Problem war Herr Cornelsen, allerdings ein Problem, das weder mit medizinischer noch mit Kammerspielroutine zu lösen war.

»Noch nicht entlassen, den Herrn Cornelsen?«

Kein Vorwurf in Kleinwegs Stimme. Eher die Hoffnung, daß ich mich vielleicht geirrt hätte.

»Nein. Diesmal kam ein Racheninfekt dazwischen.«

Herr Cornelsen litt unter einer schweren Zuckerkrankheit, die unter anderem seine Nieren stark geschädigt hatte und ihn schon seit längerem von der künstlichen Niere abhängig machte. Unser Patient war er vor Wochen wegen Schwierigkeiten mit seiner Insulineinstellung geworden. Das Problem war lange behoben, doch nun entwickelte Herr Cornelsen jedes Mal, wenn er zur Entlassung anstand, einen neuen Infekt und blockierte damit nicht nur einen unserer wertvollen Plätze an der künstlichen Niere, sondern hatte sich in der Kombination teure Antibiotika und teure Blutwäsche zu einem Patienten entwickelt, dessen Behandlungskosten für die Klinik um ein Vielfaches den Betrag überschritten, den wir von seiner Krankenkasse erstattet bekamen. Zeit für meinen üblichen Donnerstags-Scherz.

»Ist Ihre Waldklinik nicht auf Diabetes mellitus spezialisiert, Herr Professor?«

Eilig verabschiedete sich Kleinweg und würde bis zum nächsten Donnerstag kaum erreichbar sein.

Nach der Vorstellung »Chefvisite« schaute ich in der Chirurgie vorbei. Unternehmer Sommer hatte Wort gehalten, im

OP-Trakt ging es zügig voran, in den Operationssälen 2 und 3 kam inzwischen tatsächlich Druckluft aus den Druckluftanschlüssen, und am destillierten Wasser verbrühte man sich nicht mehr.

»Wir sind bereit für deine Niere, Felix!«

Da mußte ich die Chirurgen weiterhin ein wenig vertrösten.

Ein, zweimal die Woche Mittagessen mit Beate sparte uns beiden Zeit und war weniger offiziell als ein Termin in ihrem Büro. Außerdem, das mußte man ihr lassen, hatte sich das Essen in der Personalcafeteria seit ihrem Amtsantritt als unsere Verwaltungsleiterin deutlich verbessert. Für mich war das Thema Dr. Hassan noch nicht erledigt. Beate entschuldigte sich, sie selbst sei erst vorgestern unterrichtet worden.

»Ich finde«, meinte ich, »das ging überraschend schnell für das Arbeitstempo der Senatsbürokraten.«

»Freu dich doch, wenn sogar die einmal zügig arbeiten. Aber die Sache lief wohl direkt über das Auswärtige Amt. Wahrscheinlich als Goodwill-Aktion wegen der abgesagten Irakreise unserer Wirtschaftsbosse. Wenn es um Aufträge für die deutsche Industrie geht, sind wir uns auch für Saddam Hussein nicht zu fein.«

Globalisierung! Inzwischen hing wirklich jedes mit allem zusammen, sogar die Stellenbesetzung in der Humana-Klinik mit der deutschen Außenpolitik.

»Haben wir nicht langsam genug ausländische Doktors? Auf der Gynäkologie findest du ohne gute Russischkenntnisse kaum mehr den Weg zur Toilette.«

»Vergiß nicht, Felix, daß über ein Drittel unserer Patienten Ausländer sind und manche kaum Deutsch sprechen, da sind ein paar ausländische Doktors doch nicht nur gerecht, sondern auch praktisch. Findest du nicht?«

Mußte ich zugeben. Nur würde ich sie hin und wieder auch ganz gerne verstehen.

»Außerdem«, Beate griff über den Tisch nach meiner Hand, »Ausbildungshilfe für Ärzte aus dem Irak wäre sicher auch im Sinn von Celine, ist eine direkte Hilfe für die Menschen dort.«

»Celine hatte mehr die Kurden als die Iraker im Sinn.«

»Blödsinn. Celine hatte immer die Menschen im Sinn. Soll die irakische Bevölkerung wegen ihres verrückten Führers leiden?«

Schmerzlich erinnerte mich das an Diskussionen mit Celine. Sie hatte auch fast immer die besseren Argumente.

»Natürlich nicht. Aber ich fürchte, unsere Ausbildung für Dr. Hassan wird weder der irakischen noch der kurdischen Bevölkerung zugute kommen. Er wird sich am Ende in einem Stadtpalast in Bagdad niederlassen, Zugang nur für die irakische Finanzelite – beziehungsweise gleich in Deutschland bleiben. Oder er hilft Saddam beim Bau von Biowaffen.«

»Und das lernt er bei euch an der künstlichen Niere?«

Beate hatte das letzte Wort behalten, also durfte sie selbst ihr Mittagsgeschirr abräumen. Manchmal bin ich ziemlich kleinlich.

Berlin office, progress report (ref. III-77-1414)
Subject: Dr. Felix Hoffmann
Quelle: Video-Überwachung und (geschwärzt)

Dr. Felix Hoffmann betrat die Botschaft der Republik Irak in Berlin-Zehlendorf um 09:14 Uhr. Dort traf Dr. Hoffmann nach vertrauenswürdiger Quelle den stellvertretenden Botschafter der Republik Irak, Nasif Hamdai. Nasif Hamdai ist nach bestätigten Erkenntnissen Koordinator des irakischen Auslands-Geheimdienstes für Westeuropa. Der Inhalt des Gespräches konnte bisher nicht ermittelt werden. Dr. Felix Hoffmann verließ die Botschaft der Republik Irak um 09:46 Uhr, klar erkennbar mit dort erhaltenen Unterlagen unbekannten Inhalts.

Bewertung
Dr. Felix Hoffmann arbeitet, wie bisher nur vermutet werden konnte, mit dem irakischen Auslands-Geheimdienst zusammen. Damit konkretisieren sich auch die Verdachtsmomente gegen den von seiner Geliebten, der deutschen Staatsbürgerin Celine Bergkamp, in den Irak organisierten Transport, der offiziell als »humanitäre Hilfslieferung« deklariert wurde.

Empfehlungen/Weiteres Vorgehen
Einzelüberwachung von Dr. Felix Hoffmann beantragt. Eine Weitergabe der Erkenntnisse an deutsche Dienststellen wird NICHT empfohlen.

Anlagen: Kopie der Videoüberwachung irakische Botschaft 09:12 Uhr bis 09:14 Uhr und 09:46 Uhr bis 09:47 Uhr.

Handschriftliche Notiz: Einzelüberwachung des Dr. Felix Hoffmann wg. mangelnder Personalstärke zur Zeit nicht möglich.

7

Am nächsten Vormittag mußte die Innere Abteilung schon wieder auf mich verzichten, der Herr Oberarzt Dr. Hoffmann folgte der Einladung des geschätzten Kollegen Dr. Zentis zur »Ersten Arbeitsbesprechung betreffs Neustrukturierung Katastrophenvorsorge« in die Senatsverwaltung für Inneres.

Ich war rechtzeitig genug losgefahren, um, ohnehin einmal in der Stadt, beim Auswärtigen Amt vorbeizuschauen, denn Anrufe im Auswärtigen Amt sind ziemlich sinnlos.

Erst einmal findet man die Telefonnummer nicht unter »Bundesministerien« (logisch, ist ja auch nicht das Außen-»Ministerium«, obgleich wir erstaunlicherweise einen Außenminister haben!), und hat man tatsächlich unter »Auswärtiges Amt« die Nummer 01888170 aufgespürt, verspricht dort eine automatische Ansage, daß der nächste freie Platz für den Anrufer reserviert sei, und unterhält ihn solange mit Westernmusik. Einige Minuten später bekommt man sogar ein Freizeichen – dem folgt eine stumme Pause, dann ein Besetztzeichen.

Der Pförtner am Werderschen Markt 1 kannte mich inzwischen gut genug, um mich gleich beim Legationsrat Schmockwitz anzumelden.

»Das tut mir leid mit Ihrer Freundin, Doktor!«

Irgendwie glaubte ich dem Pförtner mehr als der gleichlautenden Aussage des Legationsrat Schmockwitz, dem ich wenig später in seinem schnieken Büro im dritten Stock gegenübersaß.

»Vielen Dank für Ihr Beileid, Herr Schmockwitz. Mich interessiert, ob Ihre Nachforschungen im Irak neue Erkenntnisse an den Tag gebracht haben.«

Bedauernd hob der Herr Legationsrat die Schultern.

»Vielleicht erfahren wir in einigen Jahren, ob sich der Tod Ihrer Freundin wirklich so zugetragen hat, wie die Behörden im Irak behaupten.«

»Niemals hat es sich so zugetragen. Wie oft soll ich Ihnen das noch erklären!«

»Jedenfalls, im Moment kommen wir da sicher nicht weiter. Mit der Rückführung der Verstorbenen ist für die Bundesrepublik der Fall abgeschlossen, wenigstens vorläufig. So leid es mir tut.«

»Wenn der Fall für die Bundesrepublik abgeschlossen ist, verstehe ich nicht, warum mich der Verfassungsschutz überfällt und in Frau Bergkamps Vergangenheit herumschnüffelt!«

Wütend knallte ich die Tür hinter mir zu. Hoffentlich würde ich Legationsrat Schmockwitz nicht doch einmal brauchen!

Obrigkeitshörig, wie ich im Grunde meines bürgerlichen Herzens bin, parkte ich trotz des Zwischenstopps beim Auswärtigen Amt immer noch fünf Minuten vor dem offiziellen Konferenzbeginn in der Tiefgarage der Innenverwaltung.

»Konferenz Dr. Zentis/Staatssekretär Müller: Besprechungsraum 5, 2. Stock« informierte mich ein Hinweisschild im Foyer. Bei »2. Stock« brauchte ich mich wenigstens nicht dem Fahrstuhl anzuvertrauen.

Die meisten Kliniken hatten, dem Thema »Katastrophenvorsorge« gemäß, ihre leitenden Notärzte geschickt. Der Kollege vom Urban-Krankenhaus schaute sich nach einem Büffet um, vergeblich.

»Was is'n das für 'ne Besprechung? Nich mal Würstchen mit Kartoffelsalat ham die hier!«

Ärzte sind immer am Verhungern. Fühlen sich andere Berufsgruppen auch ständig vom Hungertod bedroht?

Natürlich wurde es die Show von Dr. Zentis. Staatssekretär Müller sprach ein paar einleitende Worte und hing in der Folge ehrfurchtsvoll an Zentis' Lippen, der es sich nicht nehmen ließ, stolz und mit einer Menge Dias die eigene Bedeutung und die Wichtigkeit seiner Bedrohungsanalyse zu unterstreichen. Ich döste vor mich hin, hatten mir seine Statistiken doch schon neulich den Abend unterhaltsam verkürzt, konnte ihm aber sein Referat nicht verdenken, denn mindestens die Hälfte der mir bekannten Mediziner liest prinzipiell nicht.

»Bisher sind wir noch mit jeder Situation fertig geworden«, beschwerte sich am Ende unser leitender Notarzt, Dr. Vogel, den ich zu meiner Unterstützung mitgebracht hatte. »Zum Beispiel bei der Bombe im La Belle! Fast dreihundert Verletzte, alle waren innerhalb kürzester Zeit vor Ort notversorgt und ratzfatz in einer Klinik. Und so 'ne World Trade Türme gibt's in Berlin nicht, oder?«

Dr. Zentis und Staatssekretär Müller waren weit davon entfernt, sich ihr Projekt durch kleinliche Einwände kaputtmachen zu lassen.

»Es sind Szenarien vorstellbar, auch hier in Berlin, da würden Sie wünschen, lieber am 11. September in New York gewesen zu sein.«

Wir einigten uns, bald eine Katastrophenübung durchzuführen, zur Überprüfung der aktuellen Kommunikationswege, der Einsatzkräfte und der klinischen Versorgungsmöglichkeiten. Dann wurden Posten verteilt, und trotz der allgemeinen Beliebtheit von Posten blieb ich am Schluß auf dem des Katastrophen-Koordinators für die Berliner Bezirke Charlottenburg/Wilmersdorf und Steglitz/Zehlendorf sitzen. Na schön, ein Posten mehr würde mich nicht umbringen. Schließlich hatte Zentis, dem die Gesamtorganisation oblag, zusätzlich das dichtbesiedelte Marzahn/Hellersdorf übernommen. Außerdem stand jetzt erst einmal ein klinikfreies Wochenende bevor. Ich schaltete endgültig ab.

8

Für das Dinner mit Beate am Sonntagabend hatte ich auf ein altbewährtes Rezept zurückgegriffen: Schweinemedaillons auf grünen Bohnen, Cherrytomaten und Zwiebeln mit Roquefort überbacken. Einer meiner beliebten Standards, gelingt fast immer. Ohne allzu tiefgründig über die Gründe hierfür zu spekulieren, war mir wichtig, daß meine Dinnereinladung für Beate gelang.

»Das schmeckt ja köstlich! Gibt es noch mehr davon?«

Na bitte! Beate hatte den Wein beigesteuert. Sie trug ihre blonden Haare inklusive der getönten Strähnen offen, dazu einen Hauch von Kleid, in der Länge gerade noch ihrem Alter angemessen, und einen lockeren Duft von Frühling und Sommer in meine Wohnung.

Celine hatte nie Parfüm benutzt. »Kommerzialisierte Weiblichkeit« hatte sie das genannt und auf die Tierversuche in der Kosmetikindustrie verwiesen. Die Wahrheit ist, sie brauchte weder Schminke noch Parfüm. Vielleicht Beate eigentlich auch nicht. Aber irgendwie, und das meine ich nicht negativ, paßten Schminke und getönte Haarsträhnen ganz gut zu Beate.

Wir hatten uns erst einmal weitgehend auf das Essen konzentriert, einigten uns jetzt aber auf eine kleine Pause vor der zweiten Portion. Mir war in den Sinn gekommen, daß ich gar nicht wußte, was Beate neben ihrer Arbeit für unsere Klinik und der Tatsache, Celines beste Freundin zu sein, sonst so trieb. Genauer, ob sie jemandem absagen mußte, um an diesem Sonntagabend mit Dr. Hoffmann zu essen. Vorsichtig formulierte ich meine entsprechende Frage.

»Felix, in unserem Alter hat jeder irgendeine Art Beziehung, mehr oder weniger.«

»Und wie ist deine? Mehr oder weniger?«

Beate hob die ärmelfreien Schultern.

»Jedenfalls nicht das, was du und Celine hattet.«

Exakt darüber hatte ich in den letzten Wochen viel nachgedacht, was genau hatten Celine und ich eigentlich miteinander gehabt? Es hatte, lang ist es her, damals zwar ziemlich schnell gefunkt zwischen uns, richtig, aber die Welt war nicht stehengeblieben, keine himmlischen Chöre, keine Schalmaien. Waren wir vielleicht nur gute Freunde gewesen, die auch miteinander schliefen? Hatten wir uns einfach nur aneinander gewöhnt?

»Das sicher auch, sonst hättet ihr nicht so lange zusammenbleiben können. Aber eines ist mal sicher: Celine hat dich geliebt.«

Das hatte sie mir nie gesagt, genausowenig wie ich ihr. Und nun würden wir es uns nie mehr sagen können.

»Was hat sie dir sonst noch so über uns erzählt?«

»Was meinst du?«

»Komm schon, Beate. Ihr Frauen redet doch über solche Sachen.«

Beate kaute ihr Schweinemedaillon ruhig zu Ende und schaute mich dann von unten an.

»Du meinst, ob du gut warst?«

Hatte ich das gemeint? Jedenfalls war es eine interessante Frage.

»War ich das?«

Die Antwort kam mit unschuldigem Lächeln.

»Guter Durchschnitt, habe ich gehört.«

Selber schuld, ich hatte gefragt. Dann konnte ich auch gleich weitermachen.

»Und wie gut konnte Celine vergleichen?«

Beate legte das Besteck auf ihren jetzt leeren Teller und lehnte sich zurück.

»Gibt es Nachtisch?«

Nach den frischen Feigen mit grünem Pfeffer streifte Beate ihre Slipper ab und fläzte sich erschöpft auf meine Couch, während ich uns einen starken Espresso machte, letztendlich froh, daß meine Frage unbeantwortet geblieben war.

Celine und ich hatten eine dieser offenen Beziehungen, der eine sollte den anderen nicht einengen. Aber allen ist klar, was mit einer offenen Beziehung geschieht, wenn einer der Partner die Option wirklich wahrgenommen hat.

»Und du? Bist du Celine immer treu gewesen?«

Auch ich zog meine Schuhe aus und setzte mich zu Beate auf die Couch.

»Meinst du körperlich oder psychisch?«

Beate bohrte mir ihre große Zehe in den Bauch.

»Das ist Sophismus, Felix!«

In diesem Moment klingelte es.

Vor der Tür standen Celines Eltern.

»Entschuldigung, wir wußten nicht, daß du Besuch hast.«

Sie wollten nicht stören, mir nur den Schlüssel von Celines Wohnung geben. Ob ich da wohl ab und zu nach dem Rechten sehen könne.

»Die Wohnung … Ihr wollt die Wohnung nicht … Kommt doch herein.«

Demonstrativ versuchten sie, mir nicht über die Schulter zu schauen.

»Danke, aber wir fliegen morgen früh zurück nach Hause. Einen schönen Abend noch, Felix.«

Dann zogen sie ab, und ich fühlte mich schuldig.

Wie gesagt, mein Verhältnis zu Celines Eltern war nicht besonders herzlich, aber jetzt taten sie mir leid: Sicher gab es auch zu Hause in Hamburg ein Zimmer, das weiter auf eine Celine wartete. Die aber würde weder dorthin noch in die Wohnung mir gegenüber, die ich nicht auflösen sollte, je wiederkehren. Die Stimmung, welche auch immer, war verflogen. Beate streifte ihre Schuhe über, dankte für den Abend, gab mir einen Kuß auf die Wange und verschwand.

»Wir sehen uns morgen in der Klinik.«

Hatte ich mir den weiteren Verlauf des Abends anders vorgestellt? Ich dachte einfach nicht darüber nach, sondern überredete mich, es als Vorteil zu betrachten, morgen gut ausgeschlafen die Woche zu beginnen. Zumal für morgen »Nachtdienst« auf meinem Dienstplan stand.

9

Das war einer der Nachteile unserer aktuellen Klinikstruktur: Ich durfte zwar bis auf Kleinwegs Chefarzt-Prozession am Donnerstag alle Funktionen eines Chefarztes der Inneren Abteilung wahrnehmen, nicht aber die Vorteile meiner De-facto-Position. Jedenfalls nicht den Vorteil, meine Abende und Nächte regelmäßig zu Hause zu verbringen, statt sie mir als Nachtdienst in der Klinik um die Ohren zu schlagen. Vorsorglich mißlaunig stampfte ich durch den Klinikmontag, zu Recht, wie sich in der folgenden Nacht herausstellte: Ich kam nicht eine Minute zum Schlafen.

Dienstag nachmittag konnte ich mich trotzdem nicht früher nach Hause verdrücken, jeden ersten Dienstag im Monat fand die Budgetkonferenz der Abteilungen statt. Würde ich die schwänzen, würden uns die Kollegen der anderen Abteilungen in aller Freundschaft noch die letzte Kopfschmerztablette streichen.

Gegen halb sechs hatte ich durchgesetzt, daß die Innere Medizin nicht wieder überproportional mehr einsparen mußte als die anderen Fachabteilungen und machte mich auf den Heimweg. Auf meinem Weg durch die Ambulanz drängelten sich dort für einen Dienstagabend auffällig viele Patienten. Gut so, standen doch zur Zeit mehr Betten leer, als unserer Budgetposition unter den Vital-Kliniken gut tat. Ich nahm den Hinterausgang, denn alles, was ich noch wollte, war ein Bier und mein Bett, jedenfalls keine medizinischen Fragen mehr.

Der erste Anruf kam gegen halb acht abends, ich war gerade auf der Couch eingeduselt und antwortete entsprechend freundlich.

»Doktor!« blökte ich ins Telefon, »wenn Sie es alleine nicht schaffen in der Ambulanz, werfen Sie einen Blick in den Dienstplan. Als nächster ist Ihr Vertreter dran, und wenn Sie den nicht bekommen, jeder Kollege, der dumm genug ist, ans Telefon zu gehen.«

Wütend knallte ich den Hörer auf. Kommen die jungen Ärzte nicht einmal mit ein paar hustenden Leuten zurecht?

Zwanzig Minuten später, ich versuchte gerade, mit einer neuen Flasche Bier meine Müdigkeit wiederherzustellen, war Dr. Valenta am Telefon.

»Felix, ich glaube, du solltest sofort kommen. Es gibt ein Problem.«

»Um was geht's denn?«

»Nicht am Telefon.«

Immerhin verfügt Dr. Valenta, Leiter unserer Intensivstation und fast immer in der Klinik, über eine fast so lange medizinische Erfahrung wie ich. Aber warum so geheimnisvoll? Mit einem herzhaften Gähnen ließ ich das angebrochene Bier stehen und suchte den Autoschlüssel.

Die Notfallambulanz der Humana-Klinik glich einem Heerlager. Überall hustende und schniefende Leute, denen man einen Schutz über Mund und Nase verpaßt hatte, auch Valenta kam mir mit Mundschutz entgegen.

»Was ist denn los, Heinz? Können unsere Freunde Hausärzte keinen Husten mehr behandeln?«

»Das ist ein Teil des Problems. Diese Leute kommen zum größten Teil von ihren Hausärzten. Und ich fürchte, zu Recht.«

Drei jüngere Kollegen sprangen in der Aufnahme umher, nahmen Blut ab, blickten besorgt drein. Ich sah mir ihre Notizen an und verstand Valentas Besorgnis. Es gab das, was jeder Arzt, jeder Wissenschaftler sucht: Übereinstimmungen. Unsere Huster hatten sich vor zwei Tagen bei einem Popkonzert in der Max-Schmeling-Halle vergnügt und fühlten sich seit heute krank. Brustschmerzen, Fieber, Husten, zum Teil blutiger Auswurf.

Valenta schaute mir über die Schulter.

»Nicht gut, was?«

»Nicht gut, gar nicht gut.«

»Ich habe schon die Leute vom Robert-Koch-Institut alarmiert.«

»Und was sagen die?«

»Alle isolieren, auf jeden Fall.«

»Sehr originell. Haben die dir auch gesagt, wo wir den Platz dafür hernehmen sollen?«

Valenta grinste mich an. »Siehst du, Herr-de-facto-Chefarzt. Deshalb habe ich dich gerufen.«

Irgendwie husteten mir diese Leute ein bißchen viel. Außerdem verläßt sich kein richtiger Arzt nur auf die Notizen seiner Kollegen. Deshalb und um Zeit zu gewinnen, schnappte ich mir einen Mundschutz und befragte einige dieser Patienten selbst. Ergebnis unverändert: vorgestern Popkonzert, heute krank.

Den dritten Patienten ließ ich seine Geschichte zweimal erzählen, dann suchte ich in dem Durcheinander nach Valenta. Er hing an zwei Telefonen gleichzeitig.

»Sag mal, Heinz, hast du dir schon selbst ein paar von den Leuten angehört?«

»Keine Zeit. Zu beschäftigt mit der Organisation des Chaos. Unsere Mikrobiologen sind übrigens im Anmarsch.«

»Tu mir einen Gefallen. Sprich auch du mit den Patienten. Ich organisiere derweil weiter.«

Ich tat allerdings nichts dergleichen, denn inzwischen war ich ziemlich sicher, daß hier etwas faul war. Zehn Minuten später stieß Valenta wieder zu mir.

»Komische Sache, oder?«

»Ein bißchen viele Übereinstimmungen in den Krankengeschichten, nicht wahr?«

»Finde ich auch. Mich erinnert das an einen Schulaufsatz, den alle vom Musterschüler abgeschrieben haben.«

Zur Sicherheit rief ich die Notfall-Ambulanz im Urban-Krankenhaus an.

»Epidemie? Nicht bei uns. Bis auf den üblichen Kreuzberger Mord und Totschlag alles ruhig.«

Valenta hatte mitgehört.

»Das ist der gute Ruf unserer Klinik. Wenn in Berlin die Pest ausbricht, wollen selbstverständlich alle zu uns!«

Damit war Valentas Vorrat an Humor aufgebraucht. Sein normaler Arbeitsblutdruck von hundertsechzig stand wahrscheinlich wieder auf zweihundert, entsprechend gerötetes Gesicht.

»Felix, du gehst jetzt auf unserem Parkplatz spazieren, nimm am besten die ganze Mannschaft mit. Ich werde inzwischen klären, auf wessen Konto dieser späte Aprilscherz geht.«

Angesichts seiner hundertzwanzig Kilo Lebendgewicht, jedes Kilo im Moment zu allem entschlossen, schwante mir nichts Gutes für die Huster in der Ambulanz. Beruhigend legte ich ihm die Hand auf die Schulter.

»Laß gut sein, Heinz. Pfeif du schon mal das Robert-Koch-Institut zurück, ich rufe inzwischen einen guten Freund von mir an.«

Die Durchwahlnummer, die man mir neulich gegeben hatte, meldete sich sofort.

»Einsatzzentrale. Mit wem spreche ich?«

»Sie sprechen mit Dr. Hoffmann, Humana-Klinik. Und Sie geben mir bitte Dr. Zentis, und das sofort!«

Tatsächlich hatte ich ihn gleich dran.

»Zentis hier.«

Ich meinte, sein Grinsen durch den Hörer zu spüren.

»Hör zu, Dr. Manfred Zentis. Wir betreiben hier eine Klinik, falls du dich noch erinnerst, was das ist. Keine Juxbude.«

Zentis blieb gelassen.

»Bisher nicht identifizierte arabische Terroristen haben vorgestern bei einem Konzert in der Max-Schmeling-Halle ein Aerosol mit Yersinia pestis versprüht. Heute nachmittag haben wir von den ersten Krankheitsfällen gehört.«

Einen Moment war ich verwirrt. Gerade hatte ich Valenta die Spezialisten vom Robert-Koch-Institut abbestellen lassen! Aber schnell war mir klar, was hier gespielt wurde.

»Zentis! Als wir dich hier fünf Jahre lang im Herzkatheterlabor vor unseren Patienten weggesperrt haben und dich am Ende mit Gefälligkeitszeugnissen über deine angeblichen Weiterbildungszeiten endlich losgeworden sind, geschah das unter anderem deshalb, weil du ›Yersinia pestis‹ nicht einmal schreiben konntest. Also erzähl mir nicht, daß man im Ernstfall ausgerechnet dich zum Pest-Doktor von Berlin gemacht hätte.«

Glaubte ich das wirklich? Hatte ich nicht gesehen, mit welch tiefer Gläubigkeit Staatssekretär Müller an seinen Lippen gehangen hatte? Und immerhin brachte Zentis es fertig, sich trotz fehlender Qualifikation als Facharzt für Innere Medizin zu verkaufen. Diesmal war sein Grinsen fast hörbar.

»Herr Kollege Hoffmann. Das Planspiel ›Lungenpest‹ hat heute abend um fünf Uhr begonnen. Mein Stab und ich hielten es für angezeigt, an ausgesuchten Kliniken mit einem realistischen Szenario zu beginnen. Die hustenden Herrschaften in Ihrer Ambulanz führen Protokoll. Wie lange hat es gedauert, bis sich ein Arzt um sie gekümmert hat? Wann wurde an den Mundschutz gedacht? Wann wurde das Robert-Koch-Institut informiert, wann und wie effektiv die Isolation durchgeführt? Unsere Auswertung wird zeigen, wie Ihre Klinik da abgeschnitten hat, Dr. Hoffmann.«

Ich vermutete meinen Blutdruck inzwischen etwa in Valentas Bereichen.

»Du kannst mich mal, Zentis. Hast du eine Vorstellung, wie viele echte Notfallpatienten du heute abend gefährdet hast? Wie viele wirklich kranke Leute wir in dieser Zeit nicht versorgen konnten? Ich hoffe, auch das haben deine Leute fein säuberlich protokolliert und du hast deine Haftpflichtversicherung bezahlt.«

So schnell jedoch ließ sich Dr. Manfred Zentis, leitender Arzt des ärztlichen Dienstes der Krankenkassen und zur Zeit medizinischer Leiter des Planspiels »Lungenpest«, nicht einschüchtern. Das Eingeständnis eigener Fehler war seine Sache noch nie gewesen, hauptsächlich deshalb, weil er sie gar nicht erkannte.

»Glauben Sie wirklich, Kollege Hoffmann, daß unsere Kliniken bei einem Terroranschlag nicht auch ihren üblichen Verpflichtungen weiter nachkommen müssen? Wie gesagt, das Planspiel hat begonnen. Sie sind, wie Sie wissen, verantwortlich für die Bezirke Wilmersdorf/Charlottenburg und Zehlendorf/Steglitz. Deshalb wäre es ratsam, daß Sie sofort Ihre Aufgaben hier im Krisenstab übernehmen.«

Na klar, was Schöneres, als heute nacht mit Zentis im Sandkasten zu spielen, konnte ich mir nach den vergangenen sechsunddreißig Stunden nicht vorstellen. Aber wollte ich unsere Humana-Klinik nicht ins Visier der Sparkommissare beim Senat und bei den Krankenkassen bringen, blieb mir keine Wahl, als seinem Ruf zu folgen. Die erste Runde war eindeutig an ihn gegangen.

10

Ich will ehrlich sein: Die Tage beim Planspiel »Lungenpest« haben eigentlich Spaß gemacht. Es war eine Abwechslung in der alltäglichen Klinikroutine, eine Ablenkung von meinen Gedanken an Celine und ihren ungeklärten Tod, und es brachte einiges Vergnügen, alle verfügbaren Krankenwagen und Hundertschaften von Polizisten und Feuerwehrleuten auf dem Stadtplan zu verschieben, den Fernverkehr am Bahnhof Zoo stillzulegen, die Kinos und Restaurants in meinen Bezirken zu schließen. Daneben beobachtete ich Zentis und wartete auf Fehler, aber der hatte die Übung lange geplant und war gut vorbereitet.

Am Ende von Tag eins zählten wir 1174 Fälle von Lungenpest und 186 Tote. Am Tag zwei waren die Zahlen auf 2807 Fälle mit 584 Toten angestiegen, bereits jetzt reichten die Beatmungskapazitäten in Berlin nicht mehr aus. Am Ende von Tag drei standen wir mit 5556 Erkrankten und 1424 Toten da.

In der Humana-Klinik hatte ich das Management der Pestepidemie unserem Gastarzt Dr. Hassan aufgedrückt, der Ausgang der Sache war sowieso klar, und ich wollte nicht noch mehr Kollegen von unserer wirklichen Arbeit abziehen.

In Zentis' Organisationszentrale hatten wir ganz andere Probleme: Jede der beteiligten Organisationen, und das waren fast alle der Stadt, von der Polizei bis zu den Bestattern, wollte mitreden, stundenlange Konferenzen waren das Ergebnis. Zentis forderte den Einsatz der Bundeswehr, Panik und Plünderungen seien zu erwarten.

»Sehr gut«, kommentierte ich, »dann werde ich mich um die Medikamente für die Erschießungskommandos kümmern.«

Niemand erhob Einspruch.

Ziemlich bald wurden die Antibiotika knapp, es stellte sich die Frage, wer prophylaktisch behandelt werden sollte: nur die Leute mit tatsächlich stattgehabtem Patientenkontakt oder alle potentiellen Erst- und Zweithelfer und deren Familien? Und wie weit sollte man die Quarantäne ausdehnen?

Am Ende von Tag drei fuhr ich nach Hause. Die letzten Nächte hatte ich, wenn überhaupt, auf einem Feldbett im Keller des Innensenats verbracht, ich sehnte mich nach meinem Bad und meinem Bett. Außerdem war es Freitag geworden, keinen Tag länger hätte ich Zentis noch ertragen können. Nach einem Glas Wein zur Entspannung schaute ich unter hoffmann@testlauf.de kurz nach der letzen Entwicklung in Sachen Lungenpest, Zentis hatte für die Unternehmung einen eigenen E-Mail-Verteiler errichtet. Staunend las ich seine jüngste Aktion und verkroch mich grinsend in mein Bett.

Um halb sieben weckte mich das Telefon, eine halbe Stunde früher, als ich erwartet hatte. Ich ließ es klingeln und warf erst einmal die Kaffeemaschine an. Kaum zehn Minuten später klingelte es wieder. Es war Freund Zentis.

»Herr Kollege Hoffmann. Die Übung ›Lungenpest‹ ist noch nicht beendet. Sie haben ohne Absprache die Einsatzzentrale verlassen!«

»Stimmt, Zentis. Und was willst du jetzt machen? Mich erschießen lassen?«

»Ich habe keine Zeit für Ihre Albernheiten. Die Morgenbesprechung beginnt pünktlich um 7 Uhr 30!«

»Tut mir furchtbar leid, Zentis, die muß wohl ohne mich stattfinden. Du hast Berlin gestern abend um 20 Uhr 13 komplett unter Quarantäne gestellt. Mich auch.«

Einen Moment schien Zentis zu überlegen, hatte sich aber schnell wieder gefaßt.

»Wären Sie hier auf Ihrem Posten, hätten Sie selbstverständlich auch einen Ausweis bekommen, der Sie von der Quarantäne freistellt. Ich schicke Ihnen einen Polizeiwagen vorbei.«

»Das wird nicht gehen, mein Lieber. Du hast zwar nicht vergessen, die Polizei von der Quarantäne auszunehmen, aber was ist mit Benzin? Sicher hat es in den letzten Tagen Hamsterkäufe gegeben, alle wollten noch vor deiner Quarantäne raus aus Berlin. Mich wundert sowieso, daß wir noch telefonieren können. Gibt es überhaupt noch Strom?«

Wieder trat nur eine kurze Pause am anderen Ende der Leitung ein.

»Genau um solche möglichen Fehler aufzudecken, wird diese Übung durchgeführt.«

Zentis hatte aufgelegt. Aber das mußte ich ihm lassen: Eigene Fehler konnte er wie früher in der Klinik sehr schnell wegdiskutieren. Seine undifferenzierte Totalquarantäne, von der ich gestern abend per E-Mail erfahren hatte, war allerdings sowieso zu spät gekommen. Heute morgen meldete sein Planspiel die ersten Fälle von Lungenpest aus Brandenburg, Sachsen-Anhalt und Hamburg.

11

Ich gönnte mir noch einen gemütlichen Kaffee, ehe ich in die Klinik fuhr. Ein Stich irgendwo in der Brust erinnerte mich an das früher übliche Samstagsfrühstück mit Celine. Und ich begriff nach all den Jahren mit Celine, welches Opfer sie unserer Beziehung mit diesem Samstagsfrühstück um acht Uhr morgens gebracht hatte, denn eigentlich war sie Langschläferin!

Die Humana-Klinik hatte den virtuellen Angriff der Pestbazillen unbeschadet überstanden, auf meinem Schreibtisch jedoch stapelte sich das Ergebnis einer Woche Abwesenheit. Ich beschloß, daß die Anfragen der Krankenkassen, Reparaturanforderungen und Beschwerdebriefe von nach Meinung ihrer Heilpraktiker von uns falsch behandelter Patienten noch ein wenig länger warten konnten, und machte lieber eine Wanderung über die Innere Abteilung.

Samstag vormittag ist eine gute Zeit, um nach den Patienten zu schauen. Sonntags sind sie bei ihren Familien oder im Park spazieren, an allen anderen Tagen immer gerade beim Röntgen oder sonstwo im Irrgarten der Klinik verschwunden. Zufrieden stellte ich fest, daß niemand durch meine Abwesenheit Schaden genommen hatte. Das sollte ich mir für meine Urlaubsplanung merken.

Im Dienstzimmer der Nephrologie schwitzte unser Gastarzt aus dem Irak über einem Stapel von Computerausdrucken.

»Dr. Hassan! Auch am Samstag in der Klinik? Was haben Sie da für Berge von Papier?«

»Das sind die Verläufe unserer virtuellen Pest-Patienten, die muß ich noch fertig machen. Dann kann ich mich wieder den Nierenpatienten widmen.«

Soweit ich das in der Einsatzzentrale von Zentis mitbekommen hatte, war an der Humana-Klinik unter Dr. Hassans Verantwortung die Pestübung überraschend gut gelaufen. Ich beruhigte mein schlechtes Gewissen, ihn wohl falsch eingeschätzt zu haben, mit einem Lob.

»Sie haben bei dem Experiment die Situation in der Klinik jedenfalls ganz hervorragend bewältigt. Gute Arbeit!«

»Danke, Dr. Hoffmann. Mir kam zugute, daß wir im Irak andauernd solche Sachen üben: Gasangriff, bakteriologischer Angriff, alles, was unsere Führung so von den Amerikanern erwartet.«

Vielleicht weniger von den Amerikanern, eher als Fallout der eigenen Produktion, dachte ich, verkniff mir aber eine entsprechende Bemerkung. Schließlich war Dr. Hassan unser Gast.

»Trotzdem, gute Arbeit, Doktor! Was mich richtig erstaunt hat: Wir waren die einzige Klinik, die alle Beatmungsfälle mit entsprechenden Geräten versorgen konnte. Haben Sie da geschummelt?«

Dr. Hassan lachte.

»Habe ich nicht. Ich habe einfach die ausrangierten Geräte im Keller reaktiviert.«

Dr. Hassan kannte sich nach kurzer Zeit überraschend gut in unserer Klinik aus!

»Diese Geräte wären jetzt in Ihrer Heimat, beziehungsweise im kurdischen Teil Ihrer Heimat, inklusive einer Trinkwasseraufbereitungsanlage, wenn sie seinerzeit noch auf die Lastwagen gepaßt hätten.«

Dr. Hassan legte Zentis' Vordrucke beiseite.

»Davon habe ich gehört. Das mit Ihrer Freundin tut mir schrecklich leid, die Kollegen haben mir davon erzählt. Natürlich besonders, daß es passiert ist, als sie Hilfe in mein Land gebracht hat.«

»Sie wissen wahrscheinlich, daß die Hilfe für die Kurden im Irak bestimmt war.«

»Weiß ich. Das ist ja das Problem. Wir betrachten die Kurden als Teil unserer Bevölkerung, die Kurden aber nicht.«

Wieder mußte ich mir einen Kommentar verkneifen, daß es vielleicht etwas schwierig ist, sich als Teil der Bevölkerung zu begreifen, wenn man mit Senfgas beschossen wird.

»Jedenfalls kann ich Ihnen versichern, daß meine Freundin in Ihrer Heimat nicht mit einer Bombe geworfen hat. Nie und nimmer, das können Sie mir glauben.«

Abdul Hassan hob die Schultern.

»Sie müssen verstehen. Die gesamte westliche Welt hat sich gegen mein Land verschworen. Da ist eine gewisse Paranoia zwangsläufig. Meine Familie gehört nicht zum Saddam-Clan, wir kommen aus einer anderen Gegend. Aber auch wir haben unsere Kontakte. Wenn Sie wollen, hören sich meine Verwandten ein bißchen um.«

Gerne nahm ich das Angebot an. Dr. Hassan fragte noch nach ein paar Details, wie Celines Route in den Nordirak, wer ihr geholfen habe, wie wir per Telefon und E-Mail in Kontakt geblieben seien, wer sonst noch dabei war.

In der Hoffnung, daß ich so vielleicht weiterkäme, dankte ich ihm im voraus und machte mich auf die Suche nach unserer Verwaltungsleiterin, die ich an diesem Wochenende mit ziemlicher Sicherheit auch in der Klinik vermutete. Ich fand Beate im OP-Trakt, wo Sommers Firma bis auf ein paar eher kosmetische Kleinigkeiten die Installationen endlich abgeschlossen hatte. Sie beobachtete, wie unser Haustechniker Willi und die Chirurgen die Arbeit vor der offiziellen Bauabnahme prüften.

»Da bin ich wieder, zurück von der wichtigen Terrorismusübung. Oder habt ihr mich inzwischen wegrationalisiert?«

»Mach dir keine falschen Hoffnungen, Felix«, Beate legte mir die Hand auf die Schulter, »du bist immer noch Arzt an der Humana-Klinik. Und falls du während dieser Pestübung nicht dem Herrn Innensenator auf den Tisch gepinkelt hast, ist auch deine Abteilung weiter im grünen Bereich.«

Das hatte ich nicht. Aber ich hatte mich unerlaubt von der Übung entfernt und Dr. Zentis kritisiert – ein vielleicht viel größerer Fehler.

»Was anderes, Beate. Was flüstern die Buschtrommeln über den neuen Chefarzt?«

»Vital soll sich bei den Bewerbungen auf die Rangfolge geeinigt haben. Erst einmal werden Rang eins bis drei zum Gespräch eingeladen.«

Beate zog mich zur Seite. Natürlich wußte sie, daß auch ich mich beworben hatte, und beide wußten wir, wie gering meine

Chancen standen. Unter anderem, weil sich mein Verständnis von »Teamgeist« nicht mit dem der Zentrale deckte. Aber Beate wollte mir noch etwas anderes berichten.

»Übrigens, Baran hat mich angerufen.«

Baran war der Berliner Führer der »National Union of Kurdistan«, mit dem ich auf Celines Beerdigung gesprochen hatte. Meines Wissens waren in der »NUK« die meisten Exilkurden zusammengeschlossen, und nach Celine war Beate deren primäre Kontaktperson in Berlin geworden.

»Und? Er hatte mir versprochen, daß seine Leute im Irak Erkundigungen einziehen. Ist was herausgekommen?«

»Ja.«

Beate zögerte.

»Komm schon, was hatte er zu berichten über Celine?«

»Nichts Eindeutiges. Aber unter den Kurden munkelt man, Celines Lieferung sei ›nicht sauber‹ gewesen.«

»Nicht sauber? Was soll das heißen?«

»Sie hören sich weiter um, bis jetzt wissen sie noch nichts Genaueres.«

Was hatte das zu bedeuten? Hatte der Verfassungsschutz recht, hatten Celine und Heiner am Ende doch in Osteuropa irgendwelchen Sprengstoff für die Kurden zugeladen? Wußten sie es vielleicht gar nicht? Oder Heiner wußte es, Celine aber nicht? Und dann war ihnen irgendwie die Ladung um die Ohren geflogen, und die Auskunft der Iraker stimmte? Wir waren beide ziemlich ratlos.

Ich zog mich in mein Dienstzimmer zurück und begann, den Stapel auf dem Schreibtisch abzuarbeiten. So wütend und damit so effektiv, daß ich am Abend damit fertig war. Plötzlich überkam mich wieder diese Furcht vor dem Sonntagabend. Ich griff zum Hörer, Beate war auch noch in ihrem Büro. Ich fragte sie, ob sie mich nicht morgen, als Ausgleich für letzten Sonntag, bekochen wollte.

»Ich weiß nicht, Felix ...«

»Was heißt ›ich weiß nicht‹?« Wieder fiel mir ein, wie wenig ich über Beate wußte. »Du hast erst neulich behauptet, nicht so schlecht wie Celine zu kochen!«

Beate lachte.

»Und dabei angemerkt, daß das kaum möglich sein dürfte.« Sie schien einen Moment zu überlegen. »Also hör zu, wir können gerne gemeinsam essen. Aber nicht bei dir und nicht bei mir.«

»Neutrales Territorium?«

Keine Antwort.

»Ich glaube, du bist einfach nur faul, Beate!«

Schließlich einigten wir uns auf Luigi.

»Da essen wir gut und tun etwas für die deutsch-italienische Freundschaft.«

Position 14°34'Nord / 19°53'Ost, 150 Seemeilen westlich von Dakar

Stückgutfrachter MS »Virgin of the Sea«

Überflug Satellit DSP 22 (Typ keyhole 11) berechnet für 22:13 GMT. Maschinen gestoppt von 18:00 Uhr GMT bis 22:30 GMT. Alle Lichter an Bord gelöscht von 22:00 Uhr GMT bis 22:30 GMT.

12

Luigi, Inhaber und Chefkoch des gleichnamigen Restaurantes, war Celines größter Fan, gleich nach mir. Gelegentlich vielleicht noch vor mir. Jedenfalls hatte ich das deutliche Gefühl seiner Mißbilligung, als ich am Sonntagabend mit Beate bei ihm auftauchte. Jeder Zoll diskreter Gastronom, erwähnte er Celine allerdings mit keinem Wort, fragte nicht nach Neuigkeiten, bis ich ihm von selbst die offizielle Version erzählte.

»Signorina Celine e una bomba? Mai!« meinte auch er.

»Übrigens, Sie kennen Beate. Sie ist die beste Freundin von Celine«, stellte ich vor.

»Ma certo!«

Luigi schlug sich erleichtert an die Stirn und schloß nun auch Beate in sein italienisches Männerherz mit dem großen Raumangebot ein.

Was nicht wirklich schwer war. Beate hatte wieder mit der kosmetischen Industrie kooperiert, aber das Ergebnis machte ernsthafte Vorbehalte gegen diesen Industriezweig problematisch. War das Parfum mit Pheromonen angereichert? Außerdem hätte mich interessiert, ob ihr der Widerspruch zwischen ihrem »nicht bei dir und nicht bei mir« und der geballten Weiblichkeit, mit der sie nun daherkam, klar war. Jedenfalls schien jetzt auch mir ihr Beharren auf »neutralem Territorium« eine vernünftige Idee. Egal, wir verbrachten einen angenehmen Abend bei Luigi, und am Ende gab es einen kurzen Abschiedskuß, diesmal immerhin auf den Mund.

»Und wie geht es weiter?«

Es gab kaum einen Zweifel, was Beate meinte. Als manchmal ziemlich schneller Denker war Dr. Hoffmann nicht um eine Antwort verlegen.

»Wir müssen einfach noch mehr erfahren. Vielleicht hat Baran inzwischen schon mehr gehört, was an der Ladung angeblich faul war. Übrigens will auch unser Gastarzt seine Familie zu Hause zu vorsichtigem Nachfragen aktivieren.«

Wann eigentlich, fragte ich mich, lernen Männer, sich vor emotionalen Entscheidungen zu drücken? Als Säugling, wenn sie zwischen zwei Brüsten wählen müssen? In der Pubertät? Oder werden wir schon so geboren? So viele Fragen in sowieso fraglichen Tagen.

Beim nächsten Essen mit Beate, zwei Wochen später – doch wieder bei mir zu Hause –, gab es gegrillte Dorade mit Tomaten und frischen Kräutern, ansonsten lief der Abend ähnlich wie die bisherigen mit Beate. Vielleicht war der Abschiedskuß ein wenig intensiver als beim letzten Mal. Deutete ich die Signale falsch, oder gab es gar keine? Gab es nur eine knusprig anzuschauende Frau, die sich nett mit mir unterhalten wollte? Oder hatte mich Beate, andere Interpretation, zu ihrem aktuellen Sozialfall ernannt, den es mütterlich zu trösten galt? Die letzte Deutung verwarf ich umgehend.

Beates rascher Abgang gab mir Zeit, noch durch den per E-Mail eingetrudelten »vorläufigen Abschlußbericht für einen angenommenen Anschlag mit Yersinia pestis in Berlin« von Dr. Zentis zu blättern. Obgleich als »vorläufig« deklariert, war der Bericht für meinen Geschmack überraschend schnell fertig geworden.

Noch mehr irritierte die Tatsache, daß Zentis schon für morgen nachmittag die Konferenz zu seiner Verabschiedung einberufen hatte und kaum jemand den Bericht ausgerechnet am Sonntagabend ausführlich studieren würde. Ich druckte die über hundert Seiten aus, schenkte mir den Rest des Chardonnay aus Chile ein und begann mein Studium.

»Hide it in the middle«, heißt das alte Rezept, wenn man in einer wissenschaftlichen Veröffentlichung eine etwas schwache Statistik oder Ergebnisse, die nicht so recht zum Resümee passen, unterbringen muß. Und genau dort hatte Zentis versteckt, was der Leser beim flüchtigen Durchblättern nicht bemerken, er aber bei der Besprechung sicher groß herausstreichen würde: die Tabellen über angenommene Erkrankungs- und Todesfälle, getrennt nach Kliniken und Berliner Bezirken.

In seinem Zuständigkeitsbereich waren, inzwischen hatte ich eine weitere Flasche Chardonnay entkorkt, um die Hälfte weniger Erkrankungen und noch einmal deutlich weniger Todesfälle als in den anderen Kliniken beziehungsweise Bezirken aufgetreten. Weder in den zahlreichen weiteren Tabellen noch in seinen Kommentaren dazu gab es eine Begründung für dieses Ergebnis, offensichtlich verfügten die Menschen in Marzahn und Hellersdorf einfach über eine bessere Immunabwehr als der Rest der Bevölkerung. Allerdings hatte ich eine ziemlich konkrete Vorstellung, wie Zentis zu den optimalen Zahlen in seinem Zuständigkeitsbereich gekommen war, und erwartete nun die morgige Konferenz in der Senatsverwaltung für Inneres mit einiger Spannung.

Als ich, wahrscheinlich mit einem blöden selbstzufriedenen Grinsen, einschlafen wollte, rief Beate an.

»Ich wollte dir nur eine gute Nacht wünschen, sonst nichts.«

»Danke. Ich dir auch.«

13

Privatisierte Krankenhäuser können ihre Herkunft aus dem öffentlichen Dienst nicht leugnen, auch im privatisierten Krankenhaus wird jeder Anlaß für ein Glas Sekt gerne genutzt. Diesmal war es die offizielle Abnahme und Indienststellung der Gas-, Wasser- und Druckluftleitungen im OP-Trakt, und den Sekt hatte der Fabrikant Sommer, persönlich anwesend, spendiert. Sicher war dieses Projekt mit rund eineinhalb Millionen Euro kein wirklich großes in seiner Firma, aber, wie gesagt, es stand auch noch die neue Klinikabwasseraufbereitungsanlage an.

»Außerdem«, meinte Valenta mit einer Flasche Sekt in der einen und einem mit Kanapees überladenen Teller in der anderen Hand, »so günstig wird Sommer kaum wieder alle Entscheidungsträger des Vital-Konzerns an einen Platz zusammenbekommen – in den anderen Kliniken gibt es noch jede Menge Aufträge.«

»Das will ich doch stark hoffen!«

Offensichtlich hatte Sommer, der plötzlich mit einem Sektglas neben uns stand, wenigstens den letzten Teil unseres Gesprächs mitbekommen.

»Und genau deshalb, Dr. Hoffmann, wollte ich Sie heute abend mit einem Essen bestechen. Hätten Sie Zeit?«

Abendeinladungen des Industriellen Sommer zeichneten sich durch zwei Eigenschaften aus: Man lernt die angesagtesten Nobelrestaurants in Berlin kennen, und sie müßten allein schon aufgrund des Rechnungsbetrages tatsächlich als Bestechungsversuch gemeldet werden.

»Überschätzen Sie nicht meinen Einfluß im Vital-Verbund, Herr Sommer? Der Auftrag für die OPs stammt noch aus einer anderen Zeit. Jetzt bin ich nur noch ein ganz normaler Oberarzt.« Ich deutete auf die Gruppe am Büffet. »Sie sollten sich eher mit Herrn Hirt und seinen Leuten aus der Geschäftsführung verabreden.«

Sommer lachte.

»Das habe ich schon, Dr. Hoffmann, keine Sorge. Aber unterschätzen Sie nicht Ihren Ruf bei Vital!«

Tatsächlich? Wußte Sommer mehr als ich? Verfügte er über Informationen zur Chefarztbesetzung? Ich nahm die Einladung an, in der Hoffnung, die vorgeschaltete Konferenz mit Dr. Zentis würde mir nicht den Appetit verderben.

Eine Stunde später im Besprechungsraum 5, 2. Stock der Gesundheitsverwaltung, gab es keinen Sekt, trotzdem traf ich Zentis bei ausgezeichneter Laune an.

»Das Ziel unserer Übung, liebe Kolleginnen und Kollegen, einen Überblick über den Ist-Stand und eventuelle Lücken in der Notfall- und Katastrophenplanung für Berlin zu erlangen, ist mehr als erreicht worden, und ich habe Ihnen allen sehr zu danken.«

Freundlicher Applaus der Kollegen, wohl als Dank für den Dank. Zur Antwort klatschte Zentis uns zu, als Dank fürs Mitmachen an seiner Übung oder als Dank für den Dank für den Dank.

Jetzt allerdings gehe die Arbeit erst richtig los, fuhr Dr. Zentis fort, die Verbesserung und Optimierung der Vorsorge für ähnliche Fälle, aber nicht heute. Heute wollten wir nur den Bericht verabschieden, dessen vorläufige Form wir ja sicher gelesen hätten. Niemand rief »nein!«, also war seine vorläufige Form bereits seine endgültige. In wenigen Worten faßte Zentis den Ablauf der Übung zusammen. Kein Wort über meine »Fahnenflucht«, wahrscheinlich im Austausch dafür, daß ich nicht den Zusammenbruch jeglicher Infrastruktur durch Zentis' Total-Quarantäne zur Sprache brachte.

Erstaunlich jedoch war, daß Zentis, sonst stets bereit, eigene Erfolge bekanntzumachen und verdientes oder unverdientes Lob einzustecken, mit keinem Wort das massiv bessere Abschneiden »seiner« Bezirke und »seiner« Klinik erwähnte. Und das trotz der Anwesenheit von Staatssekretär Müller.

»Wir haben für jeden von Ihnen einen Ordner mit Unterlagen für die weitere Arbeit zusammengestellt, vorwiegend nach der Fragestellung, mit welcher Art von Terroranschlägen zu rechnen ist. Sie werden Informationen von entsprechenden Abteilungen der Bundeswehr finden, aber auch Sachen aus dem Internet über mögliche Terrorszenarien, entsprechende Drohungen und Vorbereitungen. Ziemlich komplett, denke ich, bis runter zu Anleitungen, wie Sie Ihre eigene bakteriologische oder chemische Bombe zu Hause basteln können.«

Jeder der Anwesenden nahm sich brav einen Ordner, höchst einverstanden damit, daß Zentis' »vorläufiger Bericht« nicht weiter diskutiert wurde. Und somit unbemerkt blieb, daß ihn bisher kaum jemand gelesen hatte.

»Wenn sonst nichts mehr anliegt heute ...«

Zentis wollte zum Ende kommen.

Plötzlich wurde mir klar, warum er die Super-Statistik für seinen Verantwortungsbereich nicht angesprochen hatte und daß die Total-Quarantäne vielleicht gar kein Fehler im Übereifer gewesen war.

»Nur eine Frage noch, Kollege Zentis. In bestimmten Bezirken und an bestimmten Kliniken gab es deutlich weniger Erkrankungsfälle und signifikant weniger Tote. Haben Sie eine Erklärung?«

»Richtig! In der Art und nach dem Ergebnis, wie mit der angenommenen Katastrophe umgegangen wurde, bestehen tatsächlich bemerkenswerte Unterschiede«, ein Blick zu Staatssekretär Müller, der wissend zurücklächelte, »deren Gründe noch im einzelnen untersucht werden müssen. Vielleicht beim nächsten Treffen mehr dazu.«

Ich Blödmann! Natürlich würde Zentis sich nicht hier feiern lassen. Von wem schon? Von uns popeligen Ärzten? Uninteressant und eventuell sogar riskant. Am Ende würden die Kollegen doch noch seinen Bericht lesen und ihm auf die Schliche kommen. Nein, wir sollten seinen Bericht nur absegnen. Und Staatssekretär Müller hatte er offensichtlich längst auf seine bei der Übung bewiesene medizinische Überlegenheit hingewiesen. Die Ziele von Dr. Zentis gingen über den Herrn Staatssekretär hinaus, für seinen Triumph wartete er auf eine bessere Gelegenheit – die er sicher schon vorbereitete.

Ganz gegen meine Natur, sofort alles und jedes hinauszuposaunen, paßte ich mich der Taktik des Kollegen Zentis an. Es fiel mir schwer, aber diesmal würde auch ich warten können.

Die Versammlung löste sich auf. Im Hinausgehen sah ich mich um. Wie erwartet, schaute Zentis mir nach, wog wahrscheinlich noch ab, ob von mir eine Gefahr ausginge. Und wie dieser zu begegnen sei.

14

»Das ist ja unglaublich. Ich dachte, solche Typen gäbe es nur bei uns in der Industrie, als Verbandssprecher! Oder bei den Gewerkschaften!«

Vorsichtig schaufelte Sommer eine Portion Linsen in Richtung Mund. Diese Saison waren Linsen der unumstrittene kulinarische Höhepunkt am Gendarmenmarkt. Sommer sah zufrieden aus, ich weniger. Ich hatte mehr als die Hälfte meines Studiums mit Linsen überlebt. Die andere Hälfte mit Spaghetti. Wahrscheinlich erzählte ich deshalb von Zentis.

»Wissen Sie, Herr Sommer, diese Typen sind überall. Als Verbandssprecher, als Ärzte, als Minister. Ich nenne es das Musterschüler-Syndrom. Diese Leute sind nie erwachsen geworden, tun alles für eine Anerkennung, irgendein Lob. Typisch für Zentis war sein Auftritt letztes Jahr als sachverständiger Zeuge vor Gericht: Es ging um Herzkatheter, Zentis war Zeuge des Staatsanwalts. Wieder jemand, dem er es unbedingt recht machen wollte. Erst also sollte er seine Kompetenz als Sachverständiger in Sachen Herzkatheter nachweisen. Kein Problem, schließlich haben wir ihn über Jahre im Katheterlabor eingesperrt, da kamen schon ein paar Herzkatheteruntersuchungen zusammen. Aber Dr. Zentis wäre nicht Dr. Zentis, hätte er diese Zahl nicht gegenüber dem Gericht mindestens verdreifacht. Mit der so nachgewiesenen Kompetenz bestätigt er dann dem Herrn Staatsanwalt, daß der angeklagte Kardiologe aus Gewinnsucht viel zu viele Herzkatheteruntersuchungen pro Jahr durchgeführt hätte – was wahrscheinlich stimmte. Nun aber konnte der Verteidiger vorrechnen, daß sein Mandant weniger Herzkatheter pro Jahr gemacht hatte als der Herr sachverständige Zeuge selbst!«

»Eigentlich arme Schweine, solche Leute. Wahrscheinlich irgendwas mit ungenügender Vaterliebe oder so«, meinte Sommer, jetzt mit dem Steckrüben-Mousse beschäftigt. Neben Linsen waren zur Zeit offensichtlich auch Steckrüben angesagt.

»Sicher arme Schweine. Aber auch gefährlich. Nicht nur, daß irgendeinem Staatssekretär die Masche nicht auffällt. Diese Menschen verfügen über eine hochselektive Wahrnehmung: Zentis wird bald selbst überzeugt sein, daß er sich als hervorragender Pest-Doktor bewiesen hat.«

»Kann der Ihnen gefährlich werden, Dr. Hoffmann?«

Einen Moment überlegte ich.

»Ich wüßte nicht, wie.«

Mir fiel tatsächlich nichts ein. Warum wurde ich dann das Gefühl nicht los, mich an dieser Stelle eventuell gewaltig zu irren?

So interessant war die Kindergartenpsyche von Dr. Zentis auch wieder nicht, daß Sommer darüber seine geschäftlichen Interessen vernachlässigt hätte. Seit dem Skandal um unseren damaligen Laborchef Professor Dohmke war das Labor wieder den Internisten unterstellt, und damit mir.

Sommer ging es heute nicht um konkrete Aufträge, obgleich ihm klar war, daß wir auch im Laborbereich massiv aufrüsten mußten. Es ging ihm um Imagepflege für seine Firma, und sicher hätte er dazu dem Blumenverkäufer, der ihm gerade seinen Strauß vor die Nase hielt, gerne alle Rosen abgekauft, wäre Imagepflege zum Beispiel bei Verwaltungsleiterin Beate angesagt gewesen.

»Ich dachte, der Blumenverkauf in Restaurants sei voll in pakistanischer Hand!«

Ich schaute zu dem Blumenverkäufer auf. Tatsächlich, der hier sah mehr nach Mittelmeer oder Nahem Osten als nach Pakistan aus.

»Keine Ahnung. Vielleicht kümmern sich die Pakistani mit ihren älteren Rechten nur noch um die lukrativen Plätze, nicht um Spesenrittertempel wie diesen hier. Zu wenig verliebte Pärchen.«

Zum Nachtisch ließ sich Sommer eine dicke Havanna kommen. Es machte ihn irgendwie sympathisch, daß er aus einem Geschäftsessen durchaus auch persönlichen Genuß zog. Bei der Havanna mußte ich ablehnen, nicht aber bei dem über dreißig Jahre alten Brandy, der mir nicht einmal dem Namen nach bekannt war. In der Folge umhüllte uns ein wohliges Schweigen. Plötzlich beugte sich Sommer vor.

»Haben Sie etwas von Celine gehört?«

»Von Celine?«

»Entschuldigung. Ich meinte, ob man Ihnen in der irakischen Botschaft Näheres zu den Todesumständen sagen konnte.«

Ich erzählte ihm von meinem Besuch dort und dessen unbefriedigendem Ergebnis, nicht aber von den jüngsten Gerüchten aus der kurdischen Gemeinde, daß Celines Lieferung »nicht sauber« gewesen sei. Immerhin hatte Sommer die Lastwagen gestellt, die Benzinkosten übernommen und diese Trinkwasseraufbereitungsanlage spendiert. Ehe ich ihm gegenüber zugeben konnte, daß irgend etwas mit der Ladung nicht gestimmt hatte, mußte ich Genaueres wissen. Und sollte diese Information wirklich zutreffen, brauchte Sommer das erst recht nicht zu erfahren.

»Ich werde mich selbst in der Botschaft umhören, Dr. Hoffmann. Ich komme mit den Irakis eigentlich gut zurecht. Außerdem muß ich mich sowieso darum kümmern, wie wir die nächste Hilfslieferung dahin bekommen.«

Waren ihm die tote Celine und der verschwundene Heiner nicht genug? Sommer bemerkte mein Erstaunen.

»Aber wir müssen doch wissen, was wirklich passiert ist, Dr. Hoffmann. Und«, er nahm einen kräftigen Schluck Brandy, »so schlimm die Sache ist, und so leid sie mir tut: Das eigentliche Problem ist doch nicht aus der Welt, oder? Diese Menschen dort brauchen nach wie vor unsere Hilfe. Denken Sie an die vielen Sachen, die schon für einen zweiten Transport gesammelt sind! Die stehen jetzt sinnlos bei Ihnen in der Klinik herum, genauso sinnlos wie die zweite Hälfte unserer transportablen Trinkwasseraufbereitungsanlage. Im Keller Ihrer Klinik nutzt das alles niemandem.«

15

Letztlich bin ich ein großer Fan solcher Einladungen wie der von Herrn Sommer. Ich finde, sie verpflichten zu nichts. Man läßt es sich gut schmecken und achtet penibel darauf, nicht in den Geruch der Bestechlichkeit zu kommen. Was man am besten dadurch demonstriert, daß man sich von allen Bewerbern gleich schmackhaft und gleich teuer einladen läßt.

»Wie steht's? Denkst du, du kannst bei Sommer einen guten Preis für die Sachen aushandeln, die wir im Labor brauchen?« fragte Beate am nächsten Mittag in der Cafeteria.

»Die Sache hat noch etwas Zeit. Laß uns abwarten, was jetzt an Staatsknete kommt, besonders für das Mikrobiologielabor. Zentis und Genossen machen genug Wind in Sachen Bioterrorismus! Wenn die Finanzierung klar ist, studieren wir in aller Ruhe den Markt und lassen uns noch ein paar Mal schön einladen.«

»Unbedingt – bevor die merken, daß wir beide hier kaum noch was zu sagen haben. Mach die Termine, ich freue mich drauf!«

Da jetzt Beates Handy klingelte und sie sich mit einem Nicken von mir verabschiedete, blieb vorerst ungeklärt, ob sie sich auf die teuren Restaurants oder auf das Essen in Anwesenheit des charmanten Dr. Hoffmann freute. Jedenfalls sicher nicht über die Tatsache, daß bald jede Investition in der Humana-Klinik, die über eine Rolle Toilettenpapier hinausging, Sache der Vital-Zentrale war. Eine Tatsache, die ich vielleicht noch ein wenig länger vor möglichen Anbietern verschleiern konnte. Andererseits hatte Sommer, dem die neue Macht- und Kompetenzverteilung durchaus bekannt war, mich trotzdem zum Essen eingeladen. Der alten Zeiten wegen? Weil ich bald Chefarzt der Inneren werden könnte?

Auf dem Weg zur Abteilung kam mir unser irakischer Gastarzt entgegen. Tatsächlich sah ich nur eine Traube von Krankenschwestern, Schwesternschülerinnen und Laborantinnen, aber es war eine ziemlich sichere Annahme geworden, im Kern einer größeren Ansammlung junger Frauen unseren Gastarzt zu vermuten. Nach meinen Beobachtungen legte es Dr. Hassan nicht einmal darauf an, er konnte nichts für sein gutes Aussehen, und auch seine ausgesuchte Höflichkeit war ihm kaum vorzuwerfen. Gelegentlich fragte ich mich allerdings, was in seiner Heimat von dieser Höflichkeit gegenüber Frauen übrigbleiben würde. Dr. Hassan löste sich von seinen Begleiterinnen und kam auf mich zu.

»Ich habe gestern lange mit Bagdad telefoniert. Mein Schwager hat sich umgehört, zum Schicksal Ihrer Freundin ist ihm aber bisher nichts zu Ohren gekommen.«

»Keine Zeitungsnachricht über ein Bombenattentat?«

»Kein Wort, aber das heißt nichts. Im Irak bestimmt die Regierung, was in der Zeitung steht. Wenn ein Bombenanschlag nicht in die aktuelle Propagandaarbeit paßt, hat er nicht stattgefunden.«

»Es sind auch keine entsprechenden Gerüchte im Umlauf?«

»Keine, die mein Schwager gehört hätte.«

Verfügten meine beziehungsweise Celines kurdische Freunde mit dem Gerücht von der »unsauberen Ladung« über bessere Informanten oder fühlten sie sich nur stärker der Tradition von »Tausend und eine Nacht« verpflichtet? Klar war nur, daß Dr. Hassans Schwager und meine Kurden verschiedene Quellen anzapften, und das könnte vielleicht einmal für die Bestätigung einer Nachricht wichtig werden.

»Entschuldigung, wie bitte?«

Mir war entgangen, daß Dr. Hassan weitergeredet und mich gerade etwas gefragt hatte.

»Ich meine, was geschieht nun mit den ganzen Sachen?«

Er sprach offensichtlich von der zweiten Hilfslieferung, die sich im Klinikkeller langweilte.

»Keine Ahnung, im Moment wenigstens.«

»Das kann ich verstehen, Dr. Hoffmann. Hätten Sie etwas dagegen, wenn ich mir Gedanken zu neuen Transportmöglichkeiten mache?«

Warum sollte ich? Denn, wie schon Herr Sommer richtig bemerkt hatte, im Keller der Klinik nutzte unsere Sammlung niemandem.

Ich hatte mich seit Celines Verschwinden nicht mehr um die zweite Lieferung bei uns im Klinikkeller gekümmert, und dabei wäre es sicher auch geblieben, hätten mich jetzt nicht zwei Leute unabhängig voneinander daran erinnert und Marianne nicht ihr erstes Kind bekommen. Marianne war die Frau von Martin, Martin wiederum ein junger Assistenzarzt in der Inneren Abteilung und natürlich zum Nachtdienst eingeteilt, als es bei Marianne richtig losging.

»Was soll ich nur machen, Dr. Hoffmann? Die Wehen haben schon begonnen! Wir dachten, es käme erst nächste Woche!«

Sonst ein kompetenter und umsichtiger Arzt, hatte mit dem Einsetzen der Wehen seiner Frau bei ihm eindeutig der Verstand ausgesetzt. Sinnlos, ihn aufzuklären, daß es ein Teil der Existenzberechtigung von Dienstplänen ist, über solche Termine sichere Auskunft zu geben: Kinder, zumal das erste, kommen grundsätzlich im eigenen Nachtdienst. Oder wenn man ein Wochenende für zwei Personen in einem Fünfsternehotel gewonnen hat. Ebenfalls sinnlos, ihn daran zu erinnern, daß ihm die letzte Spalte im Dienstplan die Ersatzkollegin oder den Ersatzkollegen für solche oder ähnliche Fälle verraten würde. Und selbst wenn, schien er mir im Moment kaum in der Lage, deren Telefonnummer korrekt zu wählen.

»Rauschen Sie ab, Martin. Ich kümmere mich drum – und Ihrer Frau alles Gute!«

Aber da war er schon längst verschwunden.

Ich holte mir den Dienstplan auf den Monitor und wählte die Telefonnummer des heutigen Ersatzkollegen, bekam allerdings nur seinen Anrufbeantworter. Das konnte mich nicht groß aufregen, es war dermaßen selten, als Ersatzmann oder Ersatzfrau gerufen zu werden, daß man diesen Termin leicht übersehen konnte. Eh ich nun nach der Handynummer suchte oder anderen Kollegen eine kleine Feierabendüberraschung bereitete, beschloß ich, selbst in der Klinik zu bleiben. Ich hatte ohnehin vorgehabt, am Abend Entlassungsberichte wegzudiktieren, und wenn ich das in der Klinik machte, brauchte ich die Akten nicht mit nach Hause zu schleppen. Wo sowieso niemand auf mich wartete, auch nicht in der Wohnung mir gegenüber.

Tatsächlich wurde es ein ziemlich ruhiger Nachtdienst, mit genug Zeit zum Diktieren. Als mir das zu langweilig wurde, fiel mir eine legitime Ersatzbeschäftigung ein, und ich stieg in den Keller des Altbaus hinunter, um mir den Zustand unserer zweiten Hilfslieferung anzuschauen. Eventuell näherten sich einige Medikamente ihrem Verfallsdatum und müßten in unserer Krankenhausapotheke ausgetauscht werden.

Die Tür zu unserem Lager war nicht abgeschlossen und nur angelehnt. Wann war ich das letzte Mal hier unten gewesen? Sicher noch gemeinsam mit Celine. Hatten wir die Tür offen gelassen? Egal, keine große Sache. Nach den Maßstäben einer reichen Industrienation gab es in diesem Keller nichts von Wert, auch keine Drogen.

Ich kontrollierte die Antibiotika und notierte, welche bald ersetzt werden müßten. Danach versicherte ich mich, daß die wasserdichte Verpackung der größeren Sachen, zum Beispiel unserer ausrangierten Beatmungsgeräte oder Infusionspumpen, nicht Opfer hungriger Ratten geworden war. Zugegeben, die Vorstellung von Ratten in den Kellern der Humana-Klinik ist nicht besonders angenehm, aber warum sollte ausgerechnet das Schild »Krankenhaus: Keine Topfpflanzen, keine Tiere« diese intelligenten Nager abschrecken? Eher schien vorstellbar, daß wir durch unseren großzügigen Umgang mit Tabletten und Radioaktivität vielleicht ein paar ganz besonders gefräßige Mutanten gezüchtet hatten.

Aber es ging eindeutig nicht auf das Konto von Ratten, daß die große Holzkiste hinten links aufgebrochen war, die Holzkiste mit der zweiten Hälfte von Sommers Wasseraufbereitungsanlage. Hammer und Brecheisen lagen noch daneben. Da hörte ich ein Geräusch, definitiv nicht von Ratten.

»Ist da jemand?«

Unbestritten Platz 1 in der Rangordnung der dümmstmöglichen Fragen! Ich griff nach dem Brecheisen. Das schien mir sicherer, als mich auf die Tricks zu verlassen, die mir Celine mal aus ihrem Selbstverteidigungskurs gezeigt hatte.

Jetzt – ein vorsichtiges Kratzen oder Schlurfen, jedenfalls veränderte »Ist-da-Jemand« eindeutig seine Position. Um zu flüchten oder um in eine bessere Angriffsposition zu gelangen? Ich hob das Brecheisen über den Kopf und machte einen Schritt vorwärts. In Richtung Tür. Für mich immerhin war klar, wohin ich wollte.

»Piep – piep – piep. Dr. Hoffmann bitte dringend auf Station IIIb, bitte dringend auf Station IIIb«, meldete sich in diesem Moment mein Pieper und verschaffte mir so die Legitimation, ganz offiziell das Feld zu räumen. Was ich gerne tat. Zumal, wer ist schon ganz sicher, daß es mutierte Riesenratten wirklich nur in US-amerikanischen B-Filmen nach Mitternacht gibt?

Gut zwanzig Minuten später war ich zurück im Keller. Ausreichend Zeit, für wen auch immer, zu verschwinden. Wovon ich mich sorgfältig überzeugte. Das Problem auf der Station war natürlich nicht wirklich dringend gewesen. Außerdem hatte die Patientin prompt ihre Beschwerden vergessen, als ich bei ihr angekommen war. Was vielleicht etwas damit zu tun hatte, daß der Herr Doktor in der schummrigen Nachtbeleuchtung mit einem Brecheisen in der Hand an ihrem Bett stand.

Ich legte das Eisen zur Seite und schaute mir die aufgebrochene Kiste an. Sah so eine Wasseraufbereitungsanlage aus? Oder die Hälfte davon? Keine Ahnung. Um so mehr irritierte mich der Umstand, daß mir das Ding in der Kiste dennoch bekannt vorkam.

Der Nachtdienst blieb weiterhin ruhig. Kurz nach Mitternacht wurde ich noch zu Herrn Schlups gerufen. Am nächsten Morgen sollte er endlich seinen Herzschrittmacher bekommen. Die Einverständniserklärung hatte er zwar schon neulich unterschrieben, sie allerdings erst jetzt gelesen. Ich versprach, entgegen den dort ausgesprochenen Drohungen, seine Lunge nicht zu verletzen, seinen Herzmuskel nicht zu durchbohren und ihn auch nicht verbluten zu lassen.

Den Rest der Nacht lag ich auf der schmalen Couch im Dienstzimmer und überlegte, wer alles einen Schlüssel zum Keller im Altbau hatte. Sicher mehr Leute, als ich wußte. Danach hielt mich die Frage wach, was mir an dieser Wasseraufbereitungsanlage so bekannt vorkam. Endlich wurde es Morgen, und gleich nach dem Frühstück sollte Herr Schlups endlich seinen Schrittmacher bekommen.

Bis zum Kinn schon steril abgedeckt, begrüßte er mich voller Zuversicht, denn das Risiko, von einem unausgeschlafenen Arzt nach dessen Nachtdienst operiert zu werden, wird in der Einverständniserklärung nicht erwähnt.

16

Der Einbau eines Herzschrittmachers ist Routine, jedenfalls für den Arzt, und wird in aller Regel unter lediglich örtlicher Betäubung durchgeführt. Während ich also nach ein paar einleitenden Worten die Schrittmacherkabel im Herzen von Herrn Schlups plazierte, versuchte ich einen Sinn in meine Kellererlebnisse der letzten Nacht zu bringen. Wer war dort herumgeschlichen und hatte sich an der großen Holzkiste zu schaffen gemacht? Die Spur möglicher Schlüsselinhaber hatte ich schon in der Nacht als wenig aussichtsreich verworfen, ebensowenig führte die Überlegung weiter, wer überhaupt von unserem Spendensammellager wußte – auch eine Menge Leute. Und die meisten von ihnen konnten sich ganz offiziell dort umtun, hätten sich nicht zu verstecken brauchen. Der Kurde Baran zum Beispiel, oder Gastarzt Abdul Hassan oder sogar der Industrielle Sommer.

Die Kabel saßen gut, jetzt mußte nur noch das Kästchen mit Batterie und Elektronik unter Putz. Aber auch während dieser weder intellektuell noch handwerklich besonders fordernden Tätigkeit konnte ich keinen wirklich Verdächtigen entdecken. Ich versuchte es mit meiner wissenschaftlichen Ausbildung, in der man lernt, nach einem anderen Blickwinkel auf das Problem zu suchen, wenn man immer wieder in einer Sackgasse landet. Ich würde bei meinen weiteren Überlegungen von der aufgebrochenen Kiste ausgehen und mich um die Frage kümmern, wer warum an die Hälfte einer Wasseraufbereitungsanlage heran wollte.

Über diesen Erwägungen waren schließlich ein paar Tausend Euro modernster Medizinelektronik in Herrn Schlups verschwunden. Zufrieden verschloß ich die kleine Wunde mit ein paar Stichen.

»Fertig!«

»Alles in Ordnung, Herr Doktor?«

»Alles bestens, alles funktioniert.«

»Ich danke Ihnen, Dr. Hoffmann. Besonders, daß Sie so hochkonzentriert gearbeitet haben.«

Tatsächlich! Ich hatte mich so in meine Spekulationen verbissen, daß ich während der gesamten Operation weder mit Herrn Schlups noch mit der assistierenden Schwester geredet hatte.

»Keine Ursache, Herr Schlups!«

Den Rest des Tages hatte ich mir so vorgestellt: Mit Hinweis auf den gerade abgeleisteten Nachtdienst würde ich die fällige Oberarztvisite auf morgen verschieben und mich nach einem Mittagsschlaf um meinen neuen Blickwinkel kümmern. Ich wollte gerade mit Punkt eins, Verschiebung der Visite, beginnen, da klingelte das Telefon. Es war Beate.

»Felix, ich habe einen Journalisten in der Leitung. Er möchte wissen, wie die Klinik auf eine Terrorattacke vorbereitet ist, ob wir Pest und Cholera behandeln können, alles solche Sachen. Kannst du ihn mir abnehmen?«

Ich glaubte nicht, daß dieser Anruf ein Zufall war.

»Klar. Stell ihn durch.«

Mein Verdacht bestätigte sich schnell. Dieser Journalist wollte Hintergrundinformationen zu einer entsprechenden Pressekonferenz beim Senator für Inneres. Endlich war klar, für welche Gelegenheit Zentis sich das phantastische Abschneiden »seiner« Kliniken in Marzahn und Hellersdorf während der Pestübung aufgespart hatte.

»Wann ist diese Pressekonferenz?«

»Morgen vormittag.«

Die Vereinbarung mit dem Journalisten war einfach: Ich würde ihn nicht nur mit Informationen versorgen, sondern auch noch mit ein paar Superfragen an den Referenten. Und dafür würde er mich zu dieser Pressekonferenz mitnehmen.

»Sind wir im Geschäft?«

»Sind wir, Dr. Hoffmann. Bis morgen!«

Das hieß, ich mußte auf den erhofften frühen Abgang verzichten und mich doch noch als »Herr Oberarzt« über die Stationen führen lassen. Aber was tut man nicht alles, um einen alten Freund zu überraschen! Um den anderen Blickwinkel würde ich mich morgen kümmern.

17

Die Pressekonferenz fand im »großen Konferenzraum« beim Senator für Inneres statt. Diesmal standen sogar Brötchen und Saft bereit, zu denen ich mich aber nicht vorwagte, da ich mich im Hintergrund halten wollte. Offensichtlich hatte man nur Gutes mitzuteilen, denn der Herr Innensenator höchstpersönlich gab sich die Ehre – und natürlich Kollege Zentis. Staatssekretär Müller war als Stichwortgeber in die zweite Reihe verbannt.

Zentis schilderte die Übung und wie »entschlossen, kompromißlos und jederzeit auf der Höhe des Bedrohungsszenarios« man dank (seiner) medizinischen Kompetenz mit der angenommenen Freisetzung von Yersinia pestis umgegangen sei. Der Herr Senator betonte, wie glücklich wir uns angesichts einer Regierung schätzen durften, die uns selbst auf solche Katastrophen vorbereitete. Dann konnten Fragen gestellt werden. Wie erwartet, war ich nicht der einzige, der einen Journalisten mit schlauen Fragen gefüttert hatte!

Die Kliniken in Marzahn und Hellersdorf hätten, wie aus den großen Grafiken an der Wand hervorging, viel weniger Infizierte und Tote als die anderen Krankenhäuser gehabt. Woran das läge, wurde gefragt.

Zentis antwortete gerne.

»Ich möchte betonen, daß alle an der Übung beteiligten Kliniken ihr Bestes gegeben haben. Aber natürlich bleiben immer gewisse Unterschiede. Es verhält sich wohl so, daß unseren angenommenen Patienten in Marzahn und Hellersdorf einfach die beste medizinische Versorgung zuteil wurde.«

Hier wollte sich mein Journalist einschalten, aber ich hielt ihn zurück. Sicher hatte Zentis mindestens noch eine weitere Frage bestellt. Und sie kam auch prompt.

»Waren Marzahn und Hellersdorf nicht die Bezirke, in denen Sie persönlich die medizinische Verantwortung trugen, Herr Dr. Zentis?«

Die Frage war ihm sichtlich unangenehm, aber bescheiden lächelnd mußte Dr. Zentis bejahen. Verstohlen beobachtete er, ob auch wirklich mitgeschrieben wurde an dieser entscheidenden Stelle. Es wurde Zeit für meinen Mann! Und der war gut, brauchte nicht abzulesen.

»Könnte es sein, Herr Doktor, daß lange vor Beginn des Experiments bestimmte Bezirke und bestimmte Kliniken deutlich mehr wirksame Antibiotika vorrätig hatten? Daß dort aufgrund des großen Vorrats, der später natürlich an anderen Stellen fehlte, auch die vorsorgliche Gabe von Antibiotika ungleich großzügiger gehandhabt wurde?«

Ich glaube, nur mir, der ich auf die Frage vorbereitet war, fiel der Wimpernschlag eines irritierten Zögerns bei Zentis auf. Aber wirklich nur ein Wimpernschlag, dann kam die Antwort.

»Ich hatte bereits ausgeführt, daß unseren angenommenen Patienten in Marzahn und Hellersdorf die beste medizinische Versorgung zuteil wurde. Dazu gehören natürlich auch Antibiotika.«

Ich hatte Glück mit meinem Journalisten, der ließ sich nicht so einfach überfahren.

»Das heißt aber doch, daß die Ausgangsbedingungen in den Bezirken höchst verschieden waren. Wenn ich Sie richtig verstehe, waren Marzahn und Hellersdorf auf das Experiment vorbereitet, die anderen Krankenhäuser nicht.«

Wieder war ich erstaunt, wie schnell Kollege Zentis eine Antwort fand.

»Ich danke für Ihre Frage, ein äußerst wichtiger Punkt. Vielleicht habe ich das nicht deutlich genug gemacht, aber das war natürlich integraler Bestandteil des Experiments, dieser Vergleich zwischen vorbereiteten und nicht vorbereiteten Kliniken.« Er wendete sich dem Herrn Innensenator zu. »Es war sehr wichtig, zu zeigen, daß es enorm hilft, auf solche Anschläge vorbereitet zu sein. Das ist unsere Message von der Medizin an die Politik.«

Zentis hätte mich fast überzeugt. Natürlich ergab so ein Experiment mehr Sinn, wenn man verschiedene Ausgangsbedingungen vergleicht. Mein Journalist hingegen wollte noch die Antwort auf eine weitere Frage, die wir abgesprochen hatten.

»Könnte es sein, daß mit der von Ihnen im Lauf des Experiments verhängten Total-Quarantäne unter anderem die Nachlieferung von Antibiotika an andere Kliniken unterbunden werden sollte, um zu diesem Ergebnis zu gelangen?«

Zentis Augen irrten über das Auditorium. Ihm war jetzt klar, daß jemand hinter diesem Pressevertreter stehen mußte. Als er mich fand, wurde er weiß vor Zorn, und seine Antwort war kaum verständlich. Nur eines verstand ich sicher: Ich hatte einen neuen Freund fürs Leben.

Bundesamt für Verfassungsschutz
Telefonprotokoll Nr. 0423-54
(Originalmitschnitt archiviert)

Anrufer: Männliche Stimme, Identität bisher nicht ermittelt.
Anruf entgegengenommen von: Platz 3.

VS: »Platz drei. Sie sind mit mir verbunden worden, weil Sie angegeben haben, Sie hätten Kenntnis von einem geplanten terroristischen Anschlag. Sagen Sie mir bitte Ihren Namen.«

Anrufer: »Ich gebe Ihnen einen Namen: Dr. Hoffmann, Dr. med. Felix Hoffmann.«

VS: »Und Ihre Adresse, Herr Dr. Hoffmann?«

Anrufer: »Ich bin nicht Dr. Hoffmann. Aber Dr. Hoffmann ist jemand, um den Sie sich kümmern sollten. Seine Adresse finden Sie im Telefonbuch. Zehlendorf.«

VS: »Und warum sollten wir uns für diesen Dr. Hoffmann interessieren?«

Anrufer: »Das werden Sie sehen, wenn Sie sich anschauen, was er in seiner Wohnung an Unterlagen sammelt.«

VS: »Das ist zu vage, um etwas zu unternehmen. Da müssen Sie schon etwas genauer werden.«

Anrufer: »Ich dachte, es wäre meine staatsbürgerliche Pflicht, Sie zu informieren, wenn in Vorbereitung eines terroristischen Anschlags Anleitungen zum Bau von biologischen und chemischen Bomben gesammelt werden. Ich habe die entsprechenden Unterlagen selbst gesehen.«

VS: »Das ist tatsächlich sehr interessant. Wollen Sie mir nicht doch Ihren Namen geben, falls wir Rückfragen haben?«

Anrufer hat aufgelegt.

Beurteilung: Nachforschungen ergeben, daß Dr. med. Felix Hoffmann hier bereits als Verdächtiger der Kategorie C geführt wird. Damit kommt dem Hinweis, obgleich anonym, eine erhöhte Glaubwürdigkeit zu.

Empfehlung: Neueinstufung des Verdächtigen in Kategorie B und Einleitung weitergehender Maßnahmen.

Bundesamt für Verfassungsschutz

Aktennotiz

Betreff: Dr. med. Felix Hoffmann
Status: Verdächtiger, Kategorie B

Haussuchungsbefehl vom Gericht abgelehnt. Verdachtsmomente seien nicht ausreichend.

Empfehlung: Sonderermittlungen

Dies zu den Akten (Unterschrift nicht lesbar)

18

Am Freitag blieb ich länger in der Klinik, mein Freund Michael Thiel wollte noch vorbeikommen. Früher Laborarzt bei uns, betrieb Michael nun schon lange sein eigenes Labor, mit der Hilfe sowohl ausgesucht hübscher Laborantinnen als auch modernster Geräte. Deshalb interessierte mich seine Meinung zum Inhalt der aufgebrochenen Holzkiste.

Wir stiegen hinunter in den Klinikkeller. Gespannt wartete ich, während er, ein Bier aus unserer Cafeteria in der Hand, den Apparat untersuchte.

»Das ist nie und nimmer eine Wasseraufbereitungsanlage!«

Dieser Verdacht war mir inzwischen auch schon gekommen, trotzdem fragte ich nach.

»Bist du sicher?«

»Ganz sicher. Keine Ahnung, was es ist, aber schau dir zum Beispiel diese Dichtungen an. Das sind keine Dichtungen für eine Wasserleitung oder Wasserpumpe, das sind extrem belastbare und extrem sichere Gasdichtungen. Also für Gase, die unter hohem Druck stehen und auf keinen Fall entweichen dürfen. Nie im Leben würdest du derart teure Dichtungen in eine normale Wasseraufbereitungsanlage einbauen!«

Ich setzte mich auf den nackten Betonboden. Langsam kam ein gewisser Sinn in die Geschichte. Celine war benutzt worden, wir alle waren benutzt worden. Michael hatte das selbstverständlich auch kapiert.

»Man hat mit euch gespielt. Dein Freund Sommer baut extrem belastbare Gasdichtungen in Wasseraufbereitungsanlagen ein und schmuggelt so kriegswichtige Embargoteile zu Onkel Saddam.«

Aufmerksam hörte ich Michael zu. Er hatte recht, der deutsche Mittelstand hat eine gewisse Tradition in der Unterstützung embargogeschädigter Potentaten, hatte doch die Firma Imhausen-Chemie in den achtziger Jahren eine komplette Giftgasfabrik an Gaddafi geliefert! Und plötzlich fiel mir ein, woher mir dieses Ding in der Holzkiste so bekannt vorkam. Ich stand auf und wischte mir den Hosenboden ab.

»Komm mit zu mir auf ein anständiges Bier, Michael. Ich möchte dir etwas zeigen.«

Bei mir zu Hause mußte sich Michael dann noch ein wenig gedulden, bis ich die Anleitungen für den Bau von Biobomben, Giftgasgranaten und so weiter, die Kollege Zentis neulich bei der Abschlußkonferenz verteilt hatte, gefunden hatte. Zu viele Biere? Zu viele Nachtdienste? Zu viel Alter? Ich war eigentlich sicher, daß ich die Unterlagen auf dem ständig wachsenden Noch-zu-erledigen-Stapel im Bücherregal zwischengelagert hatte. Aber da fand ich sie nicht. Hatte ich sie zuletzt im Bett gelesen? Am Schreibtisch? In der Küche? Zu finden waren sie auch dort nicht. Schließlich lagen sie doch im Regal, nur auf dem falschen Stapel, auf dem Wird-sich-wohl-von-selbst-erledigen-Stapel. Seltsam! Ich konnte mir absolut nicht vorstellen, daß ich je angenommen haben sollte, Zentis' Spielchen würden sich von selbst erledigen.

»Stimmt was nicht?« fragte Michael.

Ich überging seine Frage, konnte ich ihm doch zeigen, was da als humanitäre Spende für den Irak im Klinikkeller lagerte: ein Ultrafeinstvernebler neuester Bauart, wie man ihn zur großtechnischen Herstellung von Giftgas braucht.

»Ach du dickes Ei! Du hast recht, das ist genau so ein Ding wie in eurem Keller.« Michal legte die Broschüre über Giftgas-Produktion zur Seite. »Was sollen wir jetzt machen?«

Ich war ihm dankbar für das »wir«, hatte aber auch keine Idee. Michael hingegen kam immerhin mit einem pragmatischen Vorschlag.

»Auf jeden Fall sollten wir das Ding da erst einmal wegschaffen, bis wir weiter wissen!« meinte er und griff zum Telefon.

Ich war froh, daß jemand die Initiative übernommen hatte. Und offensichtlich mit Erfolg.

»Am Sonntag können wir einen Transporter bekommen, Felix.«

»Und wohin dann damit?«

»Wir schaffen es auf den Bauernhof meiner Oma. Da steht schon das ganze Gerümpel von meiner Scheidung. Vielleicht kann Oma das gute Stück in ihrer Obstsaftproduktion einsetzen.«

Ein vernünftiger erster Schritt, fand ich, aber es sollte anders kommen: Als Michael am Sonntag breit grinsend mit dem geborgten Kleintransporter vorfuhr, war dieses Mal die Tür zu unserem Lager zwar ordentlich verschlossen, die angebliche Trinkwasseraufbereitungsanlage aber verschwunden. Hatte im Irak bereits die Obsternte begonnen?

19

Beate hatte das Wochenende irgendwo im Umland Berlins verbracht, auf einer bestimmt unheimlich spannenden Konferenz der Verwaltungsleiter aller Vital-Kliniken. Wir waren für den Sonntagabend verabredet, deshalb hatte ich sie nicht gleich nach unserer Entdeckung angerufen. Jetzt war sie am Telefon.

»Felix, mein Lieber, können wir uns vertagen? Das war ein anstrengendes Wochenende mit meinen Herren und Damen Kollegen, ich will nur noch ins Bett.«

Ohne in Einzelheiten zu gehen, sagte ich ihr, daß wir uns unbedingt sehen müßten und daß es eine Weile dauern würde.

»Mach dir einen starken Kaffee. Ich bringe was vom Chinesen mit.«

Eine halbe Stunde später öffnete Beate mir die Tür, im Bademantel. Es war das erste Mal, daß ich die ungeschminkte Beate sah. Bedeutete das eine höhere Stufe der Intimität zwischen uns? Oder daß es ihr egal war, ich ihr in dieser Hinsicht egal war?

Sie hatte keinen Kaffee gekocht. Während ich ihr erzählte, was ich in unserem Klinikkeller entdeckt hatte, machte sie uns einen Wein auf.

»Da hat sich jemand einen schlechten Scherz erlaubt, Felix, oder ihr irrt euch!«

»Leider irren wir uns nicht.« Ich zeigte ihr die Abbildung des Ultrafeinstverneblers aus Zentis' Unterlagen. »Genau so ein Ding ist das.«

Beate schaute sich die Abbildung an und las sorgfältig die Beschreibung mit den genauen Angaben zur Leistungsfähigkeit und zu den Einsatzmöglichkeiten.

»Mein Gott, das ist ja widerwärtig! Wir müssen dieses Ding wegschaffen. Oder der Polizei übergeben. So schnell wie möglich, Felix!«

»Das geht leider nicht mehr.«

Ich erzählte ihr, warum.

»Um so mehr müssen wir das der Polizei melden. Oder dem Bundesnachrichtendienst. Oder dem Verfassungsschutz. Weiß ich, wer da zuständig ist.«

Wahrscheinlich ohne sich dessen bewußt zu sein, schenkte sich Beate schon zum zweiten Mal von ihrem Wein nach. Ich hatte bisher zu viel zu erzählen gehabt und nahm erst jetzt einen Schluck.

»Ich denke, damit warten wir noch ein bißchen. Wenigstens bis uns klar ist, was das alles mit Celine zu tun hat.«

Viel zu hart setzte Beate ihr Weinglas auf den Glastisch.

»Wir wissen, was es mit Celine zu tun hat. Es hat ihren Tod bedeutet!«

Im Gegensatz zu Beate hatte ich schon seit dem Nachmittag Gelegenheit gehabt, darüber nachzudenken.

»Genau das ist es, was mir nicht in den Kopf will. Die Irakis wollen Giftgas produzieren und brauchen dazu diesen Ultrafeinstvernebler. Celine marschiert los und liefert ihnen einen, wenn sie das auch nicht weiß. Warum sollten sie Celine deshalb umbringen?«

Beate dachte nach. Immer wieder fiel ihr eine Haarsträhne über die Augen. Endlich gab sie die Versuche auf, die Strähne hinter das Ohr zu verbannen, und wickelte sie sich um den Zeigefinger.

»Na, Celine hat diesen Apparat gesehen. Zum Beispiel beim Ausladen.«

»Aber das ergibt auch keinen Sinn, Beate. Erstens ging Celines Transport in den kurdischen Irak, da trauen sich die Irakis schon lange nicht mehr hin. Außerdem war das Ding schön in eine Holzkiste verpackt. Und selbst wenn die Holzkiste zum Beispiel vom Lastwagen gefallen wäre und dabei ihren Inhalt freigegeben hätte oder unsere irakischen Freunde die Kiste ausgerechnet in Celines Anwesenheit geöffnet hätten: Ich bin sicher, sie hätte das Ding genauso wenig erkannt wie ich. Auch für sie wäre es eine ganz normale Trinkwasseraufbereitungsanlage gewesen.«

»Und ihr Freund Heiner, der den zweiten Lastwagen fuhr?«

»Wie soll Heiner einen Ultrafeinstvernebler zur Giftgasproduktion erkennen? Heiner ist oder war Botaniker.«

Jedenfalls hatte Celine ihn mir als Botaniker vorgestellt – was aber nur hieß, daß er sich auch ihr als Botaniker vorgestellt hatte. War er wirklich Botaniker? Oder in Wirklichkeit Ingenieur der Firma Sommer? Schließlich war er spurlos verschwunden! Aber das war nun wirklich paranoid, Celine hatte diesen Heiner schon vor über einem Jahr bei der Bürgerinitiative für Asylanten kennengelernt.

Und wenn Celine doch irgendwie dahintergekommen war, was man ihr da als Hilfstransport untergejubelt hatte – wie hätte sie reagiert? Die Antwort darauf war einfach, wenn auch unangenehm, denn sie bedeutete, daß die Berichte aus dem Irak stimmten: Celine, meine pazifistische Freundin und Geliebte, hätte sehr wohl zu einer Bombenwerferin geworden sein können!

»Kannst du dir das wirklich vorstellen, Felix?«

»Eigentlich nicht.«

Aber ich war nicht mehr sicher, außerdem war ich abgelenkt. Abgelenkt durch Beates Bademantel, der sich während unserer Diskussion ein wenig geöffnet hatte und nun die Sicht auf Beates Schenkel freigab, und eine Ahnung von mehr. Mein Gott! Hatte ich noch nie einen Oberschenkel gesehen? Wir sprechen hier gerade über meine tote Freundin! Was war das? Ein Reflex, der, von mir unbeeinflußbar, direkt über das Rückenmark lief? Oder bin ich ein emotionales Monster, unfähig zwar, über Celine zu trauern, aber immer bereit für ein neues Abenteuer? Es blieb eine kleine Entschuldigung: Inzwischen hatte auch ich fleißig beim Leeren der Weinflasche geholfen.

»Was ist, Felix?«

War es unbewußt, daß Beate gerade jetzt den Bademantel enger an den Körper zog? Es gelang mir, zurück zum Thema zu kommen.

»Vielleicht hat Celines Pazifismus den Test der Realität nicht bestanden.«

»Müßte sie dann nicht eher hier Bomben werfen?«

Ich ließ das im Raum stehen. Unsicher über Celines eventuelle Aktionen und deren eventuelle Motive, noch unsicherer über meine eigenen eventuellen Aktionen und Motive, wünschte ich Beate eine gute Nacht. Sie gab mir einen Kuß. Ich schloß die Augen, denn nun bot sich mir ihr Ausschnitt dar.

»Sei vorsichtig, Felix. Denn wahrscheinlich glaubt dir nicht jeder, daß du nicht weißt, wohin dieser Ultra-was-weiß-ich-Vernebler verschwunden ist.«

Hoppla! Daran hatte ich tatsächlich noch nicht gedacht.

20

Spätestens am folgenden Dienstag wäre mir das klar geworden. Denn als ich von der Visite kam, saß Herr Sommer in meinem Zimmer. Er habe doch neulich am Gendarmenmarkt versprochen, daß er sich um die Organisation des zweiten Kurdentransportes kümmern werde.

»Aber, Dr. Hoffmann, die Ladung scheint mir nicht mehr vollständig. Haben Sie bestimmte Teile an einem anderen Ort untergestellt?«

Einen Moment war ich irritiert. Woher wußte Sommer so genau, wo wir die Sachen gelagert hatten? Aber klar, fiel mir ein, er brauchte nur seinen Bauleiter Sobotka zu fragen, der uns seinerzeit eher unwillig beim Beladen der LKWs geholfen hatte. Sollte es also Herr Sommer gewesen sein, den ich neulich im Keller gehört hatte? Ein deutscher Industrieller auf den Knien hinter Decken und Medikamenten für Kurdistan? Schwer vorstellbar! Außerdem hätte Sommer die Kiste nicht aufzubrechen brauchen, kannte er doch ihren Inhalt. Ich schaute ihn fragend an.

»Wann waren Sie denn in unserem Keller?«

»Eben gerade. Während Sie Ihre Visite gemacht haben. Ich kann meine Zeit nicht mit Warten vergeuden.«

Die Selbstsicherheit, mit der dieser Mann mir gegenübersaß, reizte mich. Ich sah zwar noch nicht den Zusammenhang von Sommers Extralieferung mit Celines Tod, aber natürlich gab ich ihm jetzt schon eine kräftige Mitschuld.

»Sie haben absolut kein Recht, hier in der Humana-Klinik herumzumarschieren, als seien Sie in Ihrer Firma. Ohne Erlaubnis haben Sie weder im Keller noch in meinem Dienstzimmer etwas zu suchen, Herr Sommer.«

Sommer blieb unbeeindruckt.

»Wo ist meine Wasseraufbereitungsanlage, Dr. Hoffmann?«

»Ihre Wasseraufbereitungsanlage? Alles in diesem Keller ist Eigentum der Leute, für die es bestimmt ist.«

Ich war stolz auf mich – der Satz hätte von Celine sein können! Aber dann fand ich, er hörte sich auch etwas albern an.

»Blödsinn, Dr. Hoffmann. Ist bei Ihnen der Sozialismus ausgebrochen, oder was? Ich habe diese Sachen weder einer offiziellen Hilfsorganisation gespendet noch Ihnen übereignet. Solange diese Anlage in Deutschland ist, gehört sie immer noch mir.« Er beugte sich zu mir vor. »Also sagen Sie mir endlich, wo Sie die verdammte Wasseraufbereitungsanlage hingeschafft haben.«

Inzwischen war ich sicher, daß er die tatsächliche Funktion der angeblichen Trinkwasseraufbereitungsanlage genau kannte. Aber vielleicht würde es von Vorteil sein, ihn darüber vorläufig im unklaren zu lassen. Und wo das Ding im Moment war, konnte ich ihm sowieso beim besten Willen nicht sagen.

»Herr Sommer! Ich danke Ihnen sehr für die Hilfe, die Sie unserem Projekt haben zuteil werden lassen. Ich glaube aber, daß wir in Zukunft ohne Ihre Unterstützung auskommen möchten.«

Ich drücke mich tatsächlich so geschraubt aus, wenn ich sauer bin. Das macht die Leute wahnsinnig! Sommer auch. Er sprang auf, deutlich wütend.

»Das sage ich Ihnen, Hoffmann: Sie werden nie Chefarzt in dieser Klinik. Das garantiere ich Ihnen! Und binnen kurzem werden Sie mir auch verraten, wo Sie meine Anlage versteckt haben. Auch das garantiere ich Ihnen!«

Als gut erzogener Mensch erhob ich mich ebenfalls und hielt ihm die Tür auf. Schließlich war er hier Gast.

Sommers Versprechen, daß ich nie Chefarzt an dieser Klinik werden würde, nahm ich ihm ab. Meine Chancen waren ohnehin nie sehr groß gewesen, und schon bei der Einweihung seiner Installationen im OP-Trakt war sein guter Kontakt zur Vital-Führungsebene deutlich geworden. Erst jetzt aber wurde mir klar, warum er mich neulich trotzdem zum Essen an den Gendarmenmarkt eingeladen hatte. Es ging gar nicht darum, mit dem aktuell noch geschäftsführenden Dr. Hoffmann von der Inneren Abteilung einen Anschlußauftrag auszuhandeln, den hatte er wahrscheinlich schon längst unter Dach und Fach. Es ging um den zweiten Transport in den Irak. Sicher lagen ihm seine Freunde von dort in den Ohren, wann sie endlich die schöne Giftgasanlage zusammenbauen könnten. Und sicher gab es auch keine Knete aus dem Irak, solange der zweite Teil nicht geliefert war.

Im Moment allerdings konnte ich mich nicht um die Sorgen des Herrn Sommer kümmern. Dr. Hassan hatte mich dringend auf die Nephrologie gerufen, wo Herr Krauskopf an der künstlichen Niere lag. Wir hatten den Kampf um seine infizierte Niere verloren, schließlich hatte sie doch herausgemußt. Nun hofften wir, daß seine andere Niere den Verlust irgendwann kompensieren würde.

»Bei dem Schaden, den dieses Aminoglykosid an der gesunden Niere angerichtet hat, würde ich da nicht drauf wetten«, meinte unser irakischer Gastarzt und hatte damit leider vollkommen recht. Nicht nur hatte unser neues Antibiotikum den Nierenabszeß vollkommen unbeeindruckt gelassen, sondern darüber hinaus die Funktion der anderen Niere stark beeinträchtigt. Wenn wir Glück hätten, nur vorübergehend.

Wir schauten uns noch die anderen Patienten an der künstlichen Niere an, auch den kostenintensiven Herrn Cornelsen, den wir natürlich noch immer nicht losgeworden waren. Im großen und ganzen hatte Dr. Hassan die Sache gut im Griff, er war zu einer wirklichen Entlastung geworden.

»Haben Sie noch Zeit für einen Kaffee, Dr. Hoffmann?«

»Klar. Gehen wir in Ihr Zimmer.«

Zimmer war vielleicht etwas übertrieben für diese Besenkammer, und außerdem mußten es sich drei Ärzte teilen, aber im Moment waren wir dort ungestört.

»Ich hatte Ihnen doch versprochen, mich um den Transport Ihrer zweiten Hilfslieferung zu kümmern«, begann Dr. Hassan, »und habe mir deshalb Ihr Lager im Keller angeschaut.«

Was zur gleichen Frage wie eben bei Herrn Sommer führte.

»Wann war das?«

»Gestern mittag.«

Wenn das stimmte, hatte ich neulich nacht auch nicht unseren werten Gastarzt gestört. Trotzdem erstaunlich, wie plötzlich die ganze Welt darauf versessen war, das Zeug auf den Weg zu bringen!

»Und noch einmal gestern abend«, fuhr Dr. Hassan fort. »Da habe ich die Sachen meinem Cousin gezeigt. Dessen Schwager betreibt eine große Spedition. Die fahren dreimal im Monat bis in den Iran. Da müßte man nur irgendwo umladen, wahrscheinlich in der Türkei.«

»Und der würde die Sachen kostenlos mitnehmen?«

»Wahrscheinlich nicht alles auf einmal, aber so Stück für Stück, je nach Platz.«

War diesem Angebot zu trauen? Richtig mißtrauisch machte mich allerdings erst Dr. Hassans nächste Frage.

»Ist das eigentlich alles, was da im Keller steht? Hatten Sie nicht auch von einer Wasseraufbereitungsanlage gesprochen?«

Hatte ich das gegenüber Dr. Hassan? Es hätte mir im Augenblick gewaltig geholfen, mich genau zu erinnern.

An dieser Stelle wurden wir dringend zu Herrn Krauskopf zurückgerufen, es gab Probleme mit seinem Blutdruck an der künstlichen Niere. Als die behoben waren, hatte mir Dr. Hassan noch etwas mitzuteilen.

»Es gibt da eine Sache, die ich Ihnen leider sagen muß. Mein Schwager hat jetzt gehört, daß tatsächlich eine ausländische Frau eine Bombe geworfen haben soll, auf einer Militärbasis nahe Bagdad.«

O Gott! Ich hätte jetzt wahrscheinlich angenommen, Dr. Hassan und seine Neuigkeiten kommen direkt vom irakischen Geheimdienst, wäre ich nicht selbst am Sonntag zu dem Schluß gekommen, daß die Sache mit der Bombe vielleicht tatsächlich stimmte. Und trotzdem, wie praktisch war es doch für alle daran Interessierten, wenn mir diese Geschichte aus inoffizieller Quelle bestätigt wurde. Konnte ich überhaupt noch irgend jemandem trauen? Ich weiß nicht mehr, mit welcher Antwort ich einen vermutlich verdutzten Dr. Hassan stehenließ.

Ich stürmte in Beates Büro.

»Hast du die Unterlagen von diesem Dr. Hassan hier?«

»Was ist denn los, Felix?«

Ich gab ihr eine Kurzfassung unserer Unterhaltung von eben.

»Und findest du nicht auch verdächtig, daß wir so plötzlich einen richtig kompetenten und perfekt deutschsprechenden Gastarzt aus dem Irak bekommen haben, ein kostenloses Superschnäppchen?«

Unter anderen Umständen hätte mich Beate wahrscheinlich damit aufgezogen, ich neide Dr. Hassan nur seinen Erfolg bei unseren weiblichen Mitarbeitern, heute aber gab sie mir wortlos seine Unterlagen. Schnell fand ich, wonach ich suchte.

»Geburtsort: Samarra, Irak. Weißt du, wo das ist?«

Beate wußte es auch nicht. Erst am Abend fand ich den Ort zu Hause auf der großen Karte, mit der Celine und Heiner ihren Weg im Vorderen Orient geplant hatten. Samarra liegt etwa siebzig Kilometer südlich von Tikrid, Saddam Husseins Geburtsort und Stammsitz seines Clans, aus dem er seine zuverlässigsten Mitarbeiter rekrutiert.

Wie verhielt sich das im Irak? Waren siebzig Kilometer dort noch »unmittelbarer Einzugsbereich« oder schon »ganz weit weg«?

Bundesamt für Verfassungsschutz
Ref. IV, Vorgang Nr. 286-56
Zielperson: Dr. med. Felix Hoffmann

Aufgrund eines anonymen Hinweises und im Rahmen der von der Abteilung III daraufhin genehmigten Sondermaßnahmen wurden in der Wohnung der Zielpersonen zum Teil detailgenaue Angaben zur Herstellung von Explosionskörpern sowie von chemischen und bakteriologischen Waffen in erheblichem Umfang aufgefunden (Auflistung s. Anlage).

Eine Befragung der Nachbarn ergab keine konkreten weiterführenden Hinweise. Allgemein wurde jedoch über einen äußerst unregelmäßigen Tagesablauf der Zielperson berichtet, die regelmäßig ganze Nächte außerhalb der eigenen Wohnung (wo?) verbringt.

Die befragten Personen wurden zum Stillschweigen verpflichtet.

Beurteilung: Es kann nun als nachgewiesen gelten, daß sich die Zielperson aktiv mit der Vorbereitung von Anschlägen auf dem Gebiet der BRD beschäftigt. Aufgrund der bekannten Kontakte der Zielperson zu kurdischen Exilkreisen (s. Fotodokumentationen Waldfriedhof Zehlendorf) sind evtl. (auch?) Anschläge auf irakische Einrichtungen in der BRD geplant.

Weiteres Vorgehen: Die aufgefundenen Unterlagen weisen nicht darauf hin, daß ein Anschlag durch die Zielperson unmittelbar bevorsteht. Die Observierung der Zielperson wird fortgesetzt.

Querverweise: Zielperson Celine Ulrike Bergkamp, Zielperson Heiner Schmidt.

Anlagen: Liste der in der Wohnung der Zielperson aufgefundenen Unterlagen zur Herstellung von Explosionskörpern sowie von chemischen und bakteriologischen Waffen und Fotos. (Die Originalunterlagen wurden aus ermittlungstaktischen Gründen am Fundort belassen, wurden aber zwecks Beweissicherung fotografiert.)

Dies zu den Akten. (Unterschrift nicht lesbar.)

Handschriftliche Randbemerkung: Botschaft der Republik Irak in unmittelbarer Nähe von Wohnort des Verdächtigen!

ARD, Tagesschau

Ein Sprecher des Pentagon gab heute den Angriff von US-amerikanischen und britischen Kampfflugzeugen auf eine Militäreinrichtung im Norden des Irak, südlich des 36. Breitengrades, bekannt. Die Flugzeuge waren bei einer Routinepatrouille entlang der Flugverbotszone nördlich des 36. Breitengrades von irakischem Flugabwehr-Radar erfaßt worden. Nach Angaben des Pentagon wurde die irakische Militäreinrichtung dabei weitgehend zerstört, eigene Verluste habe es nicht gegeben.

21

Am nächsten Abend stellte sich unverhoffter Besuch bei mir ein. Tatsächlich wartete er bereits vor der Tür, als ich aus der Klinik nach Hause und entnervt die Treppe hoch kam. Es war wieder kein Parkplatz zu finden gewesen. Neuerdings war meine Lieblingslücke direkt vor dem Haus immer wieder von dem Werkstattwagen einer Sanitärfirma besetzt. Hatte meine Nachbarin ihre Liebe zum robusten Handwerkertypen entdeckt? Gut möglich, weil dieser Werkstattwagen in der Regel über Nacht blieb.

Bei mir aber handelte sich nicht um einen knackigen Handwerker, auch nicht um Damenbesuch. Zwei Herren standen vor meiner Tür. Beide Ende Zwanzig, beide im dunklen Anzug. Der eine war ein Schwarzer, der andere ein irischer Typ, rothaarig und mit Sommersprossen. Mir ging die Frage durch den Kopf, ob Schwarze Zutritt zur Religionsgemeinschaft der Mormonen haben. Und Iren? Bei Iren war ich mir nicht ganz sicher.

Was die beiden endgültig identifizierte, waren ihre Schuhe: Man konnte sich nicht nur in ihnen spiegeln, man konnte sich bestimmt mit ihrer Hilfe sogar rasieren. Also eindeutig amerikanisches Militär. Der Ire drückte es etwas anders aus.

»Wir kommen von der amerikanischen Regierung.«

Im Gegensatz zu Jablonske und Waldeck vom heimischen Verfassungsschutz sollte mir das als Legitimation reichen. Keine Ausweise, keine Dienstmarken.

»Können Sie das irgendwie belegen?«

»Sie können gerne unsere Botschaft anrufen.«

»Und den Kulturattaché verlangen, wie?«

Ich sparte mir den Anruf und ließ die beiden ein. Sie stellten sich als Mr. McGilly und Mr. Thorne vor. Nun bekam die Geschichte auch noch eine amerikanische Dimension. Spannend. Denn daß Mr. McGilly und Mr. Thorne mich wegen anderer Themen als Irak oder Kurdistan besuchten, hielt ich für extrem unwahrscheinlich.

Und ich hatte recht. Im großen und ganzen hatten sie ähnliche Fragen wie ihre Kollegen Jablonske und Waldeck vom Verfassungsschutz neulich, waren aber im Gegensatz zu denen kaum an Celine interessiert. Hingegen hakten sie sofort nach, sobald ich das erste Mal Freund Sommer erwähnt hatte. Wie lange ich Sommer schon kannte? Wie ich ihn kennengelernt hätte? Ob ich seine privaten Verhältnisse kenne? Ob ich seine Fabrik besichtigt hätte, seine Produktpalette kenne?

»Und wie kam es, daß Herr Sommer für den Hilfstransport Lastwagen von seiner Firma zur Verfügung gestellt hat?«

»Wir haben ihn erpreßt.«

»Erpreßt?«

Es war unklar, ob sie das Wort nicht kannten oder mir nicht glaubten.

»We blackmailed Herrn Sommer. Damals hatte ich noch eine wichtigere Position in der Klinik, war mitverantwortlich für die Vergabe von Aufträgen. Ich ließ durchblicken, daß eine Unterstützung unseres Vorhabens bei der Entscheidung über die Auftragsvergabe helfen könnte. Es war allerdings nicht schwer, Herrn Sommer zu erpressen, to blackmail him. Es schien, daß wir seine Lastwagen in jedem Fall bekommen würden, auch ohne den Auftrag von der Klinik.«

Meine beiden Regierungsmormonen nickten, das hatten sie sich wohl schon gedacht. Der Rothaarige kam zum Knackpunkt.

»Hat Herr Sommer nicht auch ein größeres technisches Gerät für den Transport in den Irak gestiftet?«

Nun war klar, worum es den beiden ging. Danach hatten Jablonske und Waldeck überhaupt nicht gefragt, und auch als ich es ihnen gegenüber erwähnte, hatte es sie nicht besonders interessiert.

»Ja, das stimmt. Eine Trinkwasseraufbereitungsanlage.«

Ähnlich wie bei Herrn Sommer sah ich keinen Grund, ihnen mein neues Wissen auf die Nase zu binden.

»Und wo«, fragte der schwarze Kollege, »befindet sich diese Trinkwasseraufbereitungsanlage jetzt?«

»Die erste Hälfte der Anlage dürfte im Nordirak sein, in Kurdistan.«

Der Schwarze rückte mir deutlich näher.

»Und die zweite Hälfte, Dr. Hoffmann?«

»Die ist verschwunden.«

Das fanden sowohl der schwarze Agent wie auch sein irischer Kollege ausgesprochen schade, wobei mich insbesondere die Begründung für ihre Enttäuschung überraschte.

»Sie sollten unsere technischen und logistischen Möglichkeiten, Sie bei dem Transport dieser Anlage zu unterstützen, berücksichtigen, Dr. Hoffmann. Wissen Sie tatsächlich nicht, wo sie ist?«

»Nein, tut mir leid.«

Es kamen noch ein paar Nachfragen, aber die beiden waren nicht mehr zufrieden mit mir und meinen Antworten, das konnte man hören und sehen. Zum Schluß schienen sie mir auch nicht mehr ganz bei der Sache, als beschäftige sie zunehmend die Überlegung, wo sie die Genehmigung einholen könnten, mich tatkräftig bei der Wahrheitsfindung zu unterstützen. Bei ihrem Kulturattaché, nahm ich an.

22

Als die beiden weg waren, gönnte ich mir ein Bier und wünschte die Agenten McGilly und Thorne zur Hölle. Ganz offensichtlich interessierten sie und die amerikanische Regierung sich allein für die sogenannte Trinkwasseraufbereitungsanlage, aber nicht die Bohne für Celine und ihr Schicksal. Deshalb hatte ich ihnen auch keine weiteren Informationen gegeben. Abgesehen davon, daß ich sowieso nicht wußte, wer dieses Ding zur Zeit wo versteckt hatte, käme vielleicht noch die Gelegenheit, mein begrenztes Wissen irgendwo nutzbringender als bei den beiden US-Agenten einzusetzen.

Was tun mit dem angebrochenen Abend? Zum Diktieren der restlichen und inzwischen neu angefallenen Entlassungsberichte fehlte mir die Lust, für etwas Interessantes im Fernsehen fehlte sie den Sendern, und die problemlösende Bettschwere würde sich nach dem Hausbesuch der amerikanischen Regierung nicht so bald einstellen. Aber Gott sei Dank gibt es ja Internet mit E-Mails und Chatrooms und jeder Menge von Verrückten.

Während der Computer in aller Ruhe hochfuhr und dann nach meinem Provider suchte, beschäftigte ich mich mit der Aufstellung einer mentalen Liste: Wer alles hatte mich inzwischen nach der verschwundenen Trinkwasseraufbereitungsanlage gefragt? Ihr edler Spender, Herr Sommer, unser Gastarzt Abdul Hassan (und damit der irakische Geheimdienst?), die Regierung der Vereinigten Staaten von Amerika. Durfte man davon ausgehen, daß von keiner Partei diese Frage zur bewußten Täuschung gestellt worden war und daß also weder Herr Sommer noch Gastarzt Dr. Hassan und auch nicht die USA das Ding geklaut hatten? Wer denn? Ich ging die Liste weiter durch. Unser tüchtiger Verfassungsschutz? Mein Freund Michael?

Beides schien mir äußerst unwahrscheinlich. Der Verfassungsschutz hatte sich nie dafür interessiert. Und bei meinem Freund Michael konnte ich mir weder vorstellen, daß er plötzlich ins Giftgasgeschäft einsteigen wollte, noch daß er gerade einen halben Ultrafeinstvernebler in seinem Labor gebrauchen konnte. Eines war glasklar: Irgend etwas oder irgend jemanden übersah ich.

»Pling – Sie haben Post«, meldete der Computer.

Neben zwei Kettenbriefen gegen den drohenden Irak-Krieg war es das Übliche: Warum es sich gerade jetzt lohne, in den Aktienmarkt einzusteigen, warum ich Tanker-Beteiligungen, Eigentumswohnungen in Cottbus oder an der Algarve und Diamanten direkt aus Afrika kaufen sollte. Offensichtlich wird bei Klinikärzten unverändert Geld vermutet, wenigstens Schwarzgeld. Leider zu Unrecht. Sogar eine Pharmafirma war irgendwie an meine private E-Mail-Adresse gekommen, eine Pharmafirma, von der ich noch nie etwas gehört hatte. Sonst hätte ich die Mail wahrscheinlich gar nicht erst aufgemacht.

So aber wurde schnell klar: Diese Mail kam nicht von einem Pharmaunternehmen. Und um so gründlicher ich diese elektronische Werbung der Firma Alpha Pharmaceutics für ein neues Antibiotikum studierte, desto mehr nahm meine Aufregung zu. Machte ich mir etwas vor, konstruierte ich aus ein paar Zufällen die Welt nach meinen Wünschen? Ich brauchte unbedingt Hilfe, und dies schnell. Hilfe, um herauszubekommen, was mir hier tatsächlich mitgeteilt wurde. Und von wem und woher. Oder ob man mich grausam auf den Arm nahm.

Zur Sicherheit kopierte ich den erstaunlich umfangreichen Datensatz auf einen USB-Speicher, steckte mir das zigarettenanzündergroße Teil ein und rannte durch den späten Sommerabend zu meinem Auto. Ich brauchte dringend jemanden mit guten EDV-Kenntnissen.

Niemand brauchte mich daran zu erinnern, daß ich früher bei der Lösung solcher Probleme auf Celine rechnen konnte. Natürlich, das Leben ging auch ohne Celine weiter, aber gerade das machte es so schwer.

Deutlich oberhalb der zugelassenen Geschwindigkeit fuhr ich mit meinem USB-Speicher zu Michael, den ich sicher noch in seinem Labor antreffen würde. Michael verfügt nicht über den theoretischen Hintergrund in EDV-Fragen wie die Mathematikerin Celine, mußte aber heutzutage als Laborarzt auch ein guter Elektroniker und Informatiker sein. Außerdem sind neben Seidenkrawatten, gutem Essen und schönen Laborantinnen Computer und Internet sein Hobby. Kurz, er versteht weniger davon als Celine, aber deutlich mehr als ich.

»Hallo, Felix! Was gibt's Neues?«

Diese Begrüßungsformel gehört zu Michael wie seine edlen Seidenkrawatten und die gute Laune, mit der er mich am inzwischen immerhin recht späten Abend empfing. Und auch sein zwangsläufig unmittelbar folgendes »Was kann ich für dich tun?« war genau so gemeint. Ich wünschte, es hätte in den letzten Monaten nicht immer wieder eine wirkliche Antwort auf sein »Was gibt's Neues?« gegeben, und sein »Was kann ich für dich tun?« wäre wie früher mit »Mach uns ein Bier auf« abschließend beantwortet gewesen.

Ich gab ihm eine ungeduldige Zusammenfassung meiner Besucher in Sachen »verschwundene Wasseraufbereitungsanlage«.

»Die hat sich dieser Herr Sommer zurückgeholt und verschiebt sie nun ohne euch in den Irak«, meinte er, gab aber gleich zu, »das ist nur so ein Gefühl.«

Mir war das im Augenblick vollkommen egal. Ich hielt ihm meinen USB-Speicher unter die Nase.

»Michael! Ich glaube, Celine lebt!«

Ich kannte den Blick, mit dem mich Michael anschaute, diese Suche nach Zeichen des Wahnsinns, die aus Vertrautheit mit dem Gegenüber bisher entgangen sind. Aber entweder wollte Michael seinen wahnsinnigen Freund nicht weiter erregen, oder er fand keine eindeutigen Zeichen, jedenfalls machte er einen seiner pragmatischen Vorschläge.

»Ich hole uns jetzt erst einmal ein Bier. Und dann wirst du Schritt für Schritt berichten und mich überzeugen. Fair?«

Michael ging das Bier holen, während ich die E-Mail der Firma Alpha Pharmaceutics auf seinen Computer überspielte.

»Na und? Alpha Pharmaceutics sagt mir auch nichts, aber du kannst nicht jede Pharmafirma kennen. Und es gibt genug Händler, die private E-Mail-Adressen verkaufen, sortiert nach Beruf, vermutetem Einkommen oder Schuhgröße.«

»Das ist nicht der Punkt, Michael. Schau dir den Text an und die Abbildungen dazu.«

Hauptsächlich ging es um ein neues Antibiotikum, das die Firma Alpha Pharmaceutics entwickelt hatte. Es nannte sich »Stegamycin« und sollte der tollste Bakterienkiller sein, den die Menschheit jemals gesehen hatte. Wenn der Text stimmte, waren in der Tat harte Zeiten für Bakterien angebrochen. Aber wenn ich nicht vollkommen danebenlag, sah es nicht ganz so düster für Bakterien und Co. aus.

»Was stört dich ausgerechnet an dem Namen, Felix? Vibramycin, Streptomycin, Vancomycin, alles altbewährte Antibiotika. Warum sollen die ihr neues Antibiotikum nicht Stegamycin nennen? Klingt doch ganz gut.«

Ich war ziemlich aufgeregt, wurde meiner Theorie immer sicherer.

»Michael, schau dir um Gottes willen die Abbildung dazu an! Warum ausgerechnet eine Muschel? Laut Text gewinnen sie den Wirkstoff für Stegamycin aus dieser Muschel!«

Michael las noch einmal den kurzen Werbetext.

»Dann ist denen ja wirklich ein ziemlicher Klops passiert, das Zeug Stegamycin zu nennen.«

»Ich glaube nicht an einen Klops, Michael. Wenn es diese Firma geben sollte, dürfte den Forschern dort der Unterschied zwischen einer Muschel und einem Pilz bekannt sein.«

Die Sache war für einen Mediziner im Grunde leicht durchschaubar. Viele Antibiotika werden aus Pilzen gewonnen, deshalb die Silbe »mycin« in ihrem Namen, nach der lateinischen Bezeichnung Mycetes für Pilze. Eine Namenssilbe somit, die zu einer Pille, die angeblich aus einer Muschel gewonnen wird, absolut nicht paßt.

»Dann laß uns einmal nach dieser ominösen Firma suchen«, sagte Michael, keine dieser superraffinierten Suchmaschinen fand die Pharmafirma mit dem revolutionären Bakterienkiller.

Trotzdem war Michael noch nicht ganz von meiner geistigen Gesundheit überzeugt, und das zu Recht: Bis jetzt ging es nur um eine bisher unbekannte Pharmafirma ohne Internetpräsenz, die meine E-Mail-Adresse kannte und ihrem Produkt einen ziemlich irrwitzigen Namen gegeben hatte. Tatsächlich seltsam, aber auch nicht viel mehr.

»Doch wie kommst du auf Celine? Da ist noch etwas, oder?«

Da war tatsächlich noch etwas. Denn weder die unbekannte Pharmafirma noch der seltsame Name für das angebliche Antibiotikum hatten mein Interesse geweckt. Es war die Abbildung dieser Muschel, die mich sofort alarmiert hatte!

»Diese Muschel heißt Cytherea meretrix, Michael. Und über diese Muschel weiß ich drei Sachen: Sie kommt aus der Südsee, man stellt keine Antibiotika aus ihr her, und ich habe vor zwei Jahren etwa hundert Stück davon für Celine im Spreewald vergraben! Da hat sie sie auch gefunden, gemeinsam mit Beate.«

»Cytherea matrix?«

»Cytherea meretrix. Stachelige Venusmuschel, fand ich für Celine ganz passend. Neben Miesmuscheln so ziemlich die einzige Muschel, die ich namentlich kenne.«

Wahnsinnige sind manchmal zu erstaunlichen intellektuellen Leistungen fähig, aber trotzdem hatte Michael der komplizierte Name überzeugt. Außerdem wollte er sich überzeugen lassen, ging es doch um Celine.

»Mensch, Felix! Du meinst wirklich, es wäre möglich? Ich werd' verrückt! Schmeiß das Bier weg! Champagner aufs Haus!«

Es wurde eine lange Nacht, eine total überdrehte Nacht. Nach der ersten Flasche Champagner war auch Michael sicher, daß wir es mit einer Nachricht von Celine zu tun hatten. Wer sonst würde ausgerechnet auf diese Südseemuschel kommen, mit der uns eine gemeinsame Geschichte verband! Während verschiedene Dechiffrierungsprogramme über die E-Mail liefen, führten zwei nicht mehr ganz junge Männer eigenartige Ritualtänze in einem hochmodernen analytischen Labor auf, später verstärkt durch eine jüngere Frau: Michael hatte die gute Idee gehabt, Beate aus dem Bett zu telefonieren.

»Dann nimm ein Taxi oder einen Hubschrauber, Beate. Das hier willst du nicht versäumen!«

Nach einer guten Stunde allerdings machte sich Ernüchterung breit. Kein Entschlüsselungsprogramm hatte uns weitergebracht, wieder und wieder lasen wir den Werbetext der angeblichen Pharmafirma Alpha Pharmaceutics zu ihrem angeblichen Präparat Stegamycin. Plötzlich schlug sich Michael die Hand an die Stirn.

»Gott, sind wir dämlich! Celine hat offensichtlich keine Ahnung, wie dämlich wir sind!«

Damit hatte Michael nicht unsere ungeteilte Zustimmung, aber sofort unsere ungeteilte Aufmerksamkeit.

»Der Schlüssel steckt nicht im Text. Den können wir noch hundertmal lesen. Stegamycin! Das ist es! Das ist der Schlüssel!«

Zu viel Alkohol bei Michael? Zu anstrengende Ritualtänze? Wir hatten den Begriff »Stegamycin« wiederholt und in den verschiedensten Variationen als mögliches Entschlüsselungswort laufen lassen. Ohne Erfolg.

»Nein, ihr Schnarchnasen! Nicht als Paßwort oder so. Felix hat doch schon klar erkannt, daß die Silbe ›mycin‹ ein Hinweis ist, weil eine Muschel eben kein Pilz ist. Und genauso ein Hinweis ist die Silbe ›stega‹! Noch nie was von Steganografie gehört?«

Beate und ich schauten uns ratlos an. Hatten wir nicht. Michael klärte uns auf.

»Steganografie nennt man die Technik, Nachrichten in Bildern zu verstecken. Eigentlich eine alte Technik, natürlich stark verfeinert im Zeitalter der Elektronik. Und gar nicht so schwer zu entschlüsseln, wenn man es weiß und wenn man weiß, um welches Bild es geht.«

»Die Muschel!«

Der Rest war tatsächlich erstaunlich einfach. Unter dem Stichwort »Steganografie« hatte Michal im Web schnell ein Entschlüsselungsprogramm mit dem sinnigen Namen »Steganos« gefunden, als richtiges Schlüsselwort stellte sich, das war leicht, »Spreewald« heraus.

Und einfach war auch die Mitteilung.

»Ich lebe. Und ich hoffe, ich bin bald bei euch.«

Natürlich war Celine klar gewesen, daß ich ihre Nachricht nicht alleine entschlüsseln könnte!

»Warum schreibt sie nicht, wo sie ist? Wie sie da herauskommen will?« maulte Beate.

Außerdem war der Champagner alle.

»Weil Celine vorsichtig ist«, antwortete Michael. »Weil wir nicht die einzigen auf der Welt sind, die verschlüsselte E-Mails lesen können.«

»Können wir wenigstens herausbekommen, wo die E-Mail herkommt?«

»Nein«, informierte uns Michael. »Die Nachricht kommt aus Moskau. Besser, von einem Server in Moskau. Und die einzige Existenzberechtigung dieser Art Server ist es, daß man den wirklichen Ursprungsort der Nachricht nicht herausbekommen kann.«

»Wozu gibt es solche Server?«

»Dafür! Und für illegale Kettenbriefe. Für Erpressungen. Für die anonyme Warnung vor Attentaten. Tausend gute Gründe, deshalb werden sie auch von den jeweiligen Regierungen nicht gesperrt.«

Für diese Nacht waren wir es zufrieden und ziemlich sicher, daß Celine wirklich noch lebte. Es könnte wirklich sein, daß Celine noch lebt.

Bestimmt hatte auch der Champagner etwas damit zu tun, daß Beate und ich in dieser Nacht endlich miteinander schliefen. Aber unsere Freunde von der Psychologie hätten bestimmt darauf hingewiesen, daß Alkohol in der Regel nur ein Katalysator ist für Sachen, die gewollt waren und irgendwann sowieso geschehen würden, und hätten sich ein Fest gemacht aus der Antwort auf die Frage, warum es gerade jetzt dazu gekommen war.

23

Am nächsten Morgen Ernüchterung. Ernüchterung im wahrsten Sinn des Wortes: der langsame Abbau des Alkohols. Der schnelle Abbau des Testosteron. Das und tausend noch unbekannte Mechanismen und Regelkreise führten dazu, daß in meiner wie immer gutbesetzten cerebralen Dauerdiskussionsrunde nach dem Zähneputzen wieder die Zweifler und Zauderer die Oberhand gewannen. War die E-Mail echt? War sie tatsächlich von Celine, die Muschel Cytherea meretrix ein ausreichender Beweis dafür? Vielleicht hatte man die Geschichte mit den vergrabenen Südseemuscheln im Spreewald aus ihr herausgeprügelt, oder Celine hatte sie irgendwann arglos ihrem Mitfahrer Heiner erzählt, und man hatte sie aus ihm herausgeprügelt. Oder Prügel wären gar nicht nötig gewesen.

Was hätte dann diese E-Mail zu bedeuten? Wer wollte mich glauben machen, Celine lebt, und mit welchem Ziel? Und, anders herum, welchem Zweck sollte es dienen, die Geschichte von Celines Tod bei einem Bombenattentat zu verbreiten, wenn Celine tatsächlich lebt?

Aber wenn Celine lebt, was war dann mit dem Sarg aus Bagdad? Oder besser, in dem Sarg aus Bagdad? Wen oder was hatten wir auf dem Waldfriedhof begraben? Mit Sicherheit wußten bestimmte deutsche Stellen wenigstens darüber Bescheid, und mit Sicherheit würden diese Stellen mir dazu keine Auskunft geben.

Ein paar Telefonate ergaben folgendes Bild: Ich würde leichter eine Exhumierung erreichen als die Herausgabe der betreffenden Dokumente. Um an die Dokumente zu kommen, müßte man erst einmal herausfinden, welche Dienststelle auf ihnen saß und wo der Antrag auf ihre Herausgabe zu stellen war. Für die Exhumierung war der Weg vergleichsweise klarer, man brauchte nur einen richterlichen Beschluß. Sicher konnte auch ich versuchen, den zu bekommen. Größere Chancen aber hätten Celines Eltern.

Deshalb fand mich der Nachmittag auf der Autobahn nach Hamburg und der frühe Abend vor dem Reihenhaus in Bergedorf. Die Sonne war bereits untergegangen, die Dunkelheit hatte aber noch nicht übernommen, wenn auch die Außenlampe schon leuchtete.

»Bist du das, Felix Hoffmann?« Celines Vater kniff die Augen zusammen, seine Brille hing an einer Kette um den Hals. »Was willst du hier?«

»Es geht um Celine.«

Sein erster Impuls schien, die Tür vor mir zuzuschlagen, tatsächlich aber öffnete sie sich ein wenig.

Wortlos ging er voraus und plazierte mich im Wohnzimmer.

»Ich hole ihre Mutter.«

Das Wohnzimmer wirkte absolut unverändert seit jenem Weihnachtstag, an dem Celine und ich von hier geflüchtet waren. Nur die geschmückte Fichte fehlte, aber ihr Platz neben dem kaum je benutzten Kamin stand fest, nichts würde man verrücken müssen. Es roch nach Stillstand, nach einem Leben, das vorbei war, ohne daß seine Akteure es bemerkt hatten. Wieder kam mir in den Sinn, daß die beiden gerade mal gut zehn Jahre älter waren als ich. Würde auch mein Leben schon bald auf dem Abstellgleis stattfinden?

Endlich kamen die beiden aus dem Obergeschoß herunter, keine Ahnung, was sie so lange aufgehalten hatte. Ich sagte ihnen, warum ich gekommen war.

»Nie im Leben!«

Beruhigend griff Herr Bergkamp nach der Hand seiner Frau, die das jedoch nicht zu bemerken schien und weiter ein zerknülltes Papiertaschentuch bearbeitete. Hatten die beiden mich nicht verstanden? Begriffen sie nicht? Noch einmal berichtete ich ausführlich von der E-Mail, der Muschel, der Nachricht.

»Ich sage euch, daß eure Tochter wahrscheinlich am Leben ist. Kapiert ihr das? Und selbst, wenn ich mich irre: Wollt ihr keine Gewißheit?«

»Felix, es bleibt dabei. Keine Exhumierung. Auf keinen Fall.«

Ich sprang auf.

»Ihr habt Celine nicht erst auf dem Waldfriedhof begraben. Ihr habt sie bereits begraben, als sie gegen euren Protest in den Irak gefahren ist. Wahrscheinlich schon damals, als ihr auf eurer Weihnachtsgans sitzengeblieben seid.«

Celines Vater wollte etwas erwidern, aber seine Frau stoppte ihn. Natürlich lag ich voll daneben, aber es dauerte eine Zeit, bis ich das in ihrem Schweigen erkannte. Ich setzte mich wieder, wartete ab. Noch immer hatte man mir nichts angeboten. Inzwischen saßen wir fast im Dunkeln. Vielleicht sah ich deswegen plötzlich ein gewisses Leuchten in den Augen der Mutter, ein seltsamer Blick war auf mich gerichtet. Ein Blick, wie man ihn von den Zeugen Jehovas kennt, oder anderen Menschen, die im Besitz der Wahrheit sind und voller Mitleid mit denen, die den Weg zur Wahrheit nicht finden. Vielleicht aber bildete ich mir diesen Blick bei Celines Mutter nur ein, oder es war wegen der fehlenden Fotos von der toten Tochter, die ich wenigstens auf dem Kaminsims erwartet hätte.

»Ihr habt gewußt, daß das nicht Celine in dem Sarg war!«

Beide schwiegen.

»Habt ihr es nur mir nicht gesagt? Aber alle eure Revoluzzer-Freunde auf dem Friedhof wußten Bescheid? Habt ihr euch wenigstens ordentlich amüsiert?«

»Es hat nichts mit dir zu tun, Felix. Außer uns wußte das niemand auf dem Friedhof. Man hat uns überzeugt, daß es so am besten war. Für Celine. Wir haben es für Celine getan.«

Mit Mühe begann ich zu verstehen.

»Für Celine? Oder für die Interessen der Bundesrepublik Deutschland? Ich fasse es nicht. Was würdet ihr heute mit Gudrun Ensslin vor der Tür machen? Den Riegel vorlegen? Die Hunde von der Leine lassen? Oder sie gleich festhalten, bis die GSG 9 kommt?«

Persönlich verletzt und meiner überlegenen Position sicher, ließ ich die beiden in ihrem dunklen Reihenhaus allein und suchte die Autobahnauffahrt zurück nach Berlin.

Trotz anfänglich freier Fahrt auf der nächtlichen Autobahn gaben mir die fast dreihundert Kilometer Hamburg-Berlin ausreichend Zeit, meine Verletztheit zu pflegen. Man hatte mich hintergangen, betrogen, für dumm verkauft. Wütend hämmerte ich auf das Lenkrad ein, wütend über eine Trauer, die mir nicht tief genug erschienen war. Oder war ich wütend über den Verlust des Verlusts?

Es dauerte bis zur Zwangspause im üblichen Unfallstau kurz vor Neuruppin, daß ich mich fragte, wie ich mich eigentlich an Stelle von Celines Eltern verhalten hätte. Weniger als ihre von mir lautstark beanstandete Zusammenarbeit mit dem Verfassungsschutz ärgerte mich doch die Tatsache, daß sie Leuten wie Jablonske und Waldeck mehr vertraut hatten als mir.

Aber hier ging es nicht um mich, Dr. Hoffmann, dessen einzige existentielle Gefährdung in seiner Dauerdepression über das Fehlen jeder existentiellen Gefährdung bestand. Es ging um eine Frau in einem Land ohne Menschenrechte, ohne ordentliche Gerichte oder einklagbare Mindeststandards in seinen Gefängnissen. Auch ich hätte diesen Dr. Hoffmann nicht ins Vertrauen gezogen, wenn es um das Leben meiner Tochter ging, auf keinen Fall, ob mit oder ohne entsprechende Weisung des Verfassungsschutzes. Genausowenig wie, vorerst jedenfalls, dieser Dr. Hoffmann nun seinerseits seine neuesten Erkenntnisse an Beate oder Michael weitergeben würde.

Etwas ruhiger fuhr ich weiter. Die Opfer des Unfalls waren abtransportiert und die zerstörten Wagen an die Seite geschoben worden, und ich studierte das Bild von Tod und Verwüstung an der Unfallstelle ebenso neugierig und froh wie jeder andere, nicht selbst in diesem Wagen gesessen zu haben.

Kurz hinter Neuruppin erreichte mich eine weitere Erkenntnis: Wenn hier jemand Celine bei lebendigem Leibe beerdigt hatte, so war das Dr. Hoffmann, als er mit ihrer besten Freundin schlief, und zwar unmittelbar nachdem sich Celine mit ihrer E-Mail ins Leben zurückgemeldet hatte.

In der Position moralischer Überlegenheit bei Celines Eltern hatte ich mich bedeutend wohler gefühlt!

24

Gegen drei Uhr nachts war ich zurück in Berlin, noch ein paar Stunden Schlaf immerhin. Wider Erwarten schlief ich tatsächlich relativ rasch ein und fühlte mich am Morgen ausgeschlafen und gestärkt. Diskret beeindruckt, um wie viele Dinge ich mich gleichzeitig kümmern konnte, betrat ich pünktlich um halb acht den Besprechungsraum zur Morgenkonferenz – und fand mich allein.

Keine Menschenseele war zum morgendlichen Geschacher um freie Betten, Verlegungen auf andere oder von anderen Stationen und dringende Untersuchungstermine erschienen. War eine Epidemie ausgebrochen? Eine neue Terrorismusübung? Ein wirklicher Anschlag? War das Krankenhaus umstellt und von der Außenwelt abgeschnitten? Beim Blick aus dem Fenster sah alles ganz normal aus bis auf die Tatsache, daß es auf dem Personalparkplatz noch freie Plätze gab.

Ich rief auf der Station an.

»Hoffmann hier. Was ist heute los? Habe ich was versäumt?«

»Am Telefon darf ich Ihnen zu Patienten keine Auskunft geben.«

Na toll, ich hatte eine von unseren Schwesternschülerinnen am Apparat, Erklärungen oder weitere Fragen würden nur noch mehr Verwirrung stiften. Ich stürmte auf die Station, wo ich Schwester Käthe in die Arme lief.

»Dr. Hoffmann! Am Wochenende so früh in der Klinik?«

»Welchen Tag haben wir heute, Käthe?«

»Samstag. Spaghettitag!«

Vielleicht konnte ich mich wirklich um eine Menge Dinge gleichzeitig kümmern, aber wohl nicht ohne eine gewisse Fehlerquote!

Was tun mit dem angebrochenen Tag? Einer dieser spontanen Eingebungen folgend, beschloß ich eine erneute Inspektion in unserem Irak-Sammellager. Aber die Eingebung blieb eine Eingebung: Die angebliche Trinkaufbereitungsanlage stand nicht plötzlich wieder an der alten Stelle, auch an keiner neuen. Also würde man mich sicher weiterhin nach ihrem gegenwärtigen Unterbringungsort fragen – und das führte zu der nächsten Eingebung.

Am liebsten hätte ich diese Idee gleich an Dr. Hassan ausprobiert, inzwischen sicher, dabei direkt mit dem irakischen Geheimdienst zu sprechen. Aber Dr. Hassan sei an diesem Wochenende nicht im Dienst, informierte man mich auf der Niere. Sollte ich mich am Montag gleich direkt an seine Vorgesetzten wenden? Und dann auch gleich an deren direkte Konkurrenz, wenn ich schon einmal dabei war?

Zurück in meinem Dienstzimmer, legte ich die Füße auf den Schreibtisch und döste aus dem Fenster, erinnerte einen Samstagmorgen mit Celine im sommerlichen Spreewald mit duftendem Kaffee und Hühnergegacker. Aber draußen war noch lange nicht Sommer, und von Celine hatte ich seit dieser E-Mail nichts mehr gehört. Mißmutig machte ich mich über den gnadenlos angewachsenen Stapel von Formularen zur Kostenerfassung und Qualitätskontrolle her. Heutzutage ist das eine der wichtigsten ärztlichen Tätigkeiten und eine gute Art, den Samstag über die Runden zu bringen.

Am Abend rief Michael an.

»Felix, gibt's was Neues?«

Es gab tatsächlich was Neues. Seit wir uns zuletzt gesehen hatten, hatte ich Celine mit ihrer besten Freundin betrogen und ihre verängstigten Eltern beschimpft.

Ich murmelte etwas Unverständliches. Michael interpretierte das als Hinweis auf die Möglichkeit, daß Telefonleitungen abgehört werden können, und verschlüsselte seine Antwort entsprechend.

»Hör zu, Felix. Es geht um diese Nachricht von dem Muschelsammelverein, über die wir vorgestern gesprochen haben. Du kannst sie löschen. Alles klar?«

»Alles klar, Michael. Mach ich.«

Mir war tatsächlich klar, was er meinte: Ich sollte sofort Celines E-Mail löschen. Michael kannte meine Marotte, meine E-

Mails nicht wie jeder normale Mensch über Outlook Express abzurufen. Anders als Celine vermute ich zwar nicht hinter jeder Volkszählung eine weltweite Verschwörung, teile aber die relativ verbreitete Vorsicht, was die Produkte von Microsoft und das Recht auf Anonymität meiner Daten angeht.

Ich rief meinen Provider auf und dort meine E-Mail-Datei. Aber irgend jemand hatte mir die Arbeit abgenommen, Celines E-Mail war bereits gelöscht.

Später an diesem Abend ging noch ein paar Mal das Telefon. Ich nahm nicht ab. Wahrscheinlich war es Beate, und ich wußte noch nicht, was ich sagen oder wie ich mich ihr gegenüber verhalten sollte.

Das restliche Wochenende fand mich unentschlossen und übellaunig. Unentschlossen zu der Frage, ob ich Michael oder Beate oder beiden über meinen Besuch bei Celines Eltern berichten und in meinen neuen Plan einweihen sollte. Übellaunig wohl aus Unsicherheit und Mißbehagen gegenüber Beate. Ich hatte mir einiges zurechtgelegt für den Morgen danach. Aber nach meinen ersten zwei, drei verschlafenen Worten hatte mir Beate den Finger auf den Mund gelegt.

»Laß es, Felix. Mach dir keinen Streß. Du hast einfach ausgesehen, als bräuchtest du es.«

Dr. Hoffmann als Bedürftiger? Als Sexualhilfeempfänger von Beates Gnaden? Das entsprach nicht ganz meinem Selbstverständnis. Ich rief Michael an, und er sagte erfreut zu, das Wochenende mit einem gemeinsamen Bier ausklingen zu lassen.

Wir trafen uns im Waldhaus, wo wir sofort von dieser Geruchsmischung aus Bier, Zigarettenrauch und Menschen umgeben waren, die man zu Hause einfach nicht authentisch hin- und für Tage nicht aus den Klamotten hinausbekommt.

»Hast du die E-Mail gelöscht, Felix?«

Ich erzählte ihm, daß das schon jemand für mich erledigt hatte. Michael dachte nach.

»Bist du sicher, daß du sie nicht am Donnerstag gleich selbst gelöscht hast?«

Eigentlich war ich sicher. Andererseits wollte ich nach meinem Samstagsbesuch in der Klinik lieber nicht darauf wetten.

»Es könnte natürlich auch sein«, fuhr Michael fort, »unsere gute Celine hat da so einen Selbstzerstörungsmechanismus in ihre Mail eingebaut.«

»Ich dachte, so etwas gibt es nur in ›Cobra, übernehmen Sie!‹«

Michael schaute mit übertriebener Vorsicht über beide Schultern und beugte sich dann ganz nahe zu mir.

»Nicht so laut, Felix! Man könnte dich hören. Diese Serie gibt es schon seit über zwanzig Jahren nicht mehr!«

Michael behielt seine konspirative Haltung bei.

»Übrigens, Dr. Hoffmann, du hast es neulich mit Beate getrieben, oder?«

»Woher willst du das wissen, Michael?«

»Das stand euch ins Gesicht geschrieben, als ihr abgefahren seid. Das war doch jedem klar.«

Interessant. Mir nicht.

»Außerdem war es vielleicht eure letzte Chance vor Celines Rückkehr. Also, Dr. Hoffmann. Wie war's?«

Ich berichtete von Beates Morgenkommentar.

»Das hat sie wirklich gesagt? Spitze, Felix!« Michael prustete, die Hälfte seines Biers landete auf dem Kneipentisch und auf meinem Hemd. »Zeigst du mir, wie ich aussehen muß, um auch diese Art von weiblicher Fürsorge zu bekommen?«

Lachend bestellte ich uns ein zweites Bier. Wie häufig, wenn ich mit Michael zusammen war, beschlich mich der Verdacht, daß die Welt vielleicht gar nicht so schwierig war, wie ich sie mir machte.

25

Manchmal treffe ich Beate eine ganze Woche lang nicht in der Klinik. Am Montagmorgen hingegen wäre ich fast schon in der Lobby mit ihr zusammengestoßen, gerade noch rechtzeitig konnte ich in Richtung Schwangerenberatung abbiegen. An diesem Vormittag schien Beate allgegenwärtig zu sein, aber immer wieder schaffte ich es, ihr aus dem Weg zu gehen. Und statt des üblichen Mittagessens in der Personalcafeteria ließ ich mir von Schwester Käthe etwas von dort mitbringen. Doch früher oder später war es nicht mehr zu umgehen, schließlich arbeiteten wir unter demselben Dach: Auf dem Weg zur Intensivstation kam sie mir entgegen, und kein Fluchtweg war in der Nähe.

»Hallo Felix. Du weichst mir doch nicht aus, oder? Ich habe gestern das Sonntagabendinner bei dir vermißt.«

»Warst du nicht bei dieser Verwaltungsleiterkonferenz von Vital?«

»Das war letzte Woche, mein Lieber. Wir sprachen davon.«

Also schön, ich gab es zu. Gab zu, daß ich unsicher war, wie ich mich ihr gegenüber verhalten sollte, wie jetzt unser Verhältnis zueinander war, wie unser Erlebnis zu der Freude paßte, mit der ich und sicher auch Beate Celine zurückerwarteten.

Beate schaute sich um, stellte fest, daß wir allein waren, und gab mir einen schnellen Kuß.

»Felix, du bist ja richtig altmodisch! Das finde ich süß! Aber mach dir keine Sorgen. Du und Celine, das ist doch fast perfekt, für komische Typen wie euch jedenfalls. Da würde ich mich nie dazwischendrängen. Ich habe wirklich nicht das Gefühl, meine beste Freundin hintergangen zu haben.«

Was mehr konnte ich mir wünschen? Lieber eine Beate, die sich jeden Abend auf meinem Anrufbeantworter ausweinte? Oder plötzlich mit ihrem Hausstand vor meiner Wohnungstür auftauchte? Sicher nicht. Aber ein bißchen weniger cool durfte sie schon sein. Das ist das Problem mit der männlichen

Buddelkastenpsyche, daß man es ihr kaum recht machen kann.

»Also, Felix. Du brauchst keine Angst vor mir zu haben. Laß uns einen Kaffee trinken, denn wir müssen wirklich ein paar Dinge von dieser Verwaltungsleiterkonferenz besprechen. Und außerdem, ob wir und wie wir Celine helfen können.«

Wir gingen in mein Dienstzimmer mit seiner altgedienten Kaffeemaschine. Bei Beate gab es zwar ein superschickes italienisches Espressoteil, aber ihr Büro bedrückt mich immer etwas durch seine Größe. Vielleicht fürchtete ich mich auch vor ihren afrikanischen Schnitzereien.

»Also, was gab's auf der Konferenz?«

»Punkt eins war die Geschichte mit der Sicherung der Klinik gegen Penner, Verrückte, Terroristen. Ich habe erzählt, unser Konzept dazu sei fast fertig.«

Stimmt. Beate hatte mich vor Zentis' Pestübung damit beauftragt, und ich hatte vergessen, den Auftrag weiterzugeben. Jedenfalls konnte nach wie vor jedermann ungehindert in der Humana-Klinik ein- und ausgehen, und im Zweifelsfall auch eine Wasseraufbereitungsanlage beziehungsweise einen Ultrafeinstvernebler neuester Bauart hinausschleppen. Ich wollte gar nicht erst daran denken, was man sonst noch alles hineinschleppen könnte!

»Ich kümmere mich darum.«

Beates Blick bedeutete, daß sie da ihre Zweifel hatte. Ich auch.

»Das große Thema aber war die Arbeitsorganisation, die Optimierung von bekannten Arbeitsabläufen. Ich fürchte, in Kürze werden hier die berühmten Damen und Herren mit der Stoppuhr auftauchen.«

Na wunderbar. Dann würde ich am Ende wenigstens wissen, ob ich statistisch zu oft aufs Klo ging und einen Urologen konsultieren sollte. Und wie viele Überstunden wir aufzuschreiben vergessen.

»Und was ist dann mit dem Arzt-Patienten-Verhältnis? Mit der Schweigepflicht?«

»Genau das war der Punkt, an den sie nicht gedacht hatten. Deshalb haben wir noch eine Gnadenfrist. Am Ende schummeln sie es sicher einfach in den Behandlungsvertrag zwischen Klinik und Patient, den liest sowieso niemand.«

Ich war nicht ganz bei der Sache, da ich wußte, daß wir bald auf Celine zu sprechen kommen würden. Und mich noch nicht entschieden hatte, was und wieviel ich Beate über den aktuellen Stand erzählen sollte. Als es soweit war, erzählte ich immerhin von meinem Besuch bei ihren Eltern. Ich fand, zumindest Beate hatte ein Recht darauf, an meinen Erkenntnissen teilzuhaben.

Sie nahm mich in die Arme.

»Felix, da schmeißen wir ein gigantisches Fest, wenn Celine wieder bei uns ist!«

War es vielleicht wirklich so leicht, und ich war einfach ein unverbesserlicher Pessimist, der nicht erkannte, daß sich am Ende alles zum Guten wenden würde?

Wohl doch nicht ganz, denn bevor wir uns trennten, hatte Beate noch etwas für mich.

»Du hast mich gar nicht gefragt, was auf der Konferenz zum Thema neuer Chefarzt für die Innere besprochen wurde.«

Stimmt, hatte ich nicht. Das Thema war mir im Moment nicht sehr wichtig, zumal ich offensichtlich nicht zu Rang eins bis drei auf der Nominierungsliste gehörte, die man zum Gespräch eingeladen hatte. Wahrscheinlich nicht einmal zu Platz 15, wenn Sommer sein Versprechen gehalten hatte. Und davon ging ich aus.

»Es sieht so aus: Nummer eins und zwei haben schon abgesagt. Die Bedingungen gefallen ihnen nicht, hauptsächlich die hohen Abgaben an Vital aus den Privatpatientenhonoraren. Das scheint andernorts immer noch günstiger geregelt. Aber unter der Hand wurde mir bedeutet, du solltest dir trotzdem keine Hoffnungen machen. Das kam weniger von Vital als aus der Senatsverwaltung für Inneres. Da ist man stocksauer auf dich wegen der Pressekonferenz neulich.«

Also lag es nicht nur an Herrn Sommer. Und das zeigte mal wieder die enge Verflechtung zwischen der Berliner Verwaltung und der angeblich so privaten Vital-Gruppe.

Ich beschloß, daß es mir der Spaß trotzdem wert gewesen war: Buddelkastenmentalität. Und außerdem, redete ich mir ein, hätte ich nichts unternommen, wäre am Ende vielleicht noch Zentis als Chefarzt in der Humana-Klinik aufgetaucht.

Berlin office, progress report (ref. III-77-1414)
Subject: Dr. Felix Hoffmann
From: agent McGilly, agent Thorne
Source of information: personal interview, observation

Zusammenfassung: Die Zielperson wurde in seiner Privatwohnung in Berlin-Zehlendorf von den Agenten McGilly und Thorne aufgesucht. Die Agenten gaben sich als Mitarbeiter der amerikanischen Regierung zu erkennen. Die Zielperson schien über den Besuch nicht besonders überrascht. Persönliche Kontakte zur Zielperson Sommer (ref. III-76-1391) wurden verneint. Ebenso verneinte Dr. Hoffmann jedwede Kenntnis zum gegenwärtigen Standort der zweiten Hälfte des Objekt Sommer, das er allerdings weiterhin als »Trinkwasseraufbereitungsanlage« bezeichnete.

Zirka dreißig Minuten nach Beendigung des Interviews verließ Dr. Hoffmann eindeutig stark erregt seine Wohnung und entfernte sich mit überhöhter Geschwindigkeit im eigenen PKW. Eine Verfolgung war nicht möglich, da der Funkkontakt zwischen den Agenten McGilly und Thorne kurzfristig unterbrochen war.

Bewertung: Die Angaben der Zielperson sind unglaubwürdig. Was seine angeblich nicht existenten außerdienstlichen Kontakte zur Zielperson Sommer betrifft, werden diese u.a. durch das berichtete gemeinsame Dinner im Nobelrestaurant »Trenta Sei« (Markgrafenstraße) belegt. Deshalb und wegen der nachgewiesenen Kontakte von Dr. Hoffmann zum irakischen Auslands-Geheimdienst (ref. III-77-1411) ist es unwahrscheinlich, daß Dr. Hoffmann tatsächlich keine Kenntnis zum gegenwärtigen Standort der zweiten Hälfte des Ultrafeinstverneblers besitzt.

Die konspirativen Absichten der Zielperson werden u.a. auch durch die Tatsache unterstrichen, daß er seinen PKW nicht sichtbar an der eigenen Adresse, sondern deutlich entfernt an wechselnden Orten parkt. Und ganz offensichtlich hat unser Interview zu hoher Erregung bei der Zielperson geführt und die sofortige persönliche Kontaktaufnahme mit einer unbekannten dritten Person notwendig gemacht (Zielperson Sommer?).

Empfehlungen/weiteres Vorgehen: Es wird erneut dringend die Einzelüberwachung von Dr. Hoffmann beantragt. Eine Weitergabe der Erkenntnisse an deutsche Dienststellen wird unverändert *nicht* empfohlen.

PS: Dies war bereits der dritte Kommunikationsausfall innerhalb von sechs Monaten trotz wiederholter Reparatur der Geräte. Die bisher aus Kostengründen abgelehnte Neubeschaffung wird hiermit erneut und dringlich beantragt.

Handschriftliche Notiz:
1. Chuck soll sich um diesen verdammten Funk kümmern.
2. »Objekt Sommer« bei Zielperson? Wo versteckt? Sobald wie möglich überprüfen!

Bundesamt für Verfassungsschutz
Ref. IV, Vorgang Nr. 286-03
Zielperson: Celine Ulrike Bergkamp

Nach erneuter Rückfrage liegen dem AA (Legationsrat Schmockwitz) weiterhin keine Erkenntnisse zum Verbleib der Zielperson Bergkamp vor, nachdem die gerichtsmedizinische Untersuchung zweifelsfrei ergeben hat, daß es sich bei der aus dem Irak rückgeführten Leiche nicht um Celine Ulrike Bergkamp handelt. Es ist deshalb davon auszugehen, daß es sich bei der Behauptung der irakischen Stellen, Bergkamp wäre bei einem Bombenattentat im Irak zu Tode gekommen, um eine sog. Legende handelt.

Aufgrund des Gesamtmaterials geht das Bundesamt weiterhin davon aus, daß die Zielperson am Leben ist und sich zu einer terroristischen Ausbildung beziehungsweise Weiterbildung im Irak aufhält, ggf. auch in Syrien.

Diese Annahme ergibt sich auch aus den hier beobachteten Aktivitäten der Zielperson als Mitglied verschiedenster sogenannter Menschenrechtsorganisationen und ihrer hier wiederholt dokumentierten Teilnahme an Demonstrationen mit einschlägiger politischer Ausrichtung.

Für diese Annahme spricht auch die Herkunft der Zielperson, deren Sozialisation in einem eindeutig verfassungsfeindlichen Milieu erfolgte und deren Eltern (obgleich jetzt zur Zusammenarbeit bereit) mit sehr hoher Wahrscheinlichkeit seinerzeit Aktivisten der Rote Armee Fraktion Hilfe und Unterschlupf gewährt haben.

Ein Datenabgleich mit dem BND wird *nicht* empfohlen: Der BND ist nicht zuständig, da nach den hier vorliegenden Erkenntnissen das Zielgebiet für evtl. Anschläge der Gruppe um Bergkamp die BRD ist und es sich bei Frau Bergkamp um eine deutsche Staatsbürgerin handelt.

Querverweise: Zielperson Dr. med. Felix Hoffmann, Zielperson Heiner Schmidt.
Dies zu den Akten (Unterschrift nicht lesbar).

Bundesamt für Verfassungsschutz
Technische Abteilung
Rundschreiben an alle Referate
Betreff: elektronische Medien (hier: sog. E-Mail)

In letzter Zeit wurde elektronische Post (E-Mails) an Verdächtige bei deren Abrufung durch den VS wiederholt unbeabsichtigt gelöscht. Dies ist inakzeptabel, insbesondere auch, weil es häufig schon bei dem Kopiervorgang der Nachricht, also vor ihrer Auswertung durch den VS, zur Löschung gekommen ist. Das Bundesamt für Informationstechnik (BSI) wurde eingeschaltet und ist bemüht, das Problem zu lösen.

Bundesamt für Verfassungsschutz
Juristische Abteilung
Rundschreiben an alle Referate
Betreff: Rechtsgrundlagen Überwachung Telekommunikation

Aus gegebenem Anlaß wird erneut auf die Rechtsgrundlagen zur Überwachung schriftlicher (Post und Postdienste) sowie elektronischer (Telekommunikation, Internet) Kommunikation von Verdächtigen durch den VS hingewiesen. Insbesondere einige Anbieter elektronischer Dienste (sog. Provider) kommen ihrer Verpflichtung zur Offenlegung der gesamten Kommunikation und aller Daten von Verdächtigen nur unwillig nach. Auch die Verpflichtung, daß jeder, der Telekommunikationsdienste geschäftsmäßig bereitstellt, eine Schnittstelle einzurichten hat, über die Polizei, Geheimdienste und der Verfassungsschutz zu jeder Zeit Zugriff auf Benutzerdaten haben, wird von einigen Anbietern (Providern) nur zögernd erfüllt.

Entsprechende Firmen sind bei Schwierigkeiten eindringlich auf die gesetzlichen Grundlagen hinzuweisen. Diese sind insbesondere: Strafprozeßordnung § 99, 100 a, 100 b (in der Fassung der Bekanntmachung vom 7. April 1987 (BGBl. I S. 1047, 1319), zuletzt geändert durch Artikel 2 Abs. 14 des Gesetzes vom 17. Dezember 1997 (BGBl. I S. 3039), Außenwirtschaftsgesetz § 39, Bundesdatenschutzgesetz vom 20. Dezember 1990 (BGBl. I S. 2954), zuletzt geändert durch Artikel 3 des Gesetzes vom 16. Dezember 1997 (BGBl. I S. 3094), Strafgesetzbuch § 88, 202 ff, in der Fassung der Bekanntmachung vom 10. März 1987 (BGBl. I S. 945, 1160), zuletzt geändert durch Artikel 14 § 16 des Gesetzes vom 16. Dezember 1997 (BGBl. I S. 2942), Strafgesetzbuch § 138, Gesetz zu Artikel zehn GG (Begleitgesetz zum Telekommunikationsgesetz [BegleitG] vom 17. Dezember 1997).

Es ist auch darauf hinzuweisen, daß die aufgeführten Rechtsgrundlagen (insbes. die aufgeführten Artikel der Strafprozeßordnung und das Gesetz zu Artikel zehn GG) nicht nur die Überwachung überführter Täter und dringend Verdächtiger, sondern auch von Personen, die dem Täterumkreis zugeordnet werden, (auch präventiv) erlauben.

26

Es geschah ein paar Abende später. Und erst als es vorbei war, erinnerte ich mich, daß Beate mich gewarnt hatte. Zwei Dinge ärgerten mich im nachhinein besonders: daß ich ihre Warnung nicht ernst genug genommen hatte, und noch mehr, daß es unmittelbar vor meinem Haus geschah. Sicher, es war recht spät geworden und trotz August schon dunkel, aber hatten meine Angreifer inmitten der Wohnbebauung keine Angst, daß jemand aus dem Fenster schaute? Seinen Hund ausführte? Mir jedenfalls zur Hilfe käme? Und hatte nicht tatsächlich eben meine Nachbarin den Vorhang kurz zurückgezogen, allerdings nur, um ihn gleich wieder zu schließen? Wahrscheinlich ging es einfach zu schnell, auch wenn es mir ganz persönlich wie eine Ewigkeit erschien, bis die Schläge in meinen Bauch und auf meinen Kopf endlich aufhörten. Warum war meine Nachbarin eigentlich schon zwei Wochenenden nicht mehr, wie seit Jahren, unter einem ihrer leicht durchschaubaren Vorwände zum Blutdruckmessen zu mir herüber gekommen?

Als mein freundliches Angebot, »nehmt euch das verdammte Portemonnaie und haut ab!«, das unangenehme Erlebnis nicht verkürzte, wurde mir klar, daß es sich bei den Prügeln um eine erzieherische Maßnahme handelte, und weil diese Leute vielleicht nicht sicher waren, wie weit ihr Tun zu einer aktuellen Minderung meiner Intelligenz geführt haben könnte, wurde mir meine Vermutung nach Beendigung der Aktion noch explizit bestätigt.

»Das soll dir eine Lehre sein, zu verstecken, was dir nicht gehört, Doktor!«

Ein offenbar gut gemeinter Rat, der mit einem letzten, aber nicht minder schmerzhaften Tritt unterstrichen wurde.

Das war übrigens das dritte, was mich hinterher so ärgerte: daß der Anführer der Schlägertruppe sich nicht versteckt hielt, sondern seine Mannschaft mit Rat und Tat unterstützte, obgleich er sicher sein konnte, daß ich ihn erkennen mußte. Andererseits, wie hätte ich sonst gewußt, bei wem ich mich wirklich für den guten Rat zu bedanken hatte?

Wenig später hatte ich mich mit ein wenig Jodtinktur, einem Glas Chardonnay und zwei Aspirin versorgt und analysierte die Lage. Zwei Probleme stellten sich als vorrangig heraus: Wer könnte sonst noch auf die Idee kommen, meinem Gedächtnis in bezug auf die gegenwärtige Unterbringung der Trinkwasseraufbereitungsgiftgasanlage nachzuhelfen? Und, wichtiger, wie könnte ich Celine helfen, deren Nicht-Tod ich jetzt als gesichert ansah.

Mit der Hilfe für Celine war ich gerade auf dem Weg von meinem Wagen zum Haus beschäftigt, als der Schlägertrupp sich meiner annahm. Der Parkplatz vor dem Haus war wieder von einem Handwerkerauto belegt gewesen, diesen Abend von einem Fernsehschnellservice. Sollte ich wirklich nur abwarten, bis Celine – hoffentlich – plötzlich wiederauftauchte? Wer könnte unterstützend tätig werden? Irgendeine deutsche Behörde?

Die bisherige Erfahrung sprach gegen ein ausgeprägtes Interesse deutscher Stellen, denen ja bekannt war, daß es sich bei der Luftfracht nicht um Celine gehandelt hatte. Und eine offizielle Anfrage in Bagdad zu erzwingen wäre sicher kontraproduktiv. Druck über die Presse machen? Ein wahrscheinlich ähnlich nutzloses Unterfangen, hatte doch wiederholt massiver Druck selbst der Vereinten Nationen den Irak nicht beeindrucken können. Außerdem: Könnten nicht diese und ähnliche Aktivitäten Celine eher schaden? War nicht davon auszugehen, daß sie sich dort irgendwo versteckt hielt beziehungsweise auf der Flucht war? Würde man die Iraker eventuell erst auf Celine aufmerksam machen oder, wenn sie es schon waren, wegen der plötzlichen Publizität zu erhöhten Anstrengungen bei der Suche nach ihr animieren? Verdammt, wo war Celine? So viele Gedankengänge, und ich wußte noch immer nicht, was ich tun könnte.

Wie erwartet, rief mich mein besorgter Freund Sommer schon am nächsten Vormittag in der Klinik an. Er habe gehört, ich hätte einen Unfall gehabt.

»Ich denke, bei ein wenig Entgegenkommen Ihrerseits, Herr Dr. Hoffmann, sollte sich so etwas nicht wiederholen.«

Kopierte Herr Sommer einen billigen Gangsterfilm? Oder bilden diese Filme tatsächlich die kriminelle Realität ab? Jedenfalls schien mir jetzt eine gewitzte Antwort angebracht – mir fiel aber keine ein. Zu beschäftigt war ich mit der Überlegung, von welcher Seite die nächste Züchtigung zu erwarten wäre.

»Hauptsache, Herr Sommer, Sie instruieren auch Ihren Bauleiter Sobotka entsprechend.«

Ich legte auf.

Was war zu tun? Vorübergehend die Wohnung wechseln? In Celines Wohnung ziehen oder gar zu Beate? Nicht gut genug, man könnte mich immer noch in der Klinik abfangen und in einer stillen Ecke des Personalparkplatzes weiteren erzieherischen Maßnahmen unterziehen. Sollte ich nicht besser eine Weile ganz von der Bildfläche verschwinden, zum Beispiel meinen Urlaub nehmen, wenigstens den vom letzten Jahr?

»Wie stellst du dir das vor, Felix? Bist du wahnsinnig?«

Beate schien an meinem Verstand zu zweifeln, ich versuchte, sie zu beruhigen.

»Also erstens steht mir der Urlaub zu. Zweitens werde ich hier sowieso nicht Chefarzt, weshalb also soll ich mich für die Aktionäre von Vital abrackern? Und drittens kann unser kommissarischer Herr Chefarzt Kleinweg ja auch mal ein bißchen was tun.«

»In der Klinik wird es schwierig, aber das bekommen wir irgendwie hin. Nur weißt du ganz genau, daß ich nicht von der Klinik spreche.«

Natürlich war mir das klar. Beate störte sich weniger an der Inanspruchnahme meiner Urlaubstage als an meinem Urlaubsziel: der Republik Irak.

27

War eine Reise in den Irak tatsächlich eine Schnapsidee, eine Folge vielleicht etwas zu kräftiger Schläge auf meinen Quadratschädel, wie Michael meinte? Wahrscheinlich aber, je vehementer Michael und Beate sie mir auszureden versuchten, desto mehr versteifte ich mich auf das Projekt.

»Hier abzuwarten, wer mich als nächster zusammenschlagen läßt, scheint mir auch keine so tolle Perspektive. Da kann ich mich auch im Irak verprügeln lassen.«

»Glaubst du«, gab Michael zu bedenken, »Saddams Schergen beschränken sich bei ungläubigen Freunden von bombenwerfenden Frauen, die ungebeten in ihrem Land herumschnüffeln, auf ein wenig Prügel?«

Sicher hatte Michael recht, wahrscheinlich mehr noch Beate: »Deine Irakreise ist keine Schnapsidee. Der Plan entspringt einem Schuldkomplex gegenüber Celine, weil wir miteinander geschlafen haben. Du stellst dir eine Art Büßergang vor, diesmal nach Bagdad statt nach Canossa. Eine selbstauferlegte Strafe, mit der du dich reinwaschen willst.«

Es kam noch einiges an Argumenten von den beiden, nicht zuletzt der inzwischen täglich wahrscheinlicher werdende Angriff der Amerikaner, aber ich ließ mich nicht mehr von meinem Plan abbringen, plötzlich überzeugt, daß ich schon längst hätte aufbrechen und mir vor Ort Klarheit verschaffen sollen. Und inzwischen ging es um mehr als um Klarheit, es ging um effektive Hilfe für Celine. Hatte ich bei meinem Besuch in der irakischen Botschaft mit den Broschüren vom Herrn stellvertretenden Botschafter nicht sogar so etwas wie eine Einladung in den Irak bekommen?

Die Reise erforderte Vorbereitungen, mit denen ich mich aber nicht lange aufhalten wollte. Erst einmal zog ich in Celines Wohnung. Dazu bedurfte es keiner größeren logistischen Planung, denn Celines Wohnung liegt – wie gesagt – in derselben Straße schräg gegenüber. Und mein Übernachtungspaket mit Zahnbürste und ein paar Klamotten war dort noch immer deponiert. Der Umzug war sinnvoll, weil Celines Hauseingang um die Ecke lag, nicht einsehbar, wenn sich die nächste Schlägerbande in der Nähe meiner Haustür herumdrückte.

Mein wirkliches Reiseziel kannten nur Beate und Michael, die offizielle Klinikversion hieß »Bildungs- und Badeurlaub in Ägypten«. Entsprechend buchte ich den Flug Berlin-Frankfurt-Kairo in einem normalen Reisebüro über meine Visakarte, während ich für das Reststück Kairo-Damaskus-Bagdad ein türkisches Büro in Neukölln beehrte und zur Freude des Inhabers bar bezahlte. Wie man in den Irak hineinkommt, wußte ich von den Broschüren aus der Botschaft: Man braucht einen aktuellen HIV-Test und eine Einladung von einem irakischen Bürger oder stellt einen Visumsantrag beim Kultur- und Informationsministerium in Bagdad. Mit einem ziemlich aktuellen und erfreulicherweise negativen HIV-Test konnte ich dienen, wollte aber weder einen offiziellen Visumsantrag stellen noch unseren Gastarzt Abdul Hassan um eine Einladung von seiner Familie bitten, was wohl auf das Gleiche hinausgelaufen wäre.

Ich vertraute bei einer Bevölkerung am Rande des Hungerns lieber auf die internationale Macht von Dollarnoten, von deren positiver Wirkung auch im Irak ich gehört hatte. Außerdem entwickelte sich zur Zeit wegen der immer schärfer werdenden Töne aus Washington ein Tourismus in Sachen »menschliche Schutzschilder« in Richtung Bagdad, an dem ich mich zwar nicht beteiligen wollte, der aber seinerseits als Schutzschild für meine Einreise dienen könnte.

»Das können Sie mir nicht antun! Das ist im höchsten Maße unkollegial!«

Die fehlende Begeisterung beim kommissarischen Chefarzt Kleinweg überraschte mich nicht. Nicht allein Beate und Michael hatten erhebliche Bedenken gegen meine Urlaubsplanung, sondern auch Leute, die mein wirkliches Reiseziel gar nicht kannten. Mein Mitleid mit Kleinweg hielt sich allerdings in engen Grenzen, zumal ich zwar als Angestellter der Vital-Kliniken auch weiterhin die Privatpatienten der Inneren Abteilung versorgte, Professor Kleinweg aber nonchalant die Honorare dafür einsteckte. Sollte er sich doch mal selbst um die Patienten kümmern, für die er kassierte!

»Tut mir leid, Herr Kleinweg, aber wenn ich den Urlaub jetzt nicht nehme, ist er verfallen. Ist alles noch vom letzten Jahr.«

»Wirklich, Herr Hoffmann, das kann man doch sicher regeln! Ich könnte es ja noch verstehen, wenn Ihre Reise etwas mit Ihrer verstorbenen Freundin zu tun hätte oder deren Projekt. Aber nach Ägypten! Viel zu gefährlich. Das sind auch alles Araber. Da können Sie ja gleich in den Irak fliegen!«

Ich unterdrückte ein Lächeln.

Es folgte eine unerfreuliche Visite mit einem unentwegt nörgelnden Kleinweg, der erkannte, daß seine üblichen Floskeln ihm nicht über die Zeit ohne Dr. Hoffmann helfen würden. Er mußte jetzt richtig aufpassen, sich Notizen machen, Strategien planen – so hatte er sich die Position »kommissarischer Chefarzt« nicht vorgestellt.

»Eines muß klar sein, Herr Hoffmann: Ich werde keine Zeit haben, mich ausreichend um die Patienten an der künstlichen Niere zu kümmern.«

Es ging nicht nur um unangenehme Mehrarbeit, jetzt ging es auch um Inkompetenz. Uns beiden war klar, daß es Professor Kleinweg gegenüber den Nierenpatienten nicht nur an der Zeit fehlte. Und ebenso klar war, daß er dies nie zugeben würde.

»Wir haben einen irakischen Gastarzt, der sich in dieses Gebiet sehr gut eingearbeitet hat. Ich glaube, die Dialyse wird keine Probleme machen.«

Kleinweg entspannte sich sofort, doch für meinen Geschmack brauchte er einen kleinen Dämpfer.

»Was Dr. Hassan allerdings nicht leisten kann, ist, Wege zu finden, wie wir diese Patienten möglichst rasch loswerden können.«

Überhaupt konnte ich für Kleinweg nur hoffen, daß unser Gastarzt nicht eines Tages plötzlich verschwunden sein würde. Über seine Hilfsabsichten zu unserem zweiten Transport hatte ich nichts mehr gehört, seit er sich um dessen Vollständigkeit Sorgen gemacht hatte.

Auf der Flugroute Berlin-Frankfurt-Kairo-Damaskus-Bagdad gibt es für das Gepäck mindestens fünf Gelegenheiten, im falschen Flugzeug oder ganz woanders zu landen, und ich ging davon aus, daß ich in Bagdad andere Probleme haben würde, als den internationalen Vordruck für vermißte Koffer auszufüllen. Entsprechend hatte ich meine Garderobe für den Irak auf das Minimum reduziert, das neben Rasierzeug, Zahnputzutensilien, Landkarten und ein paar Medikamenten gegen Fieber und Durchfall in Celines Bordkoffer paßte. Aber trotz dieser strengen Begrenzung reichte meine Übernachtungsgarderobe bei Celine nicht aus oder war reif für die Waschmaschine, ich brauchte Nachschub aus meiner Wohnung.

Es regnete fürchterlich, als ich hinüber wollte. Also lief ich nicht über die Straße zu meiner Wohnung schräg gegenüber, sondern schräg unter der Straße durch: Dank der Luftschutzvorschriften aus jener Zeit laufen in unserer Siedlung gemeinsame Kellergänge nicht nur unter den nebeneinanderliegenden Häusern, sondern verbinden unterirdische Querriegel auch die gegenüberliegenden Häuser.

Nur deshalb entdeckte ich meine aufgebrochene Kellertür und hätte sonst wahrscheinlich gar nicht bemerkt, daß man sich auch oben in der Wohnung zu schaffen gemacht hatte, denn in der Regel kann ich für meine häusliche Unordnung kaum Dritte verantwortlich machen. Besonders der Einbruch in den Keller sprach für die Trinkwasseraufbereitungsgiftgasanlage als Objekt der Begierde. Ging das auch auf das Konto Sommer und Co.? Oder wer war dieses Mal neugierig gewesen? Egal, für mich ein Argument mehr unterzutauchen, und wenigstens zum Untertauchen schien mir der Irak mehr als geeignet. Ich griff mir ein paar T-Shirts, einige Socken und einen Stapel Unterwäsche, das sollte reichen. Aufräumen konnte ich nach meiner glücklichen Rückkehr.

28

Dienstag, 6 Uhr 55, Flughafen Tegel, Berlin. Natürlich hatte ich nicht geschlafen und war ab zwei Uhr morgens ziellos durch Celines Wohnung getigert. Gegen halb drei wollte ich das Projekt »Flug nach Bagdad« sogar abbrechen, überzeugte mich aber bald, daß dafür in der Hauptsache meine Flugangst verantwortlich war.

Um 4 Uhr 24 hatte ich ein letztes Mal mein Gepäck auf Vollständigkeit kontrolliert, im Grunde ohnehin sicher, das Falsche eingepackt beziehungsweise das Wichtigste vergessen zu haben. Den kleinen GPS-Empfänger, den Michael noch schnell von seinem Segelboot geholt und mir als unerläßlich für meine Mission aufgedrängt hatte, ließ ich zurück. Den, da war ich sicher, würde man mir am Flughafen in Bagdad als erstes abnehmen oder als Beweis für geplante Spionage betrachten. Die Frage, ob das nicht ebenso für die Landkarten gelte, schrieb ich einfach meiner Flugangst zu. Ich hoffte am Ende nur noch, daß Celines Bordkoffer wirklich den Vorschriften entsprach und nicht nur Charme ihr den Weg damit in die Kabine geebnet hatte.

Um 5 Uhr 31, viel zu früh, wartete ich vor Kälte bibbernd an der Ecke Argentinische Allee. Ob aus Rücksicht auf meine Nachbarn, um denen das fast noch nächtliche Taxi-Dieselnageln zu ersparen oder als Einübung auf meine nun unmittelbar bevorstehende Auslandsagentenkarriere – jedenfalls hatte ich das Taxi nicht direkt in die Siedlung bestellt. Der wahre Grund aber war eher, daß ich noch irgend etwas Körperliches tun wollte, und war es auch nur, den nicht sehr schweren Bordkoffer bis zur nächsten Hauptstraße zu schleppen. Der Taxifahrer stellte sich als Araber heraus – ich nahm es als gutes Omen.

Nun war es also 6 Uhr 55: Mehrere Überwachungskameras hatten mich erfaßt und mit Datum und Uhrzeit auf Magnetband gespeichert, wachsame Metalldetektoren meine Wohnungsschlüssel gefunden, und einfühlsame Hände hatten sich meiner wahrscheinlichen Harmlosigkeit versichert. Heute war sogar wieder Schuheausziehen angesagt.

Immerhin, die aktuelle Bilanz war ermutigend: Der Taxifahrer hatte sich nicht als bombentransportierender Terrorist herausgestellt, an der Passagierkontrolle hatte man Celines Bordkoffer anstandslos passieren lassen, und bei der Schuhkontrolle konnte ich sogar Socken ohne Löcher vorweisen. Würde mein Glück anhalten? Es wäre voreilig gewesen, mir jetzt schon Sorgen um mein Hineinkommen in den Irak und meinen selbstgewählten Auftrag dort zu machen.

Erst einmal mußte ich mindestens vier Starts und vier Landungen überleben, viermal auf Ausbildung und Konzentration von Piloten und Fluglotsen, Funktionstüchtigkeit und anhaltende Stromversorgung von Radargeräten, Höhenmessern und Düsenaggregaten und schließlich auf gefällige Rücksichtnahme kreuzender Vogelschwärme vertrauen. Und außerdem hoffen, daß nicht wieder einmal ein amerikanischer Flugzeugträger meinen Airbus für einen feindlichen Bomber hält.

»Ihr Lufthansaflug Nr. 1607 nach Frankfurt ist nun bereit zum Einsteigen. Jua Lufthänsafleit Namba sikstiinousäwen is nau rädi foa boading.«

Allgemeines Aufspringen, und natürlich kam es sofort zum Stau auf diesem Ding, das sich offiziell »Fluggastbrücke« nennt. Wie üblich hatten sich die vorderen Sitzreihen als erste an Bord gedrängt, um nun bei voller Konzentration auf die Auswahl der Morgenzeitung und das Verstauen des Handgepäcks den Weg für die übrigen Passagiere zu blockieren.

Ich ließ mich vom Gedränge mittragen und hing unter anderem dem trüben Gedanken nach, ob ich mich gleich in derselben Maschine anschnallen würde, in der vor nun gut vier Wochen der Sarg nach Berlin gebracht worden war.

Ruckartig kam die Schlange erneut zum Halten, ein Regenschirm bohrte sich in mein Kreuz. Waren Regenschirme an Bord inzwischen nicht auch verboten? Ich stand jetzt kurz vor der Passagiertür, unmittelbar neben der Eisentreppe von der Fluggastbrücke auf das Rollfeld, und wäre fast über Celines

Bordkoffer gestolpert. Ohne jede Vorwarnung erweckte mich dieser Stoß aus meiner Dauersomnolenz.

Wollte ich tatsächlich mit einem Guccikoffer durch den Irak ziehen? Was um Gottes willen hatte ich überhaupt vor? Wie sollte ich in einem Land von nahe fünfhunderttausend Quadratkilometern und über zweiundzwanzig Millionen Einwohnern, deren Sprache ich weder verstehen noch sprechen konnte, Celine finden? Mit den nützlichen Redewendungen aus dem Reiseführer zum Bestellen eines Frühstückseis oder für Kinokarten? Und war es nicht ohnehin sehr wahrscheinlich, daß sich Celine längst in den Norden abgesetzt hatte, in das Kurdengebiet? Was sollte ich dann in Bagdad? Nie im Leben hätte sie mir eine E-Mail aus Bagdad schicken können! Ich schnappte mir meinen Guccikoffer und stürmte die Leiter hinunter auf das Rollfeld.

Keine Maschinengewehrsalve, keine Alarmsirene. Auch kein Protest von der Fluggastbrücke, hier war man offenbar für jede Verkürzung der Schlange dankbar. Ich sah keinen Grund, Maschinengewehrsalven, Sirenen oder wütende Proteste abzuwarten, rannte in die erstbeste Richtung weg vom Rollfeld und landete in der Gepäckverteilung unter dem Terminal.

»Wo ist der Verletzte?«

Ziemlich hilflos schaute mich der Gepäckarbeiter an, sichtlich um Verständnis bemüht. Ich baute meinen Überraschungsvorteil aus.

»Sie können mich nicht von meinen Patienten wegrufen, und dann wissen sie nicht einmal, wo der Verletzte ist!«

Zwar fuchtelte ich ihm mit meinem Arztausweis vor der Nase herum, aber wie lange noch würde dieser Mann Celines Bordkoffer für eine etwas exzentrische ärztliche Notfalltasche halten? Nun ging auch noch wirklich irgendwo eine Sirene los, es wurde Zeit für mich.

»Sie bleiben genau hier stehen und warten auf meine Rettungssanitäter. Die schicken Sie mir dann sofort hinterher. Verstanden?«

Ziemlich beeindruckt von meiner Kaltschnäuzigkeit rannte ich weiter, direkt in Richtung Sirene. Dort, nahm ich an, würde das Chaos am größten sein, und damit auch meine Fluchtchance. Vollkommen unbehindert kam ich schließlich über eine schlecht beleuchtete Treppe wieder in den Passagierterminal. Die Abfertigung der Passagiere war gestoppt worden, überall rannte Polizei und Bundesgrenzschutz herum, im Moment noch alle in Richtung Lufthansaflug 1607 nach Frankfurt.

Noch einmal erwies sich der Bordkoffer als ausgesprochen praktisch.

»Schnell, steigen Sie ein. Sonst werden wir hier für Stunden festgehalten.«

Und schon saß ich im Flughafenbus der Berliner Verkehrsbetriebe, dessen Fahrer aus einschlägiger Erfahrung oder einfach als Beamter eine gute Vorstellung hatte, wie lange es dauern könnte, bis die jeden Moment zu erwartende allgemeine Verkehrssperre am Flughafen Tegel wieder aufgehoben würde. Außerdem wußte er, daß Terroristen am Flughafen mit Granaten oder Maschinenpistolen herumlaufen und nicht mit Guccikoffern.

Um 5 Uhr 24 hatte ich Celines Wohnung verlassen, kurz nach neun Uhr war ich wieder zurück. Mindestens eine strafbare Handlung hatte ich inzwischen begangen: Inanspruchnahme der Dienste der Berliner Verkehrsbetriebe ohne gültigen Fahrausweis. Und selbstverständlich würde dem niemand die Nichtinanspruchnahme des Transports Berlin-Bagdad gegenrechnen.

Bundesamt für Verfassungsschutz
Ref. IV, Vorgang Nr. 286-56
Zielperson: Dr. Felix Hoffmann
Bericht Nr. 26

Die Zielperson hat sich der weiteren Überwachung entzogen: Sie hat seit einigen Tagen ihre Wohnung nicht mehr betreten und ist auch nicht an ihrem Arbeitsplatz erschienen. Nachfragen ergaben, daß die Zielperson kurzfristig Urlaub eingereicht hat.

Es muß davon ausgegangen werden, daß die Zielperson die Überwachungsmaßnahmen entdeckt hat und untergetaucht ist.

Die weitere Beobachtung der Wohnung der Zielperson wurde daraufhin vorläufig eingestellt.

Bundesamt für Verfassungsschutz
Ref. IV, Vorgang Nr. 286-56
Zielperson: Dr. Felix Hoffmann
Bericht Nr. 27

In der routinemäßigen Auswertung des Videomaterials vom Flughafen Tegel wurde die Zielperson wiedergefunden. Weitere Nachforschungen ergaben die Verwicklung der Zielperson in einen Vorfall am Flughafen vom selben Tag: Zielperson hatte bereits für den Flug Lufthansa 1607 von Berlin-Tegel nach Frankfurt eingecheckt und die Sicherheitskontrolle passiert, ist dann aber von der Fluggastbrücke über das Vorfeld geflüchtet. Gepäck hatte die Zielperson nicht aufgegeben.

Es konnte inzwischen ermittelt werden, daß die Zielperson im Besitz einer Ticketbuchung bis Kairo (Ägypten) war.

Bisher konnte nicht ermittelt werden: war ein Treffen mit der Verdächtigen Bergkamp (Vorgang Nr. 286-03) geplant? Wollte die Zielperson eine falsche Spur legen?

Zielperson konnte sich wiederum der Überwachung entziehen.

Bundesamt für Verfassungsschutz
Ref. IV, Vorgang Nr. 286-56
Zielperson: Dr. Felix Hoffmann
Von: Abteilungsleiter
An: Außendienst IV

Zu den Berichten Nr. 26 und Nr. 27 zur Zielperson Dr. F. H. werden vor ihrer Weitergabe an den Koordinationsausschuß folgende Änderungen vorgeschlagen:

1. Der Bericht Nr. 26 über den Verlust des Kontakts zur Zielperson ist durch den Bericht Nr. 27 überholt. Der Bericht kann ersatzlos gelöscht werden.
2. Der Bericht Nr. 27 (routinemäßige Auswertung Videomaterial Flughafen Tegel) erhält somit die Nr. 26.
3. In diesem Bericht sollte der Begriff »wiedergefunden« durch den Begriff »identifiziert« ersetzt werden. Darüber hinaus sollte der Hinweis entfallen, daß Sichtung und Analyse des Videomaterials nicht sofort erfolgte. Im letzten Absatz ist das Wort »wiederum« ersatzlos zu streichen.
4. Wenn dies auch nicht explizit ausgeführt werden darf, sollte die Formulierung des Berichtes im Koordinationsausschuß die Annahme zulassen, daß der VS jederzeit über die aktuellen und zu erwartenden Schritte der Zielperson informiert war, auch über seinen »Urlaub« und die entsprechenden Vorbereitungen wie Ticketkauf etc.
5. Es sollte erwähnt werden, daß die Zielperson zweifelsfrei über genaueste Kenntnisse über und Hilfe innerhalb des Flughafens verfügen konnte, da ihr die Flucht sonst unmöglich gelungen wäre.
6. In diesem Zusammenhang sollte auf die chronische Personalnot und Unterfinanzierung des VS hingewiesen werden.

Konsequenzen:
1. Nach den jüngsten Aktivitäten der Zielperson darf als gesichert gelten, daß Dr. Hoffmann die Zielperson Celine Bergkamp nicht nur aus privaten Motiven unterstützt, sondern ebenso wie Frau Bergkamp Aktivist ist.
2. Deshalb ist der Kontakt zur Zielperson dringlich wieder herzustellen. Hierzu sollte die bekannte Wohnadresse unverzüglich erneut unter Überwachung gestellt werden, da dort am ehesten mit seinem Wiederauftauchen gerechnet werden kann.

Bericht Nr. 26 (zur Löschung) und Nr. 27 (jetzt Nr. 26) zur Überarbeitung in der Anlage zurück.

29

Hatte mich wirklich die Erkenntnis ihrer Sinnlosigkeit von der Irakreise abgebracht oder einfach im letzten Moment meine Flugangst die Oberhand gewonnen?

Nein, ich war am Flughafen eindeutig aus einer Dauersomnolenz erwacht: Erst jetzt erkannte ich, daß ich seit dem Tag, an dem dieser Sarg in Tegel angekommen war, in einem Schockzustand mit nur selektiver Wahrnehmung der Realität gelebt hatte. Äußerlich hatte ich relativ normal funktioniert, in der Klinik keine irrwitzigen Anordnungen getroffen, keinem Patienten Schaden zugefügt. Und die diskreten Hinweise ließen sich leicht als alltägliche Aussetzer erklären: die auf links getragene Krawatte bei der Beerdigung, der Samstag in der Klinik nach meinem Besuch bei Celines Eltern, wirklich keine großen Sachen. Sofort meldete sich auch mein allzeit dienstbereiter persönlicher Verteidiger und meinte, daß ich, käme es irgendwann zu einer diesbezüglichen Klage, auch den Beischlaf mit Beate auf das Konto Somnolenz buchen lassen sollte.

»Du mußt verstehen, Celine, ich war nicht Herr meiner Sinne!«

Diese Argumentation würde allerdings bedingen, jetzt, aus der Somnolenz erwacht, auf eine gelegentliche Wiederholung dieser Art von Zweisamkeit mit Beate zu verzichten. Womit ich wieder bei deren These von meinem angeblichen Bußgang nach Bagdad gelandet war.

Wie auch immer, ich war froh, nicht nach Bagdad unterwegs zu sein. Mal ganz abgesehen vom täglich handfester drohenden Krieg und fehlenden Visum, fehlenden Sprachkenntnissen, fehlenden Anhaltspunkten. Celine war vermutlich gar nicht mehr im eigentlichen Irak, eher schon südlich des 33. Breitengrades oder, wahrscheinlicher, nördlich des 36. Breitengrades. Ganz einfach: Weil es im Irak des Saddam Hussein keine Infrastruktur mit privatem Internetzugang oder Internetcafés gibt, hatten wir keine Codeworte für einen entsprechenden E-Mail-Verkehr vereinbart.

Ihre E-Mail sprach dafür, daß sie irgendwo in Kurdistan auf dem Weg in die Türkei war. Und in den Bergen Kurdistans nach ihr zu suchen wäre ebenso hirnverbrannt gewesen wie im Irak, zum Schluß wäre ich dort – wenn überhaupt so weit – nur direkt zwischen die aufs Blut verfeindeten kurdischen Parteien gekommen.

So latschte ich jetzt weder durch die karge Bergwelt Kurdistans noch, wie in der Klinik verkündet, durch die ägyptische Wüste. Trotzdem blieb meine Wohnung unbewohnt, hatte ich mich wieder bei Celine häuslich eingerichtet: Ich war untergetaucht!

Untergetaucht? Suchte denn jemand nach mir? Und wenn ja, wer eigentlich?

Wenigstens meine Freunde vom Verfassungsschutz, ergab kurzes Nachdenken. Ich hatte meine Flüge nicht unter falschem Namen gebucht, und hätten die Begriffe Vernetzung und Datenabgleich nur die geringste Bedeutung im Sicherheitssystem der BRD, sollten die Verfassungsschützer Jablonske und Waldeck längst über meine kleine Vorstellung auf dem Flughafen Tegel informiert sein.

»Habe ich doch gleich gesagt, daß der den Harmlosen nur spielt!«

Mit überlegenem Lächeln würde Verfassungsschützer Waldeck seinem Kollegen Jablonske den Bericht über den Schreibtisch schieben.

»Habe ich auch nie bestritten«, würde sich Jablonske lahm verteidigen.

Und sehr wahrscheinlich würden sie sich dann bald auf den Weg machen – zu meiner leeren Wohnung.

»Sag ich doch, der ist untergetaucht!«

Noch ein Punkt für Waldeck!

Würden sie ihren Kollegen vom CIA Bescheid sagen? Ja, würden sie. Bei allem, was mit Flughäfen, Flugzeugen und nicht angetretenen Flügen zu tun hatte, würden sie die Amerikaner informieren.

Also Verfassungsschutz und CIA, eventuell auch FBI, seit dem 11. September ja auch im Ausland recht aktiv. Wer noch?

Ich würde es herausfinden. Plötzlich erkannte ich den Vorteil meiner neuen Position. Ich saß jetzt nicht mehr auf dem Präsentierteller, gut sichtbar für jeden, der mir unfreundliche Fragen zum Verbleib der Trinkwasseraufbereitungsgiftgasanlage stellen oder mich gleich verprügeln wollte. Ich hatte den Spieß umgedreht. Und tatsächlich ergab sich schon an diesem Abend die Gelegenheit, die Rolle des Gejagten mit der des Jägers zu tauschen.

Wider besseres Wissen hatte ich Celines Küche nach etwas Eßbarem durchsucht und breitete nun, nach einem kleinen Abendspaziergang, auf der Couch in ihrem Wohnzimmer mein eben an der Tankstelle erstandenes Menü aus: Ravioli aus der Büchse, eine Tafel Schokolade und eine gar nicht so üble Flasche Pfälzer Landwein. Wovon würde Celine sich wohl ernähren? Irgendwie war ich überzeugt, daß sie auch ohne mich ganz gut zurechtkam, sicher Hilfe gefunden hatte.

Ob sie noch mit ihrem Mitfahrer Heiner zusammen war? Beschränkte sich diese Beziehung auf das gemeinsame Projekt Hilfstransport? Und was war mit unserer Beziehung? Was erwartete Celine von mir? Nach über fünf Jahren überhaupt noch etwas? In dieser Wohnung könnte ich Antworten finden. Was hielt mich davon ab, ihre Briefe zu lesen, mir ihre Fotoalben anzuschauen? Daß man so etwas nicht macht? Die strengen Blicke von Belizaar und den anderen Mitgliedern von Celines Marionettensammlung, die überall von der Decke baumelten und an denen ich mir dauernd den Kopf stieß? Oder die Angst vor den Antworten, auf die ich womöglich stoßen würde?

Am Ende waren es vielleicht nur die Ereignisse, denn gerade wollte ich mich nach den Ravioli über die Schokolade hermachen, als mir aus den Augenwinkeln Licht auffiel.

Licht von schräg gegenüber, aus meiner Wohnung! Hatte ich gestern vergessen, das Licht auszumachen?

Hatte ich nicht. Ich war mitten am Tag dort gewesen, also kein Grund für künstliche Beleuchtung. Außerdem ging jetzt auch noch im Bad das Licht an. Offensichtlich war in meiner Wohnung schon wieder Tag der offenen Tür, das dritte Mal innerhalb der letzten zehn Tage.

Denn inzwischen war ich sicher, daß nicht ich neulich die Unterlagen zum Bau von ABC-Waffen auf den falschen Stapel gelegt hatte, sondern auch dies ein Hinweis auf eine diskrete, aber letztlich doch nicht ganz spurlose Durchsuchung bei mir gewesen war. Als nächstes kam der aufgebrochene Keller, und diesmal arbeitete man sogar auf meine Stromrechnung! Wer immer also gerade mein Zuhause inspizierte, fühlte sich eindeutig sicher. Meine Freunde vom Verfassungsschutz?

Ich überlegte, ob ich die Polizei alarmieren sollte. Damit aber hätte ich meine Deckung aufgegeben, egal, ob das da drüben gerade Verfassungsschützer waren oder nicht. Trotzdem griff ich zum Telefon, mir war eine bessere Idee gekommen. Nach viermal Klingeln wurde abgehoben. Neugierig jedenfalls war mein Besuch.

»Morgen vormittag halb zehn. Pinkelbude am Chamissoplatz. Klohäuschen«, ergänzte ich zur Sicherheit und legte auf.

Nicht lange nach diesem Anruf wurde die Durchsuchung meiner Wohnung beendet, sogar das Licht gelöscht – schönen Dank auch! Hinter dem Vorhang versteckt, beobachtete ich den Ausgang gegenüber, neugierig, mit wem ich mich da wohl gerade am Chamissoplatz verabredet hatte. Es waren zwei Männer, mehr konnte ich wegen der Dunkelheit nicht erkennen.

Aber ich erkannte etwas anderes: Wieder einmal parkte ein Kleintransporter vor meiner Haustür, laut Aufschrift heute wieder der Sanitärnotdienst. Während sich meine beiden Besucher nun ohne besondere Eile entfernten, öffnete sich die Ladetür des Transporters, und zwei Arme und ein Kopf erschienen, darüber hinaus eine Kamera mit auffällig großem Objektiv, ein Restlichtverstärker, nahm ich an. Offensichtlich interessierten sich auch andere für meine Besucher!

Ich wartete noch etwas ab hinter dem Vorhang, aber mehr geschah nicht. Die beiden Männer verschwanden, der Kleintransporter blieb, wo er war. Deshalb benutzte ich, um zur Schadensinspektion in meine Wohnung zu gelangen, erneut den vorbeschriebenen Kellerweg.

Aus Rücksicht auf die Leute vom Sanitärnotdienst ließ ich das Licht bei mir gelöscht, aber soviel konnte ich selbst in der Dunkelheit feststellen: Der heutige Besuch hatte meine Wohnung im Chaos hinterlassen. Meine Gäste benahmen sich von Mal zu Mal unverschämter.

Sollte sich der Verfassungsschutz als Verursacher herausstellen, würde ich nach meiner vorerst verschobenen Aufräumaktion der Bundesrepublik Deutschland eine gesalzene Rechnung schicken. Doch ich glaubte nicht an den Verfassungsschutz, irgendwie paßte diese Unordnung nicht in mein Bild vom deutschen Beamten.

30

Die Pinkelbude am Chamissoplatz ist eines der wenigen Exemplare, die die Modernisierungswut der Nachkriegszeit in Berlin überlebt haben. Es handelt sich um praktische, in sattem Grün gestrichene Eisenpavillons, überdacht, aber sonst voll belüftet, im schönsten Gründerzeit-Barock, gedacht und geeignet nur für das sogenannte kleine Geschäft.

Neben ihrer Schönheit als historisches Stadtmöbel bot die Pinkelbude am Chamissoplatz einen weiteren Vorteil: Sie steht vollkommen alleine und unverdeckt durch Bäume oder andere Bauten mitten auf dem Platz. Und setzt man sich im Café Adelbert an das richtige Fenster, hat man sie voll im Blick, ohne selbst gesehen zu werden.

Also saß ich dort am nächsten Morgen um Viertel nach neun bei frischen Brötchen und dampfendem Kaffee und starrte aus dem Fenster. Bis auf die Bedienung war ich allein. Der Chamissoplatz liegt in Kreuzberg, und die Bevölkerung hier war entweder längst bei der Arbeit oder hielt sich an einen Tagesrhythmus, bei dem Viertel nach neun noch mitten in der Nacht bedeutete. Gemessen an ihrem beruflichen Engagement schien auch die Bedienung eher an diesen Tagesrhythmus gewöhnt.

Meine Aufgabe wurde durch die Tatsache erleichtert, daß diese Pinkelbuden heutzutage mehr von historischer oder touristischer als von praktischer Bedeutung sind, was zumindest in Kreuzberg auch an ihrer Untauglichkeit für die anatolische Pinkeltechnik liegt. Jedenfalls: Ich hatte freien Blick und kein Überangebot an Verdächtigen.

Tatsächlich tat sich erst einmal gar nichts, weder in der Pinkelbude noch drum herum. Wahrscheinlich beobachteten meine Besucher von gestern abend den Platz genau wie ich, hatten aber – Gott sei Dank! – dafür nicht auch das Café Adelbert gewählt. War ihr Spesenkonto überzogen? Genau wie ich hatten sie sich jedenfalls ein Zeitlimit gesetzt, und Punkt zehn Uhr, eine halbe Stunde nach der vereinbarten Zeit, tauchten sie aus ihrem Beobachtungsposten auf und inspizierten die Lage vor Ort.

Ziemlich sicher handelte es sich um Araber. Sie schlichen erst einmal langsam um die Pinkelbude herum, was ein wenig unsinnig war, denn diese Pinkelbuden sind nach oben wie zum Boden hin gut dreißig Zentimeter offen. Dasselbe Argument sprach gegen eine Inspektion im Inneren. Aber die beiden waren gründlich, und außerdem hätte ich ja tatsächlich ertrunken in der Pinkelrinne liegen können.

Bald kamen sie wieder heraus und schauten sich ein wenig hilflos um, kamen aber schließlich zu demselben Ergebnis wie ich: niemand zu sehen, ein leerer wilhelminischer Pinkelpavillon. Der Größere von beiden zückte ein Handy. Ich konnte mir das Gespräch ziemlich genau vorstellen.

»Chef, hier ist niemand.«

»Habt ihr euch auch gründlich umgeguckt?«

»Na klar!«

Jetzt schaute der Große in Richtung Café Adelbert, praktisch direkt zu mir. Schnell taxierte ich den Weg zum Hinterausgang.

»Sollen wir auch die nähere Umgebung untersuchen, Chef?«

»Sinnlos. Kommt zurück.«

Natürlich waren auch andere Gesprächsinhalte vorstellbar, am Schluß jedenfalls brachen die beiden weitere Nachforschungen ab und wandten sich in Richtung Arndtstraße. Ich zahlte mein Frühstück und folgte ihnen gemütlichen Schritts. Schließlich war ich im Urlaub.

Zu Fuß ging es durch halb Kreuzberg, einen Bezirk, in dem ich mich nicht besonders gut auskenne. Aber ich kannte die Adresse, zu der mich die beiden schließlich führten: Wassertorstraße Nr. 31. Hier wohnte Baran, der Vorsitzende der »National Union of Kurdistan«, den ich zuletzt auf dieser Pseudobeerdigung gesehen hatte. Mit einem Handy am Ohr stand er am Fenster der Parterrewohnung und öffnete seinen beiden Mitarbeitern. Mich konnte er, hinter einem Berliner Straßenbaum versteckt, nicht sehen.

From: Headquarters, Langley, Va.
To: Berlin office

Die gemeldete Unauffindbarkeit des Objekt Sommer ist nicht akzeptabel, seine unverzügliche Lokalisation unverändert von höchster Priorität. Anschließend ist sobald wie möglich die Verbringung des Objekt Sommer in das bekannte Zielgebiet durch Dritte mit allen Mitteln zu unterstützen beziehungsweise zu forcieren.

31

Nicht, daß ich tatsächlich fürchtete, die Übersicht zu verlieren, aber ich fand inzwischen die Anzahl der Leute, die sich für mich, meine Wohnung oder meinen Keller interessierten, schon ganz eindrucksvoll. Hatte man mich irgendwo zum Mann des Jahres gewählt und vergessen, es mir mitzuteilen? Unser Verfassungsschutz, die Freunde vom CIA, deren Kollegen aus dem Irak, zu denen wahrscheinlich unser fleißiger Gastarzt gehörte, und Herr Sommer nebst Helfern waren bereits auf meiner Liste. Nun kam auch noch die kurdische Exilgemeinde in Berlin hinzu! Nur, falls ich nicht falsch lag, und es ging weiterhin um diesen verdammten Trinkwasseraufbereitungsgiftgasanlagenteil, was wollten die Kurden damit? Selber Giftgas produzieren, um sich für Halabja 1988 zu rächen?

Obgleich es mich reizte, dieser ganzen Gesellschaft ein Schnippchen zu schlagen, und mein Plan dazu inzwischen ziemlich konkret war, rief ich mich zur Ordnung: Es war kaum die Zeit für Experimente mit ungewissem Ausgang, solange Celine nicht wirklich in Sicherheit und am besten zurück in Berlin war. Dazu sollte ich mir Gedanken machen.

Vor allzu anstrengenden eigenen Überlegungen allerdings bewahrte mich eine neue E-Mail. Sie kam zwar nicht von Celine, aber die Nachricht betraf sie.

»Ihre Freundin braucht Hilfe. Restaurant Behar, Fuggerstraße. Heute abend neun Uhr.«

Das hörte sich ziemlich nach einer Falle an, es fehlte bloß noch: »Kommen Sie alleine und keine Polizei!« Aber zur Zeit war ich tatsächlich einzig per E-Mail zu erreichen, nicht in meiner Wohnung, nicht in der Klinik. Wo also mich treffen, unter welcher Nummer mich anrufen? Natürlich würde über kurz oder lang irgendein nachrichtendienstlicher Schlaumeier darauf kommen, auch einmal in Celines Wohnung nachzuschauen. Also sollte ich bald erneut meinen Standort wechseln.

Erst einmal jedoch würde ich die Einladung in das Restaurant Behar annehmen.

Natürlich wollte ich mich absichern. Ich rief bei Michael im Labor an, dort allerdings wurde mir mitgeteilt, daß der Herr Doktor auf einem Kongreß sei. Also würde ich wenigstens Beate Bescheid sagen, wo sie nach meiner Leiche suchen sollte. Ich wollte es ihr persönlich mitteilen, denn sie wähnte mich sicher in einem dunklen irakischen Kerker und nicht in Berlin als heimlicher Beobachter von Pinkelbuden oder meiner eigenen Wohnung.

Zu Beates Büro in der Humana-Klinik nahm ich den Nebeneingang zum Verwaltungstrakt. Nicht wegen meines aktuellen Versteckspiels mit sämtlichen Geheimdiensten dieser Welt, sondern weil man das kennt.

»Ach, Dr. Hoffmann! Ich weiß, Sie sind eigentlich im Urlaub, aber wo ich Sie gerade sehe ...«

Die Klinikleitung residiert im obersten Stockwerk, mit deutlich teurerer Auslegeware als im restlichen Gebäude und tollem Blick über Berlin. Keine Frage, daß ich diese Höhendifferenz im Rahmen meines Anti-aging-Programms zu Fuß überwand. Ich bog vom Treppenhaus in den Gang zu Beates Büro ein und stellte mir gerade ihr verdutztes Gesicht vor, als ich sie sah: ultrablitzende schwarze Schuhe, vier Stück, zwei Paar. Ihre Träger saßen für mich unsichtbar in der kleinen Nische vor dem Büro der Klinikleitung. Ich kannte nur zwei Leute, die als Träger so gepflegter schwarzer Schuhe in Frage kamen, und keinen von beiden wollte ich treffen. Kein Problem, ich brauchte mich nur umzudrehen und meinen Besuch bei Beate zu verschieben, wäre jetzt nicht Professor Kleinweg am anderen Ende des Ganges aufgetaucht.

»Ach, Dr. Hoffmann! Ich weiß, Sie sind eigentlich im Urlaub, aber wo ich Sie gerade sehe ...«

Schnell drehte ich ab. Sicher würde er sich bei Beate über mich beschweren, vielleicht sogar beim Vital-Konzern.

»Dr. Hoffmann! Wait!«

Das kam von den Herren mit den Hochglanzschuhen, dem

Iren oder dem Schwarzen. Egal, ich war schon wieder im Treppenhaus, fast ein Stockwerk hatte ich ihnen voraus.

Es wurde eine eilige, aber fast komplette Führung über die verschiedenen Abteilungen der Humana-Klinik. Für die beiden vom CIA sprach das fast noch jugendliche Alter und ihr Trainingszustand, dem konnte ich meine intimen Kenntnisse des Bauwerks und seiner nach zahlreichen Umbauten etwas verworrenen Gänge entgegensetzen. Aber ich wünschte, ich hätte doch den Fahrstuhl genommen, denn im Moment wenigstens schien Trainingszustand gegen Heimvorteil zu gewinnen.

Ich führte meine amerikanischen Freunde gerade über die Nierenstation, mein Vorsprung hatte sich besorgniserregend vermindert, als uns Pfleger Kurt entgegenkam, ein Freund aus alten Tagen und mindestens schon so lange wie ich an der Klinik. Kurt schob den Rollwagen mit dem Vierundzwanzig-Stunden-Sammelurin vor sich her, acht oder zehn dieser bauchigen, oft als Blumenvase mißbrauchten Glasgefäße, mit viel gutem Willen und der Hilfe unserer hoffentlich richtigen Therapie von unseren Nierenpatienten einen Tag lang gefüllt und nun auf dem Weg zur Analyse in das Labor.

Kurt grüßte mich nicht, guckte mich nicht einmal an. Hatte er mich nicht erkannt? Ich war längst an ihm vorbei, als ich doch etwas von ihm hörte.

»Vorsicht!«

Aber zu spät. So elegant ich an ihm und seinen Urinflakons vorbeigekommen war, so schwierig stellte sich die Situation plötzlich für meine Verfolger dar. Mit großem Poltern und Platschen kippte der Wagen um, zerbrachen die Glasgefäße und ergoß sich der Urin auf ihre gepflegten Schuhe.

»Damn it!«

»Holy shit!«

Mit anderen Worten: Mein Vorsprung wuchs wieder an.

Aber bald schon schrumpfte er erneut. Hätte ich nur nicht so oft meinen Waldlauf verschoben! Eine gute Chance hätte ich sicher noch bei dem Weg über die Intensivstation oder den OP-Trakt gehabt, wäre mir hier mein Heimvorteil doch massiv entgegengekommen, aber das schien mir unfair gegenüber den

Patienten und Kollegen. Also aufgeben? Nein, mir blieb noch der Bauch der Humana-Klinik. Auch hier kannte ich mich gut aus.

Also ging es ins Untergeschoß und durch die Personalcafeteria. Immer wieder erstaunlich, wie viele Leute hier während der Arbeitszeit herumhingen! Dann hinten links die kleine Treppe runter zur Warenannahme, niemand da, weiter zur Bettenwaschanlage, auch niemand da. Fiel mir hierzu etwas ein? Könnte ich die beiden irgendwie in die vollautomatische Waschkammer locken, aus der sie sich dann für mindestens einen Waschdurchgang nicht befreien konnten? Nein, dazu kannte ich mich hier nicht genügend aus.

»Hey, Dr. Hoffmann! Wir wollen Sie nur helfen!«

You bet! Für meinen Geschmack hatte ich diese freundliche Versicherung viel zu nahe und zu deutlich gehört. Jetzt mußte ich mich entscheiden: nach links in die Pathologie oder nach rechts zur zentralen Müllbeseitigung? In beiden Fällen wäre ich für einen Moment ihrem Blickfeld entzogen, könnte vielleicht meinen Vorsprung ausbauen. Im Film hätte man sich für die Pathologie entschieden, für Bilder, die das Publikum wohlig-schaurig an die eigene Endlichkeit erinnern. Mußte man mich aber mit diesen beiden Typen hinter mir nicht, außerdem waren wir hier nicht im Film und meine Verfolger wahrscheinlich an Leichen gewöhnt. Deshalb wählte ich den Weg in die Müllbeseitigung – und hatte richtig gewählt.

Eben wendete dort ein prall gefüllter Müllastwagen, um über die Rampe das Krankenhaus zu verlassen. Ich zog mich hinten auf die kleine Plattform hinauf, auf der beim üblichen Mülltonnenleeren in der Stadt die Mülleute stehen, und los ging es, hinaus aus dem Keller und ab durch die Klinikeinfahrt in die Stadt. Geschafft! An der ersten roten Ampel allerdings sprang ich ab.

32

Berlin ist groß, zu der amtlich erfaßten Bevölkerung von rund drei Millionen kommen die Touristen, die hier nicht angemeldeten Geliebten unserer Abgeordneten im Bundestag und noch einmal zwei bis drei Lobbyisten pro Abgeordneten. Eine Menge Leute also, genug, sollte man meinen, um zwischen ihnen unterzutauchen, wenigstens bis zum Abend. Trotzdem schienen mir Straßen und Kaufhäuser nicht sicher. Natürlich wußte ich, daß viele Schwarze in Berlin herumlaufen, aber nie vorher war mir das große Angebot an rothaarigen Männern mit Sommersprossen aufgefallen.

Nach Hause beziehungsweise in Celines Wohnung traute ich mich auch nicht, dort könnten mir die beiden erst recht auflauern, oder die Jungs in dem Lieferwagen wären plötzlich aufmerksamer als bisher.

Ich hatte eine Idee: ins Kino! Dort ist es dunkel und man wird auch noch unterhalten. Schnell stellte sich heraus, daß am frühen Nachmittag nur Filmkunsttheater mit sehr spezifischem thematischem Schwerpunkt geöffnet sind. Also würde ich gleich noch eine Bildungslücke füllen.

Soweit ich es im Dunkeln beurteilen konnte, war der Zuschauerraum nur spärlich besetzt, trotzdem aber von einem intensiven Geruch erfüllt, von dem auch die angestrengte Handlung auf der Leinwand nicht ablenken konnte.

Plötzlich stupste etwas an mein rechtes Knie. Eigenartig, da niemand neben mir saß. Geisterte ein Hund durch die Reihen?

»Fünf Mark mit der Hand, zehn mit dem Mund.«

Nicht einmal das Geschlecht der Person hinter diesem kaum verständlich geraunten Sonderangebot war zu erkennen! Eilig stand ich auf, wollte hier nur noch raus. Während ich mich durch den dunklen Kinosaal tastete, dabei an ein Knie oder sonst was stoßend, fiel mir auf, daß die Dienstleistung eben in alten D-Mark angeboten worden war.

Eine unheimliche Vorstellung überkam mich: War dieses

Wesen nur so zugedröhnt oder vegetierte es auf Dauer in der Dunkelheit dieses schmuddeligen Kinosaals, hatte nicht einmal die Umstellung unserer Währung im vergangenen Jahr mitbekommen? War ich am Ende über eines dieser berühmten Wurmlöcher in eine Anderwelt geraten, saßen auch die Männer hier schon seit Jahren, den Blick starr nach vorne gerichtet und die Hand unter einem Mantel im Schoß verborgen?

Endlich fühlten meine ausgestreckten Hände einen Vorhang, dahinter kam eine Tür, ein paar Schritte weiter noch eine. Dann schien mir die Sonne ins Gesicht, geblendet mußte ich die Augen zukneifen, ehe ich mich schließlich umsehen konnte: kein Schwarzer und kein Rothaariger in der Menge! Erleichtert atmete ich tief durch.

»Halloooo Dr. Hoffmann!«

Wie gesagt, Berlin ist groß, aber offenbar nicht groß genug, als daß man nicht auf ein paar kichernde Schwesternschülerinnen trifft, wenn man sich gerade unauffällig aus einem Pornokino schleichen will. In diesem Moment wären mir sogar meine beiden amerikanischen Freunde lieber gewesen!

Ein Nachmittag ist unendlich lang, wenn man nur auf den Abend wartet. Wiederholt versuchte ich, Beate zu erreichen. Erfolglos. Inzwischen hatten auch normale Programmkinos geöffnet, aber die Lust auf Kino war mir vergangen. Also fuhr ich mit der U-Bahn kreuz und quer durch Berlin. Die unbeleuchteten Tunnels gaben mir die Illusion einer gewissen Sicherheit vor Entdeckung, und nebenbei bekam ich einen Überblick über die aktuellen Hits in der Straßenmusikszene und zum Angebot verschiedener Religionen. Daneben traf ich viermal Heinz-ist-mein-Name-und-ich-bin-Positiv. Vielleicht hatte Heinz wirklich AIDS, wer aber sollte ihm ausgerechnet bei unserem Gesundheitssystem glauben, daß er durch Betteln die notwendigen Medikamente finanzieren mußte?

Gegen acht Uhr, eine Stunde vor dem verabredeten Treffen, verließ ich am Bahnhof Nollendorfplatz meine unterirdische Deckung. Auf direktem Weg waren es von hier ungefähr dreihundert Meter zum Restaurant Behar, in bester Geheimdienstmanier begann ich mit der Überprüfung der Situation und lief die Umgebung in konzentrischen Kreisen mit dem Restaurant im Mittelpunkt ab.

Aus dem Behar drang ziemlich laute Musik, und ein Schild im Fenster verkündete »geschlossene Gesellschaft«, aber keine besonders verdächtigen Typen lungerten vor der Tür oder im nächsten Hauseingang herum. Nichts schien besonders auffällig für eine Gegend, in der allein das Fehlen von diskutierenden, Würfel spielenden oder Autos reparierenden türkischen oder arabisch aussehenden Leuten verdächtig gewesen wäre.

Endlich, kurz vor neun, erwische ich Beate doch noch. Inzwischen war sie zu Hause.

»Felix, du bist tatsächlich in Berlin? Ich bin platt! Nicht im Irak? Was ist los? Kleinweg hat vorhin eine wilde Geschichte erzählt, er habe dich in der Klinik gesehen, und du seiest vor ihm weggelaufen. Wir hatten uns schon Sorgen um ihn gemacht! Wo bist du?«

Ich erklärte ihr kurz, wo ich war und worum es ging.

»Ich gehe jetzt da rein, Beate. Und wenn ich fertig bin, melde ich mich wieder bei dir. Sagen wir, spätestens um elf.«

Und was dann? Was sollte Beate unternehmen, würde ich mich nicht rechtzeitig melden? Mit einem lauten Schrei als Racheengel im Restaurant Behar einfallen? Die Polizei alarmieren?

»Felix, einen Moment!«

»Also bis spätestens um elf«, fiel ich ihr ins Wort, nicht besonders erpicht darauf, meinen ohnehin sinkenden Mut weiter untergraben zu lassen, und legte auf. Diesmal marschierte ich auf direktem Weg zum Behar.

Drinnen war das Gedudel natürlich noch lauter, erstaunlich, wieviel Lärm ein paar Leute mit Trommel, Akkordeon, Gitarre und Flöte produzieren können. Die Tische, zu einem großen U zusammengestellt, schienen sich unter der Last der vielfältigen Speisen durchzubiegen.

Mein Rundblick wurde von einer jungen Frau in reichbesticktem Kleid und Pluderhose gefesselt, ein kunstvoll geflochtener Blumenkranz hielt ihren Schleier. Sie war mit jeder Menge Gold behangen und saß in der Mitte, umgeben von Frauen und Männern in bester Festtagskleidung. Ich war zu einer kurdischen Hochzeit eingeladen!

Der Platz neben der Braut war leer, auch sonst waren Frauen in der Überzahl. Sicher wurde in einem Nebenraum dem Bräutigam gerade der Vertrag über die Mitgift bestätigt, danach durfte er dann seine Braut persönlich kennenlernen. Ich entspannte mich. Plötzlich fiel mir auf, daß ich den ganzen Tag noch nichts gegessen hatte.

»Dr. Hoffmann?«

Ein junger Mann trat auf mich zu, ebenfalls in schwarzem Anzug, weißem Hemd und Krawatte.

»Ja, der bin ich.«

»Folgen Sie mir bitte.«

Das tat ich, aber zu meiner Enttäuschung ging es nicht an die Tafel mit dem appetitlichen Angebot, das problemlos für einen weiteren Gast gereicht hätte. Der junge Mann führte mich einen schmalen Gang im hinteren Teil des Restaurants entlang, hinter dem Schild »WC« dann ein paar Stufen abwärts, schließlich landeten wir in einer Art Lagerraum. Man hatte für das Hochzeitsfest nicht alle Vorräte geplündert, in den Regalen standen noch genug Säcke mit Reis und große Büchsen mit verschiedensten Hülsenfrüchten.

Ich wurde erwartet, nicht alle an der Tafel fehlenden Männer waren mit dem Ehevertrag beschäftigt, vier Mann hatte man für mich abgestellt. Sehr aufmerksam. Irgendwie hatte ich jedoch nicht den Eindruck, daß sie mir wirklich helfen wollten, Celine zurück nach Deutschland zu bekommen. Etwas unsicher schaute ich in die Runde und versuchte, das Eis zu brechen.

»Guten Abend!«

Das war für einige Zeit das letzte, was ich sagen sollte. Die Antwort auf meine völkerverbindende, kulturelle Gräben überwindende Begrüßung landete direkt in meinem Bauch.

In der Medizin macht man so etwas auch manchmal, man nennt es Vorbehandlung. Zum Beispiel, indem man den Patienten in heiße Fangotücher einwickelt, um die so gelockerte und entspannte Muskulatur danach effektiver massieren zu können. Das spart Arbeit und Zeit, und eindeutig war auch diesen Herren daran gelegen, so bald wie möglich wieder zurück zu Musik und Speisen zu kommen. Sicher fürchteten sie, ohne eine nachdrückliche Vorbehandlung nur mit zeitraubenden Ausflüchten aufgehalten zu werden. Allerdings schienen sie sich, der Kraft ihrer Schläge nach zu urteilen, am Büffet ausreichend gestärkt zu haben.

Aber letztlich machten meine Peiniger doch einen Fehler. Wie in der Medizin ist auch im wirklichen Leben alles eine Frage der richtigen Dosis, und hier hatte man deutlich überdosiert. Bei dem ungeheuren Schmerz der ersten drei bis fünf Schläge hätte ich sicher jede Frage beantwortet, jede Tat gestanden. Als sie später dann wirklich mit ihren Fragen kamen, taten die Schläge zwar immer noch weh, aber irgendwie war fast eine Gleichgültigkeit gegenüber dem Schmerz über mich gekommen.

Ohnehin hätte ich ihre Fragen nicht beantworten können.

»Wo ist die Anlage von dem Sommer?«

Rums – noch einer in den Bauch.

»Hast du die, Doktor?«

Krach – einen auf den Kopf.

»Oder das Schwein Baran?«

Was konnte ich tun? »Hilfe!« schreien? Dieser Keller war nicht schallisoliert, deutlich waren von oben Musik und Gelächter zu hören. Ich war sicher, daß man wirklich für das Brautpaar spielte, nicht die ganze Feier für mich inszeniert hatte. Aber gegen diesen Lärm war ich chancenlos, und selbst wenn man mich gehört hätte, wäre man mir bestimmt nicht zur Hilfe gekommen.

Noch schlimmer war, daß ich bald meine Theorie von der Schmerzunempfindlichkeit kraft Gewöhnung revidieren mußte. Natürlich war nicht »fast eine Gleichgültigkeit gegenüber dem Schmerz über mich gekommen«, Blödsinn. Die Typen hatten nur für eine Weile die Lust verloren und weniger hart zugeschlagen! Diesen Fehler revidierten sie umgehend. Dann zauberten sie eine Autobatterie und ein Starterkabel hervor. Daß ich nicht einfach ohnmächtig werden konnte! Schon wieder ein Irrtum! Ich fiel ins Schwarze.

»Hey doctor, wake up!«

Wake up? Hatte ich nur geträumt? Der Versuch, meinen rechten Arm zu bewegen, belehrte mich eines Besseren. Vorsichtig drehte ich meinen Kopf, schaute mich um. Ich saß in einem Auto, auf der Rückbank. Das Auto fuhr gerade unter den Eisenbahnbrücken in der Yorckstraße nach Osten. Am Steuer saß der Ire, neben ihm sein schwarzer Kollege, der sich zu mir umgedreht hatte.

»Danke. Ich danke Ihnen«, stammelte ich.

»Ist okay.«

»Was waren das für Leute?«

»Was meinen Sie, Doktor? Kollegen von Ihrem Freund Baran?«

Die beiden wußten also ganz gut Bescheid.

»Das glaube ich nicht. Ich glaube eher, die waren von der Kurdistan Liberation Army.«

Nun schaltete sich auch der Ire ein.

»Von der KLA? Warum glauben Sie das?«

»Na ja, die haben mich nach Baran gefragt, also waren das wohl nicht seine Leute. Und Baran ist NUK.«

Mein Hirn schien nicht übermäßig gelitten zu haben, immerhin bekam ich das mit den kurdischen Parteien im Irak hin.

»Also Ausschlußverfahren, Dr. Hoffmann. Wer nicht in der National Union of Kurdistan ist, ist in der Kurdistan Liberation Army. So sehen Sie das?«

Ich nickte – was ein Fehler war.

»Anhalten!« würgte ich hervor.

Rotschopf schaute sich kurz um und erkannte die Gefahr, ohne Zögern fuhr er rechts ran, ich sprang hinaus. Für jemanden, der den ganzen Tag nichts gegessen hatte, konnte ich erstaunlich kräftig erbrechen.

Als ich wieder eingestiegen war und es weiterging, öffnete der Schwarze alle vier Fenster. Praktisch, die elektrischen Fensterheber heutzutage.

»Wo fahren wir eigentlich hin?«

»Wir bringen Sie ins Krankenhaus, Doktor. Mindestens Ihr Kopf muß geröntgt werden, und ein paar Stiche brauchen Sie sicher auch.«

Richtig, wir waren auf dem Weg zur Humana-Klinik. Nicht unbedingt der Ort, wo ich hinwollte. Aber im Moment hatte ich genug damit zu tun, mich möglichst wenig zu bewegen.

Wieder drehte sich Rotschopf kurz zu mir um.

»Viel wissen Sie nicht über die Verhältnisse in Kurdistan, scheint mir.«

Ich sagte nichts, kaum in der Stimmung zu Diskussionen über mein Wissen zu den Verhältnissen in Kurdistan oder sonst wo.

»Sie meinen«, sekundierte der schwarze Agent, »es gibt nur die National Union of Kurdistan und die Kurdistan Liberation Army?«

Herzliches Wettlachen auf den vorderen Sitzen.

»Doktor, die haben da eine eigene Partei in jedem Tal, und jede davon fühlt sich alleine zur Verteidigung Kurdistans berufen.«

Na toll! Da stand mir noch einiges bevor, wenn mich jede dieser Parteien so nett wie die eben fragen würde, wo die Trinkwasseraufbereitungsgiftgasanlage abgeblieben ist.

»Wie viele Täler gibt es in Kurdistan?«

Jetzt fuhren wir durch die Baerwaldstraße, würden schon bald an der Klinik sein. Eine Weile war es still im Wagen. Bis auf die kurdische Hochzeitsmusik, die unvermindert in meinem Kopf dudelte.

»Wir glauben, das waren Leute von den Kurdistan Freedom Fighters.«

Von denen hatte ich tatsächlich noch nie gehört.

»Und warum glauben Sie das?«

»Wir haben läuten hören, daß das Restaurant von den Freedom Fighters finanziert wird.«

»Und was sind das für Leute?«

»Keine guten«, antwortete Rotschopf. »Wenn es drauf ankäme, arbeiten die sogar mit Saddam Hussein zusammen.«

»Behaupten jedenfalls ihre kurdischen Brüder«, schränkte sein schwarzer Kollege ein.

Ich bat, mich eine Querstraße vor der Klinik abzusetzen, da ich einen diskreten Hintereingang nehmen wolle. Wir hielten ein paar Fußminuten von der Humana-Klinik entfernt, aber so richtig vertrauten mir die beiden noch nicht.

»Eines haben Sie hoffentlich heute abend begriffen, Doktor: Vor uns brauchen Sie sich nicht zu verstecken. Wir wollen Sie nur helfen. Wir sind die Guten.«

Tatsächlich? Die beiden hatten mich gerettet, das stimmte, trotz der Sache mit dem Vierundzwanzig-Stunden-Urin am Vormittag, ich sollte ihnen dankbar sein. Aber woher eigentlich hatten sie gewußt, wo sie mich retten konnten?

»Im Augenblick dürften die Kurdistan Freedom Fighters meine Beweglichkeit deutlich eingeschränkt haben. Und bald arbeite ich wieder in der Klinik, spätestens dann brauchen Sie mich nicht mehr zu suchen.«

Bis dahin blieb noch ein wenig Zeit, genug wenigstens, hoffte ich, um herauszubekommen, was die Amerikaner von mir wollten. War das vielleicht nur eine kosmopolitische Variante des Spiels »guter Bulle – böser Bulle« gewesen, um Dr. Hoffmann mit Dankbarkeit und Vertrauen gegenüber dem CIA zu erfüllen? Jedenfalls wartete ich, bis von den beiden nur noch die Hecklichter zu sehen waren, erst dann suchte ich mir ein Taxi.

Schließlich fand ich eins, vorsichtig ließ ich mich in die Polster gleiten. In meinem Kopf dudelte noch immer kurdische Hochzeitsmusik.

Position 08°50'Süd / 13°15'Ost, Luanda (Angola)

Der Stückgutfrachter MS »Virgin of the Sea« wurde von der Transoceanic Shipping Company, Panama, an die Middleeast Trading Company, Zypern, verkauft und in »Belsazar« umbenannt. Die Fracht ging ebenfalls in das Eigentum der Middleeast Trading Company über.

33

»Mein Gott, Felix! Wie siehst du denn aus!«

Nicht allzu gut, Beates entsetztem Ausdruck nach zu urteilen. Eilig zog sie mich in ihre Wohnung und gleich weiter ins Badezimmer.

»Hier, setz dich auf die Badewanne.«

Mit dem Fuß schob sie den weißen Badevorleger zur Seite, allerdings zu spät, schon grüßte ein fröhliches Muster aus roten Tupfen. Beates Interesse galt aber weiterhin mir, im gnadenlosen Licht des Badezimmers, in dem sie sich sonst die Beine rasierte oder das Ergebnis ihrer Schminkarbeit auf Unauffälligkeit überprüfte, sah ich wohl noch übler aus als unter der Sparbeleuchtung im Treppenhaus.

»Willst du einen Schnaps?«

Das für solche Fälle aus Western und Krimis bekannte Rezept schien mir in der Realität keine so gute Idee, vorsichtig schüttelte ich den Kopf. Nicht vorsichtig genug.

»Ich aber«, meinte Beate und verschwand in Richtung Wohnzimmer.

Kurz schaute ich ihr nach. Offensichtlich hatte ich sie aus dem Bett geholt, ich sah nur ein übergroßes Männerhemd Typ kanadischer Holzfäller und nackte Beine. Dann inspizierte ich mich selbst im Spiegel. Zum Glück war es an der Stelle, wo ich das Taxi angehalten hatte, ziemlich dunkel gewesen, sonst hätte der Fahrer mich nie mitgenommen! Morgen früh würde er ordentlich fluchen, wenn er seine eingesauten Polster entdeckte.

Nach einem ordentlichen Schluck Cognac machte sich Beate an die Arbeit. Zugegeben, recht vorsichtig zog sie mir das Hemd über den Kopf und begann, mit Schminkwatte und Q-Tips meine Wunden zu säubern.

»Aua!«

»Halt still!«

»Weißt du eigentlich, was du da machst?«

»Machen Sie sich keine Sorgen, Mister. Ich arbeite im Krankenhaus.«

Nach Schminkwatte und Q-Tips kam die Wunddesinfektion an die Reihe. Beate nahm ihre Verantwortung ernst.

»He! Es gibt längst Desinfektionslösungen, die nicht so verdammt brennen!«

»Hier nicht. Oder sind Sie Privatpatient?«

Die Welt ist ungerecht. Erst wird man verprügelt, daß im wahrsten Sinn des Wortes die Schwarte knackt, dann kommt eine medizinische Nachbehandlung, die auch nicht viel angenehmer ist. Plötzlich, in Höhe meiner Brustverletzungen, hielt Florence Nightingale mit ihrer Behandlung inne.

»Sag mal, stierst du mir tatsächlich in den Ausschnitt!?«

Unglaublich, das tat ich wirklich gerade! Wieviel dreivierteltot muß man eigentlich sein, um nicht jede entsprechende Gelegenheit wahrzunehmen?

»Das hat nichts mit mir zu tun. Es sind meine Gene, Beate, ihr absoluter Überlebenswille. Sie wollen nicht mit mir gemeinsam sterben.«

Zum Schluß kamen Pflaster und Verbände. Da Beates Haushalt nicht auf tapfere Ritter wie mich eingerichtet war, mußte noch ein T-Shirt dran glauben. Dann war ich fertig verarztet und bekam sogar noch zwei Aspirin und einen Pfefferminztee.

»Du schläfst hier. Ich mache dir die Couch im Wohnzimmer fertig.«

So kam ich zu meiner zweiten Nacht bei Beate. Da könne man doch das Angenehme mit dem Nützlichen verbinden, rieten meine Gene, weiterhin um ihr Überleben fürchtend. Aber abgesehen davon, daß schon der Beischlaf mit Beate neulich vielleicht keine so gute Idee gewesen war, waren heute mit meinen angebrochenen Rippen und ausgedehnten Blutergüssen zwei Leute in Sicherheit: ich vor meinen Genen und Beate vor mir.

Den nächsten Tag verbrachte ich fast ausschließlich im Bett beziehungsweise auf Beates Wohnzimmercouch, bemüht, jede Bewegung zu vermeiden. Am liebsten hätte ich auch auf das

Atmen verzichtet, denn selbst das verursachte übelste Schmerzen. Zweimal half alles nichts, und ich kroch auf allen vieren zur Toilette. Immerhin durfte ich dabei feststellen, daß mein Urin nicht blutig war, obwohl auch die Nierengegend ein paar kräftige Schläge abbekommen hatte.

Am Abend brachte Beate Hartmut von der Chirurgie mit, der mich gründlich untersuchte. Nichts Wichtiges gebrochen, keine inneren Verletzungen, lautete sein Urteil.

»Mein lieber Mann. Da hast du ganz schön Glück gehabt. Und der Fahrer ist einfach abgehauen?«

Ich nickte schwach.

»Das soll dir eine Lehre sein, nicht immer deine Tetanus-Auffrischung zu vergessen!«

Dafür, daß ich nicht in die Klinik wollte, hatte Hartmut volles Verständnis. Und daß ich eigentlich in Ägypten war, wußte man auf der Chirurgie nicht. Also jagte er mir noch zwei Tetanusspritzen in den Po, packte seine Sachen zusammen und verschwand.

»Aber er wird doch in der Klinik herumerzählen, daß ich mich bei dir auf der Couch herumlümmle!«

»Das wird er nicht.«

»Und warum nicht?«

»Weil ich ihn darum gebeten habe. Er weiß jetzt von mir, daß du offiziell nicht in Berlin bist, und denkt, es ginge um eine heiße Affäre zwischen dem Herrn Oberarzt der Inneren Abteilung und der Verwaltungsleiterin.«

Ich war beruhigt, Hartmut würde wirklich nichts ausplaudern. Erstens neigte er ohnehin nicht zum Klatsch, und zweitens war die Verwaltungsleiterin Beate auch seine Vorgesetzte.

Nachdem Hartmut sich verabschiedet hatte, gönnte sich Beate ein ausführliches Bad. Als sie Stunden oder Tage später wieder auftauchte, war sie ungeschminkt, hatte die nassen Haare in ein Frotteetuch gewickelt und trug einen hochgeschlossenen Bademantel.

Nicht daß ihre äußerliche Attraktivität auf Schminke oder verführerischen Locken beruht, trotzdem fragte ich mich erneut, ob ihr häuslich legerer Aufzug Ausdruck unserer erhöhten Intimität war oder daß sie mich nur als geschlechtslosen Patienten, allenfalls noch neutral als Freund ihrer Freundin, wahrnahm.

Beate hatte ein Tablett mit Wein und Käse fertig gemacht. Ich versuchte einen Schluck Wein, um der wahrscheinlichen Antwort auf diese Frage ihre Bitternis zu nehmen, was allerdings zu einem prompten Schwindelanfall führte. Also bekam ich wieder Pfefferminztee.

»Was ist eigentlich genau passiert gestern abend?«

Mit züchtig zusammengeschlagenem Bademantel setzte sich Beate zu mir auf die Couch.

Ich erzählte es ihr, soweit ich mich erinnern konnte. Nach wie vor fehlte mir die Szene, wie die CIA-Agenten mich gerettet hatten, nicht aber mein Verdacht.

»Vielleicht war das alles ein abgekartetes Spiel mit diesen Kurden. Denn woher zum Beispiel wußten die beiden eigentlich, wo ich war?«

»Von mir.«

Ich war erstaunt.

»Die CIA-Jungs?«

»Ja. Sie waren bei mir, nachdem du sie in der Klinik abgehängt hattest. Ich wollte es dir sagen, als du mich angerufen hast. Gestern, kurz bevor du in das Restaurant gegangen bist. Aber du hast einfach aufgelegt.«

Stimmt. Trotz der späteren Schläge konnte ich mich an das Telefonat erinnern und an meine Angst, Beate würde meinen ohnehin schwindenden Mut weiter untergraben.

»Was hättest du an meiner Stelle gemacht?« fuhr Beate fort. »Natürlich habe ich den CIA-Leuten nicht getraut. Aber sie wußten einfach besser Bescheid als ich. Als sich durch deinen Anruf herausstellte, daß sie recht hatten und du tatsächlich in Berlin bist, habe ich ihnen auch den Rest geglaubt. Sie sagten, du wärest in akuter Gefahr, deshalb habe ich ihnen verraten, wo du warst.«

Gut. Das erklärte, wie der CIA mich im Restaurant Behar gefunden hatte, aber noch lange nicht seine Motive. Wenn man einmal davon ausgeht, daß es nicht neuerdings Hauptaufgabe des CIA ist, nichtamerikanische Bürger gegen die Prügel von nichtamerikanischen Angreifern zu schützen.

Keine Ahnung, ob meine wieder beginnenden Kopfschmerzen Ergebnis dieser anstrengenden Überlegungen waren oder noch Symptome meiner Gehirnerschütterung. Für heute jedenfalls hatte ich genug vom Nachdenken, nahm wieder zwei Aspirin und suchte mit vorsichtigen Lagewechseln die am wenigsten schmerzhafte Einschlafstellung.

34

Auch den nächsten Tag verbrachte ich vorwiegend auf Beates Couch und klickte mich durch die mir bisher unbekannte Welt von Talkshows und Soaps im Vormittags- und Mittagsprogramm. Unglaublich! Am Nachmittag, nach einer erneuten Runde zur Toilette und zum Kühlschrank, verordnete ich mir ein langes, warmes Bad. Danach waren einige Bewegungen zwar unverändert schmerzhaft, die Muskulatur insgesamt aber deutlich entspannter.

Sollte ich jetzt wieder zu Celine ziehen? Oder gar in meine Wohnung? Nein, sagte ich mir, ein oder zwei weitere Tage Pflege bei Beate würden mir guttun. Waren da auch wieder meine Gene im Spiel, die ihre Vielleicht-doch-noch-Chance witterten? Wie dem auch sei, auf jeden Fall brauchte ich ein paar frische Klamotten. Vorsichtig zog ich mich an und rief ein Taxi.

Nachdem der Fahrer unterwegs kurz vor einem Elektrogeschäft auf mich gewartet hatte, ließ ich ihn an der Ecke Argentinische Allee halten und nutzte auch diesmal den Zugang über die Kellergänge. Überraschung! Soweit ich feststellen konnte, waren keine neuen Besucher in meiner Wohnung gewesen, das Chaos, das Barans Leute hinterlassen hatten, unverändert. Ich schaute aus dem Fenster: Ebenso unverändert stand ein Lieferwagen vor der Tür, diesmal angeblich, um bei Schwierigkeiten mit der Waschmaschine sofort zur Stelle zu sein.

Unter meinen Pflastern vor mich hin grinsend, packte ich meinen Einkauf vom Elektroladen aus und begann die unkomplizierte Installation der Zeitschaltuhren. Entsprechend der gewählten Einstellung »Zufallsgenerator« würden sich nun tagsüber oder nachts mein Radio einschalten, mein Fernseher, das Licht. Eine Weile wenigstens sollte das die Herrschaften von den Fernseh-, Waschmaschinen- und Sanitärnotdiensten und ihre auswärtigen Kollegen beschäftigt halten!

Ich packte noch Hemden, Socken und Unterwäsche für ein paar Tage zusammen, dachte sogar an eine Zahnbürste und

Rasierzeug und verließ meine Wohnung auf demselben Weg, den ich gekommen war.

Zurück bei Beate, stand ihr Wagen auf seinem Parkplatz, sie war also schon zu Hause. Mit der gebotenen Vorsicht ging das Treppensteigen inzwischen wieder ganz ordentlich, vielleicht würde ich heute schon von dem Champagner vertragen, den ich aus meinen Beständen mitgebracht hatte. Jedenfalls keinen Pfefferminztee mehr! Ich klingelte, Beate machte auf.

»Hallo, Felix. Wo hast du dich rumgetrieben?«

»Ich habe mir nur ein paar frische Klamotten besorgt«, antwortete ich und schob Celines Guccitasche mit dem Fuß vor mir her.

In diesem Moment ging hinter Beate die Badezimmertür auf und Tom Cruise stand im Türrahmen. Oder sein attraktiverer Zwillingsbruder. In der plötzlich eingetretenen Stille nahm meine Reisetasche die Größe eines Schrankkoffers an.

»Max, das ist Felix. Felix, das ist Max.«

Freundschaftlich schüttelten sich Max und Felix die Hände. Felix erfuhr, daß Max mit vollem Namen Max Krieger hieß und Chef einer Werbeagentur war. Max hingegen schien alles über Felix zu wissen.

»Freut mich, daß es Ihnen wieder besser geht.«

Weil du dich dann endlich aus meinem Territorium verpissen kannst, ergänzte ich stumm für meinen neuen Freund. Es war klar, ich mußte wieder abziehen. Nur, wie sähe das aus? Die Alternative allerdings, auf der Wohnzimmercouch dem nächtlichen Kichern und Knarren von nebenan zu lauschen, reizte mich ebenso wenig.

Beate löste die Situation und holte ihren Mantel.

»Du kommst alleine zurecht, Felix, oder?«

Eine rhetorische Frage, trotzdem nickte ich tapfer. Klar käme ich alleine zurecht. Natürlich litt ich noch unter den Folgen der Gehirnerschütterung, könnte zum Beispiel im Bad ausrutschen und mir das Genick brechen oder bewegungsunfähig an Unterkühlung sterben, aber das wäre dann nicht meine Schuld.

Zwei Tage blieb ich noch bei Beate, sah allerdings nur wenig von ihr. Tagsüber arbeitete sie in der Klinik, die Nächte verbrachte sie bei Max. Sie machte einen ziemlich beschäftigten Eindruck.

»Alles in Ordnung in der Klinik?«

»Mach dir keine Sorgen, Felix. Auch in deiner Abteilung läuft alles bestens.«

Dann griff sie sich ein paar Klamotten und war wieder verschwunden.

Ich Dummkopf! In meiner maßlosen Ichbezogenheit hatte ich Beate immer nur als Freundin von Celine und Verwaltungsleiterin der Klinik wahrgenommen, mir aber nie die naheliegende Frage nach ihrem Privatleben gestellt.

Ich rief mich zur Ordnung. Es konnte nicht um verletzte Eitelkeit oder meine unvollendete Pubertät gehen, die mich sowieso ins Grab begleiten würde, genausowenig wie um weitere Räuber-und-Gendarm-Spiele mit sonst beschäftigungslosen Geheimdiensten oder Volksgruppen. Auch irgendwelche Spielchen, die vielleicht in der Inneren Abteilung liefen, waren im Moment egal.

Wirklich wichtig war, wann Celine endlich wohlbehalten zurückkäme und wie ich oder wir ihr dabei helfen könnten. Und wirklich schlimm war, daß ich zwar einen Plan dazu hatte, der aber für Celine zu riskant war.

So blieb mir nichts anderes übrig, als wenigstens dreimal am Tag meinen E-Mail-Eingang zu kontrollieren und per Fernabfrage meinen Anrufbeantworter abzuhören. Beate rief wiederholt Celines Eltern an, aber auch die hatten nichts von ihrer Tochter gehört.

War die E-Mail mit der Südseemuschel doch nur ein grausamer Scherz gewesen, von wem auch immer? Oder war danach, auf der Flucht, etwas Schlimmes passiert?

Bundesamt für Verfassungsschutz
Ref. IV, Vorgang Nr. 286-56
Zielperson: Dr. Felix Hoffmann
Von: Außendienst
An: Abteilungsleiter

Aufgrund neuer Erkenntnisse wird dringend empfohlen, die Observation der Wohnadresse der Zielperson nicht abzubrechen: Wahrscheinlich unter Ausnutzung der Nacht und evtl. von Ablenkungsmanövern muß sich die ZP oder ein Vertrauter der ZP kürzlich Zutritt zu seiner Wohnung verschafft haben. Das neu beobachtete An- bzw. Abschalten von Licht, Radio, TV geht nach Überprüfungen durch Richtmikrofon nicht mit weiteren Aktivitäten einher. Es ist deshalb davon auszugehen, daß es sich um ein Täuschungsmanöver mittels Installation von Zeitschaltuhren handelt.

Die Tatsache, daß sich die ZP oder ein Vertrauter trotz andauernder Überwachung unbemerkt Zutritt verschaffen konnten und der vorbeschriebene Versuch, eine bewohnte Wohnung vorzutäuschen, spricht für die hohe kriminelle und konspirative Energie der ZP und seiner Vertrauten. Eine entsprechende Aktivität (Anschlag) könnte unmittelbar bevorstehen, deshalb wird dringend zur Fortsetzung der Observation geraten.

Bundesamt für Verfassungsschutz
Ref. IV, Vorgang Nr. 286-56
Zielperson: Dr. Felix Hoffmann
Von: Abteilungsleiter
An: Außendienst

Observation der bekannten Wohnadresse der ZP wird für eine weitere Woche genehmigt.

35

Und dann war mit einem Schlag alles in Ordnung.

Uninteressant, wohin die verdammte Wasseraufbereitungsgiftgasanlage aus dem Klinikkeller verschwunden war, unerheblich, welcher Lieferwagen diesmal die gewachsene Parkplatzordnung vor meiner Wohnung störte, unwichtig, was an der Klinik so Geheimnisvolles vorging: Celine war wieder da! Sicher, man sah ihr an, daß sie nicht aus einem Wellnessurlaub kam, aber sie war am Leben, ohne offensichtliche Erkrankung und in einem Stück.

Auf den ersten Blick hatte sich nicht viel geändert, hatten wir unsere alte Celine zurückbekommen. Nach all den Strapazen muß sie sich richtig ausschlafen, sagte ich mir, als sie an ihrem ersten Tag in Berlin allein sein wollte. Aber schon auf dem großen Willkommensfest bei Beate am nächsten Abend war Celines Tanzen ein wenig zu wild und ihr Lachen ein wenig zu laut. Später fand ich sie, wie sie zwischen den Wintermänteln auf Beates zur Garderobe umfunktioniertem Bett lag und an die Decke starrte.

Es kristallisierten sich zwei Meinungen heraus, ich teilte beide. Eine Fraktion empfahl, Celine in Ruhe zu lassen, ihr Zeit zu geben, sich wieder an das Leben hier und mit uns zu gewöhnen. Die anderen vertraten die Ansicht, Celine jetzt alleine zu lassen, könnte schlimmste Folgen zeitigen, gerade jetzt brauche sie den engen Kontakt zu uns.

Die Sache regelte sich von selbst, denn die Mehrheit vertrat die letzte Meinung und jeder wollte nun seine eigene Willkommensparty veranstalten. Aber das konnte kaum eine vernünftige Umsetzung des Konzepts, Celine wieder an uns und ihr Leben hier zu gewöhnen, sein. Mir kam eine andere Idee.

»Was hältst du von ein paar Tagen Spreewald?«

Ich halte mich nicht für den idealen Psychotherapeuten und war nicht einmal sicher, ob ich eigentlich selbst inzwischen meine Dauersomnolenz überwunden hatte (hatte ich nicht, weiß ich heute). Doch es heißt, häufig sei einfach Zuhören ausreichend, und das würde ich wohl hinbekommen. Ruhe dazu würden wir genug haben, ist doch März nicht gerade Hauptsaison im Spreewald. Und technisch bestand auch kein Problem: Kaum zu glauben, aber meine zweite Urlaubswoche fing gerade erst an!

So studierten wir schon am nächsten Abend die Speisekarte im Hotel »Zum grünen Strand der Spree« in Schlepzig. Ganz in der Nähe hatte ich vor zwei Jahren die Südseemuscheln für Celine vergraben, und es war die Südseemuschel »Cytherea meretrix«, die mich von der Echtheit ihrer E-Mail aus wo auch immer überzeugt hatte.

Seit der Abfahrt von der Autobahn hatte ich den roten Opel Astra hinter uns bemerkt, möglich, daß er uns schon länger gefolgt war. Nun saßen seine beiden Insassen nur zwei Tische entfernt von uns, wohl noch unentschieden zwischen der Tagesempfehlung »Frische Brandenburger Steinpilze mit Wildschweinfilet und Kartoffelrösti« und der Spezialität des Hauses, »Zander mit Tomaten und Kapern auf Rahmsauerkraut und Petersilienkartoffeln«. Warum sollten Celine und ich die einzigen sein, die an diesem milden Märztag in den Spreewald gefahren waren?

»Die Typen da drüben. Wohnen die auch hier?« fragte ich Torsten, einen ehemaligen Kollegen aus unserer Röntgenabteilung, jetzt Chef und Eigentümer des Hotels.

»Ja. Haben sogar die erste Nacht im voraus gezahlt.«

»Hatten die reserviert?«

»Nein, hatten sie nicht. Sie sagen, es sei eine spontane Entscheidung gewesen.«

»Wahrscheinlich sind die beiden einfach dem massiven Charme des Spreewalds im Vorfrühling erlegen, genau wie Celine und ich.«

»Auf jeden Fall haben die beiden jemanden, der ihnen den Aufenthalt hier bezahlt.«

»Woher weißt du das?«

»Ich sollte ihnen eine ›ordentliche Rechnung machen‹ – damit ist eine Rechnung über mindestens den doppelten Betrag als den, den sie hier wirklich zahlen, gemeint. Mache ich aber prinzipiell nicht. Ich kann solche Spesenritter nicht ausstehen!«

In dieser Nacht schlief Celine nach einiger Zeit ruhig atmend neben mir ein. Alles weitere würde sich finden.

Erst am nächsten Tag erkannte ich, wie geschwächt sie tatsächlich war, aus der geplanten Fahrradtour wurde ein Spaziergang durch Schlepzig im Kurschritt.

»Gleich morgen fahren wir in die Klinik, und du läßt dich gründlich untersuchen. Und mach dir keine Sorgen, ich werde mich da komplett heraushalten.«

»Mir fehlt nichts. Ich muß mich nur ein bißchen erholen.«

Immer noch hatte sie nichts aus dem Irak erzählt, hatte entsprechende Fragen kommentarlos übergangen. Die Fernsehnachrichten aus dem Irak hingegen gaben ein wenig Hoffnung. Die Iraker hatten begonnen, ihre Raketen auseinanderzuschrauben, und die Rüstungskontrolleure der UN sprachen von »guter Zusammenarbeit« und hatten trotzdem bisher keine Massenvernichtungswaffen gefunden: Werden das die Amerikaner und Engländer einfach ignorieren?

Auch diesen Abend verbrachten wir in der stummen Gesellschaft der beiden Opelfahrer. Celine hatte zwar wieder kein Menu bestellt, aber anders als gestern neben einem Salat immerhin noch Zander, frisch aus der Spree vor der Tür. Nach ein paar Bissen allerdings gab sie auf.

»Tut mir leid, Felix. Laß dir nicht den Appetit verderben. Ich brauche nur ein bißchen frische Luft.«

»Soll ich mitkommen?«

»Nein, danke. Zum Nachtisch bin ich zurück.«

Als sie verschwunden war, fragte ich Torsten, ob wir ein zweites Zimmer haben könnten. Vielleicht war das das Problem, oder ein Teil davon.

»Klar, kannst du. Bis April, Mai ist doch hier nie was los.«

Celine war zum Nachtisch nicht zurück. In unserem Zimmer war sie auch nicht. Ich machte mich auf eine Wanderung durch Schlepzig, was ziemlich schnell erledigt war, aber keine Spur von Celine. Hatte sie einen unserer alten Wanderwege genommen und sich verlaufen? War sie gar in einen der vielen Spreearme gefallen und zu schwach, wieder aus dem Wasser zu kommen?

Zur Erkundung der Umgebung ging ich zurück ins Hotel, um mir von Torsten eine Taschenlampe zu borgen.

»Einen Moment, Felix. Ich komme mit.«

Wir beschlossen, daß es effektiver sei, getrennt nach Celine zu suchen. Nach einer guten Stunde erfolglosen Suchens und Rufens waren die Batterien der Taschenlampen erschöpft, wir trafen uns wieder im Hotel.

»Und wenn sie einfach zurück nach Berlin gefahren ist?«

»Das hätte sie mir doch wohl gesagt. Außerdem, wie denn?«

Mein Auto stand unverändert auf dem Hotelparkplatz.

Plötzlich wußte ich, was passiert war, und stürmte in die Hotelbar, wo die beiden Kerle aus dem Opel selbstzufrieden in ihre Drinks grinsten. Ich hatte das Überraschungsmoment auf meiner Seite und so den Kleineren der beiden rasch vom Hocker gekippt, während ich seinen Freund beim Jackett packte.

»Was habt ihr Schweine mit ihr gemacht? Wo habt ihr sie hingeschleppt?!«

Der Große hätte mich sicher auch alleine geschafft, aber inzwischen war Torsten aufgetaucht und hielt mich von hinten fest.

»Felix, laß den Blödsinn!«

Waren die beiden nun vom Verfassungsschutz? Ich hätte darauf wetten können, zu sehr erinnerten sie mich an die Kollegen Jablonske und Waldeck. Aber wäre Celine tatsächlich von ihnen verschleppt worden, warum saßen sie dann noch hier herum? Zur Ablenkung? Wer sonst könnte Celine entführt haben? Die Iraker zum Beispiel, um zu zeigen, daß man ihnen letztlich doch nicht entkommen kann? Oder die Kurdengruppe, die mich neulich im Restaurant Behar so intensiv befragt hatte? Im Grunde, wurde mir klar, kam jede der an dieser Sache beteiligten Gruppen und Dienste in Frage.

»Findest du die Annahme, die ganze Welt sei hinter Celine

her, nicht ein bißchen paranoid? Vielleicht will sie nur ihre Ruhe?« meinte Torsten.

Endlich kam mir die naheliegende Idee, Celines Sachen zu untersuchen. Ihre Reisetasche stand unverändert im Zimmer, ihre Kleidung hing im Schrank. Aber ihr Waschzeug, die elektrische Zahnbürste, ihr Kulturbeutel fehlten. Hinter mir hörte ich Torsten telefonieren.

»Richtig, eine junge Frau. Richtig. Alleine bis nach Berlin? Ja, schönen Dank.«

Torsten legte auf. Er hatte den einzigen Taxifahrer in Schlepzig angerufen, aber nur dessen Frau erreicht. Ihr Mann sei auf dem Weg zurück aus Berlin, wohin er gerade eine junge Frau gebracht habe.

Torstens Frau Anja ließ noch einen doppelten Espresso für mich durch die Maschine laufen, dann war ich auf der Landstraße und wenig später auf der Autobahn. Gegen drei Uhr morgens kam ich in Berlin an, und nur wenig später hatte ich Celine entdeckt: auf meinem Anrufbeantworter.

Es war so, wie Torsten vermutet hatte. Sie brauche Ruhe, habe viel zu überlegen, müsse sich finden und so weiter und so fort. Jedenfalls solle ich mir keine Sorgen machen und nicht nach ihr suchen.

Also fuhr ich sofort nach Charlottenburg und klingelte Beate aus dem Bett.

»Hier ist sie nicht, Felix.«

Ich glaubte ihr nicht.

»Darf ich reinkommen?«

Ohne die Antwort abzuwarten, drängelte ich mich an Beate vorbei und kontrollierte die Wohnung. Beate war tatsächlich nicht alleine. Aber es war Max Krieger, nicht Celine in ihrem Schlafzimmer.

»Felix, ich habe keine Ahnung, wo Celine ist. Und selbst wenn ich es wüßte, würde ich es dir nicht verraten. Sie braucht ihre Ruhe.«

Nun mischte sich auch noch Freund Max ein.

»Meinen Sie nicht, Sie sollten den Wunsch Ihrer Freundin respektieren?«

Ich hatte meine physische Kraft für heute schon mit den Kerlen in der Hotelbar aufgebraucht, und es wäre sowieso keine gute Idee gewesen, sich mit diesem Fitneßstudio-Typen anzulegen. Außerdem ärgern sich die Leute viel mehr, wenn man sie ignoriert.

»Hast du dir mal überlegt, Beate, daß Celine auch hier immer noch in Gefahr ist? Daß sie vielleicht ganz plötzlich Hilfe brauchen könnte?«

»Felix, hör mir auf mit deiner Paranoia. Wir sind in Deutschland, nicht im wilden Kurdistan.«

Torsten hatte auch von Paranoia gesprochen. Aber aus der Klinik weiß ich, daß eine Diagnose noch lange nicht gesichert ist, nur weil zwei Ärzte in ihr übereinstimmen. Außerdem, fand ich, übersah Beate einen wichtigen Punkt: Immer noch war irgendwo ein Ultrafeinstvernebler neuester Bauart zur Giftgasproduktion versteckt, und nach aller Erfahrung sind Menschen ein überzeugendes Tauschobjekt, wenn jemand etwas unbedingt haben möchte.

Operation Enduring Freedom
Von: Fregatte Bayern, Position 17°23'Nord / 52°19'Ost, östlicher Golf von Aden
An: Einsatzführungskommando der Bundeswehr, Geltow

Tagesbericht Schiffsbewegungen im Überwachungsgebiet (Auszug)

MS African Star, Öltanker, von Kuwait nach Durban, Verdachtsklasse 0, nicht überprüft.

MS African Queen, Öltanker, von Kuwait nach Durban, Verdachtsklasse 0, nicht überprüft.

MS Morning Beauty, Containerfrachter, von Hamburg nach Bandar Abbas, Verdachtsklasse 1, Papiere überprüft, keine Unregelmäßigkeiten.

MS Belsazar, Stückgutfrachter von Luanda nach Karachi, Verdachtsklasse 1, Papiere überprüft, keine Unregelmäßigkeiten.

MS Esso Bremen, Öltanker, von Emden nach Dubai, Verdachtsklasse 0, nicht überprüft.

36

Fast genau vierundzwanzig Stunden hielt ich das Haus von Celines Eltern in Hamburg unter Beobachtung, dann war ich ziemlich sicher, sie hier nicht zu finden. Die offizielle Auskunft aus dem Hause Bergkamp entsprach der von Beate.

»Celine ist nicht hier. Und selbst wenn sie es wäre, würden wir es dir nicht sagen.«

Immerhin hatte ich bei Beate noch ein Frühstück bekommen, hier gab es keinen Kaffee ans Auto, keine Einladung, wenigstens die Dusche zu benutzen. Ich konnte nur froh sein, daß ich neben anderem Müll auch immer meinen Schlafsack mit mir herumfahre, und war deshalb trotz der Kälte ab und zu eingeschlafen.

Aber bei Celines Verhältnis zu ihren Eltern war es ohnehin unwahrscheinlich, daß sie ausgerechnet hier zu sich selbst finden wollte, und mehr noch, hoffte ich wenigstens, daß sie mich länger als ein paar Stunden ohne Kaffee vor der Tür sitzen ließe. Selbst wenn ich inzwischen eine neue Version zu Celines Verschwinden hatte: Sie wollte mich strafen! Aber unverändert war ich überzeugt, daß sie sich in Gefahr befand und daß ich sie unbedingt finden mußte, bevor es andere taten.

Aber wo sollte ich noch suchen? Gab es eine alte Schulfreundin, die ich nicht kannte, einen Lieblingsonkel, von dem ich nichts wußte? Ziemlich ratlos war ich schon auf dem Weg zurück in Richtung Berlin, als mir plötzlich einfiel, daß ich mit Berlin-Hamburg vielleicht genau in die richtige Richtung gefahren war: Enge!

Enge in Schleswig-Holstein, rund zehn Kilometer vor Niebüll, etwas rechts von der B 5. Vor Jahren hatte Celine mal von dem kleinen Ferienhaus ihrer Tante dort erzählt, das fast das ganze Jahr leer stünde, aber bisher hatten wir es noch nie dorthin geschafft. Ich wendete und fuhr wieder nach Norden.

Enge stellte sich als übersichtliches Dorf heraus: ein Kaufmann, zugleich Postfiliale, ein Gasthof für Heirat und Leichenschmaus, eine Kirche, Gottesdienst nur alle vierzehn Tage. Kein Kriegerdenkmal. Vorsichtig fuhr ich am späten Nachmittag in den Ort ein, aber die Zeiten mit fröhlich auf der Dorfstraße spazierenden Enten war auch hier lange vorbei. Von links schnitt mich ein Motorrad in Schumi-Tempo, von rechts donnerte ein riesiger Traktor heran.

Ich traf Celine beim Kaufmann, wo ich mich nach dem Haus ihrer Tante erkundigen wollte. Einen Moment schien es, als wolle sie weglaufen. Dann aber hatte sie sich anders entschieden.

»Du kannst auf einen Kaffee mitkommen. Und«, sie war etwas näher gekommen, »auf eine Dusche. Aber danach möchte ich, daß du wieder fährst.«

Eine halbe Stunde später hatte ich geduscht, und wir saßen in der gemütlichen Ferienhausküche, umgeben von getrockneten Blumen und allerlei antikem Küchengerät. Vom nahen Frühling kündeten die Kohlmeisen, bis zur Rückkehr der Schwalben und Co. unbestrittene Herrscher im Garten, und die Traktoren-Rallye auf der Dorfstraße. Celine trank ein Mineralwasser, ich hatte mir ein Flensburger Pilsner vom Kaufmann mitgenommen.

Obgleich noch nicht einmal ganze zwei Tage hier, schien Celine schon deutlich entspannt. Die Augen waren ruhiger, auch ihre übrigen Bewegungen weniger hektisch. Nachdem sie, wie gesagt, Fragen zu ihren Erlebnissen in Kurdistan beziehungsweise im Irak sowohl in Berlin wie im Spreewald höflich ignoriert oder brüsk abgelehnt hatte, kam sie jetzt von selbst darauf zu sprechen.

Während des schwierigen Weges durch Osteuropa in Richtung Türkei waren wir in Kontakt gewesen, auch über das lange Warten an der Grenze zu Kurdistan hatte Celine noch direkt berichtet. In Kurdistan selbst, erzählte sie jetzt, sei alles ziemlich unkompliziert gelaufen, die Leute gastfreundlich und hilfsbereit. Ohne Schwierigkeiten seien sie nach Dahuk gekommen, wo man, bis auf die von Sommer gespendete Trinkwasseraufbereitungsanlage, die Lastwagen vollständig entladen hätte.

»Die kommt morgen dran, haben sie gesagt, und es gab ein großes Fest zu Ehren des Hilfskonvois.«

»Die Wasseraufbereitungsanlage, Celine ...«, versuchte ich einzuwerfen, aber sie ließ sich nicht unterbrechen.

»Alles weitere war dann Zufall, zur falschen Zeit am falschen Ort, zur richtigen Zeit am richtigen Ort, wie du willst. Jedenfalls hatten Heiner und ich nicht annähernd das Stehvermögen unserer Gastgeber. Wir gingen ins Bett, während die noch feierten.«

Ich glaube, ich verzog keine Miene, dennoch konkretisierte Celine.

»Es geht streng zu in Kurdistan, Felix. Wir bekamen getrennte Zimmer. Als ich irgendwann vor Kälte bibbernd aufwachte, war es noch stockdunkel, die Feier aber vorbei. Ich wollte mir noch ein paar Decken aus dem Lastwagen holen, aber dann habe ich mich gleich dort, im Lastwagen, hingelegt, wie nun schon seit Wochen, und bin eingeschlafen. Als ich irgendwann von dem Rumpeln und dem Motorengeräusch aufgewacht bin, habe ich mir erst gar nichts dabei gedacht, weil ich so daran gewöhnt war. Danach war ich eigentlich nur gespannt, wohin es ging.«

»Keine Angst?«

»Doch, natürlich. Aber was waren die Alternativen?«

Ich nickte, auch ich hätte sicher nicht an die Wand zum Fahrerhaus geklopft und damit wer weiß wen auf mich aufmerksam gemacht.

»So saß ich also in diesem Lastwagen und konnte nur abwarten. Ich habe nicht mitbekommen, daß wir die Grenze in den Irak passiert hatten, Autos werden in dieser Gegend sowieso alle paar Kilometer angehalten. Nach ein paar Stunden jedenfalls hatte der Lastwagen sein Ziel erreicht: In einer großen Fabrik wurde die Ladetür geöffnet und ich von ziemlich überraschten irakischen Soldaten entdeckt. Die Fabrik hatte offensichtlich nichts mit der Herstellung von Trinkwasser zu tun, überall Chemikalien, Totenköpfe und Techniker in Schutzanzügen. Erst da war mir klar, daß wir keine Trinkwasseraufbereitungsanlage transportiert hatten, sondern ein Geschenk für Saddam Hussein!«

Ich sagte nichts, wartete ab, ob Celine auch über ihre Festnahme, Verhöre, Haftbedingungen im Irak erzählen würde. Das waren die eigentlich sensiblen Themen. Aber Celine lehnte sich zurück und verschränkte die Arme hinter dem Kopf.

»So bin ich in den Irak gekommen. Und jetzt bin ich müde.«

Während Celine duschte, räumte ich das Geschirr weg und wusch ab. Dann setzte ich mich auf die Terrasse und wartete auf die ersten Sterne, für einen Märzabend war es ziemlich warm. Bald steckte Celine den Kopf durch die Haustür und wünschte mir eine gute Nacht. Ich wußte nicht so recht, was ich machen sollte, ob ich damit ins Haus eingeladen war oder nicht. Wahrscheinlich nicht, entschied ich und ging auf ein Bier in die Dorfkneipe.

Laut Aufdruck soll mein Schlafsack »himalajatauglich« sein. Also klappte ich mir nach dem Besuch in der Dorfkneipe eine Gartenliege auseinander, holte den Schlafsack aus dem Auto, wartete auf den späten Schneesturm, der diese Nacht unweigerlich über Enge hereinbrechen würde, und dachte nach. Was war los mit Celine? Warum war sie immer noch so verschlossen? Hatte man sie gefoltert im Irak? Vergewaltigt? Und warum versagte ich so jämmerlich, ihr zu helfen? Würde sie je wieder über meine umwerfend komischen Scherze lachen?

Ich wachte auf, als ich im Traum gerade unter der Dusche stand – dicke norddeutsche Regentropfen fielen mir ins Gesicht. Als der Regen weder durch Drehen auf die linke noch auf die rechte Seite zu stoppen war, trollte ich mich mit meinem Schlafsack ins Auto und wünschte, ich hätte einen Campingbus – oder kürzere Beine.

Der nächste Morgen begann vielversprechend. Es regnete zwar noch, aber es gab Kaffee ans Bett beziehungsweise ans Auto. Celine schien guter Dinge, gemeinsam marschierten wir über die Straße zum Kaufmann und erstanden frische Brötchen. Der letzte Bäcker im Ort, erfuhr ich, habe vor drei Jahren aufgegeben. Nun kamen auch in Enge die Brötchen aus der Fabrik, die sich allerdings Landbäckerei nannte.

Trotzdem, als ich geduscht hatte, zog ein herrlicher Duft von frisch gebackenen Brötchen und frisch gefiltertem Kaffee durch die Kate.

»Woher hast du die phantastische Marmelade?«

Marmelade war sprachlich nicht ganz korrekt, es handelte sich um Pflaumenmus, gewürzt mit einem Hauch von Ingwer.

»Von Uwe Lorenzen aus Leck, nächster größerer Ort. Ein unglaublicher Laden! Auf der Fläche dieser Küche bekommst du bei Uwe Lo alles, wofür du in Berlin ins KaDeWe fahren mußt.«

Über solche und ähnlich wichtige Dinge sprachen wir beim Frühstück, es fehlte nur noch der Vergleich der aktuellen Sonderangebote bei Aldi und Lidl. Sorgsam vermied ich Themen wie Irak, Heiner oder bestimmte gemeinsame gute Freundinnen, bis Celine fragte, warum ich in der Nacht nicht ins Haus gekommen wäre.

»Wenigstens, als der Regen anfing? Die Tür war nicht abgeschlossen.«

»Ich wollte dich nicht erschrecken, vielleicht wärst du aufgewacht. Außerdem hättest du mich mißverstehen können. Sicher hättest du mich nicht einfach so im Spreewald sitzenlassen, wenn Beate dir nicht von uns erzählt hätte.«

Celine schaute von ihrer Kaffeetasse auf, sofort war klar, daß ich gerade den Bock der Woche geschossen hatte. Hatte sie noch nichts gewußt von Beate und mir?!

»Du denkst tatsächlich, es ging um dich, als ich aus dem Spreewald geflüchtet bin? Darum, was du hier während meines Irakurlaubs getrieben hast? Kannst du dir eventuell vorstellen, daß es auch ein Leben ohne dich gibt auf dieser Welt? Ein Leben, in dem du nicht vorkommst?«

»Das muß aber ein trauriges Leben sein!«

Ich verzichtete auf den Versuch, die Situation mit dieser oder einer ähnlich humorigen Bemerkung zu retten. Im Moment war hier nichts zu retten. Ausnahmsweise erkannte sogar ich meine monströse Selbstbezogenheit, und so war, was immer ich mit Celine seit gestern abend wieder aufgebaut oder vorsichtig repariert hatte, innerhalb von weniger als einer Minute kaputt, und kein Aufräumungs- oder gar Reparaturkommando in Sicht.

Ich fuhr nicht sofort ab, oder, besser gesagt, ich wurde nicht sofort verabschiedet. Dafür gab es ganz praktische Gründe. Celine hatte ihrer Tante versprochen, sich um das Beschneiden der Obstbäume zu kümmern, konnte aber die alte Holzleiter nicht alleine tragen.

»Bist du sicher, daß März der richtige Monat zum Baumschnitt ist?«

»Keine Ahnung. Ich habe es meiner Tante versprochen. Hier ist die Säge.«

Ungeachtet der Empfehlung, bei Partnerschaftsproblemen »über alles zu sprechen«, beschnitten wir schweigend knorrige Obstbäume. Damit löst man zwar keine Probleme, verschlimmert sie aber wenigstens auch nicht, was beim Über-alles-Sprechen hingegen sehr gut möglich ist. Am Ende sahen die Obstbäume nicht so aus, als würden sie jemals wieder Vögel oder Bienen anlocken oder gar Früchte tragen, aber ich hatte mir laut Celine eine große Portion Rührei mit Schinken und Schnittlauch verdient. Und ich hatte noch ein paar Fragen.

»Hast du eigentlich schon mit Baran gesprochen, seit du zurück bist?«

»Nein, habe ich nicht. Einerseits kann ich mir absolut nicht vorstellen, daß Baran etwas mit dieser Beiladung für den Irak zu tun hatte, andererseits traue ich mich aber auch nicht, danach zu fragen.«

Ich erzählte Celine, wie Michael und ich entdeckt hatten, was da tatsächlich in unserem Klinikkeller herumstand und wie das Teil dann verschwunden war. Und ich erzählte von Barans Leuten, die bei mir eingebrochen waren, wie ich sie zur Pinkelbude bestellt und dann zu Baran verfolgt hatte.

»Das wirft zumindest Fragen auf. Aber ein wirklicher Beweis gegen Baran und seine Gruppe ist es nicht.«

Da mußte ich Celine zustimmen und war jetzt endgültig entschlossen, das Bindeglied zwischen dem Lieferanten Sommer und seinem Kunden Saddam Hussein zu finden. Ich erklärte ihr meinen Plan, wenigstens in groben Zügen. Jetzt, wo Celine zurück in Deutschland war, konnte ich sie mit dem Plan nicht mehr gefährden. Außerdem war es eigentlich ein Vorhaben so recht nach Celines Geschmack – jedenfalls dem der alten Celine.

Die neue Celine erkundigte sich am Schluß nur leidenschaftslos: »Und du meinst, das funktioniert?«

Ich hatte keine Ahnung – aber auch keine andere Idee.

Mit erfolgreichem Abschluß der Gartenarbeit hatte auch der Regen aufgehört, mit etwas Glück würde ich am frühen Abend zurück in Berlin sein. Celine wollte noch ein paar Tage in Enge bleiben.

»Aber schließ wenigstens die Tür ab und kontrolliere die Fenster, bevor du ins Bett gehst. Nach allem, was wir wissen, bist du die einzige, die beobachtet hat, was da in den Irak geschafft worden ist.«

Celine versprach es. Als ich gerade abfahren wollte, kam sie noch einmal an das Wagenfenster.

»Übrigens, Felix. Weißt du eigentlich, daß Beate schwanger ist?«

Bundesamt für Verfassungsschutz
Ref. IV, Vorgang Nr. 286-03 und 286-56
Zielpersonen: Celine Bergkamp, Dr. med. Felix Hoffmann

Bericht

Durch ein offenbar von langer Hand vorbereitetes Ablenkungsmanöver gelang es der Verdächtigen Celine Bergkamp, sich in Schlepzig (Spreewald) der Beobachtung zu entziehen. Der derzeitige Aufenthaltsort der Verdächtigen B. ist unbekannt. An der vorerwähnten Aktion war offensichtlich auch der Verdächtige Dr. Felix Hoffmann maßgeblich beteiligt.

Zum Verdächtigen Dr. Hoffmann wurde zwischenzeitlich der Ursprung der in seiner Wohnung nach einem anonymen Hinweis aufgefundenen Unterlagen (u.a. Anleitungen zum Bau von biologischen und chemischen Bomben) aufgeklärt. Diese Unterlagen wurden dem Verdächtigen im Rahmen einer Katastrophenschutzübung der Innenverwaltung übergeben. Es wurden bisher keine Hinweise auf die aktive Verwendung dieser Unterlagen durch den Verdächtigen aufgefunden. Allerdings kann nicht ausgeschlossen werden, daß sich der Verdächtige allein zur Erlangung eben dieser Unterlagen an dieser Katastrophenschutzübung beteiligt hat.

Ebenso ungeklärt bleibt das Verhalten des Verdächtigen bei dem oben berichteten Zwischenfall in Schlepzig, des weiteren auf dem Flughafen Tegel und der Einbau von Zeitschaltuhren in seiner Wohnung. Auch konnte inzwischen ermittelt werden, daß der Verdächtige sich wiederholt durch Kellergänge, welche die Wohnhäuser in seiner Siedlung verbinden, unbeobachtet Zutritt zu seiner Wohnung verschafft hat.

PS zur Spesenabrechnung Gasthof »Zum grünen Strand der Spree«:

Wg. der Verfolgung der Zielpersonen Bergkamp und Dr. Hoffmann konnte nicht auf die Erstellung einer ordentlichen Rechnung durch den Gasthof gewartet werden, deshalb sind die getätigten Ausgaben in der Anlage ohne Beleg aufgeführt. Die beträchtliche Höhe der Ausgaben ist durch die Exklusivität des Gasthofs zu erklären und ließ sich wg. der notwendigen Nähe zu den Zielpersonen nicht vermeiden.

Es wird um Gegenzeichnung der aufgeführten Auslagen und deren Weiterleitung an die Abteilung Abrechnung gebeten. Eine nachträgliche Rechnungsstellung vom Gasthof »Zum grünen Strand der Spree« wird für nicht angebracht gehalten, um keine unerwünschte Aufmerksamkeit auf eine noch nicht abgeschlossene Aktion des Dienstes zu lenken.

Handschriftliche Bemerkung:

1. Dauerbeobachtung Dr. Hoffmann: wg. Personalmangel und Minderung der Verdachtsmomente einstellen, Fall aber weiterverfolgen. Die Bergkamp finden!
2. Abrechnung Gasthof: Weitergabe an Kostenstelle.

37

Enge – Flensburg, Landstraße, 30 Kilometer: Herzlichen Glückwunsch. Dr. med. Facharzt Hoffmann! Wer auch sonst treibt es heute noch ohne Präservativ!

Flensburg – Schleswig, Autobahn, 30 Kilometer: Moment mal. Was war mit diesem Max von der Werbeagentur? Hatte der nicht ein paar mehr Chancen als ich zur Vaterschaft gehabt?

Schleswig – Rendsburg, Autobahn, 30 Kilometer: Stimmte die ganze Geschichte überhaupt? War Beate tatsächlich schwanger? Kam das eigentlich zeitlich hin?

Vom Parkplatz der Autobahnbrücke Rendsburg, wo man gewöhnlich anhält, um dickbauchige Frachter zu bestaunen, die von der Nordsee zur Ostsee oder umgekehrt quer durch Rapsfelder und glückliche Kühe unterwegs sind, rief ich Beate an.

»Ich soll schwanger sein! Das müßte ich wissen, oder? Wer hat dir das erzählt? Celine?«

Ich war erleichtert. Auch darüber, daß Celine, bei allem, was sie wohl in den letzten Monaten durchgemacht hatte, schon wieder ganz normale menschliche Reaktionen zeigte.

»Wann kommst du wieder in die Klinik, Felix?«

»Diese Woche habe ich noch Urlaub. Wenn es von Celine her geht, bin ich nächsten Montag wieder da.«

»Laß dir ruhig Zeit. Dich trifft hier eh der Schlag, wenn du kommst.«

Das hörte sich definitiv nach schlechten Nachrichten an, und zwar mehr für mich als für die Klinik, denn Beate klang nicht wirklich besorgt. Eher etwas belustigt. Was war los? Nun, ich würde es noch früh genug erfahren.

Jetzt war ich erst einmal unterwegs nach Berlin, um herauszubekommen, wer Celine gemeinsam mit meinem Freund Sommer so mies benutzt hatte und dafür sorgte, daß der Irak ausreichend Massenvernichtungswaffen herstellen konnte.

Dazu wollte ich endlich den Plan verwirklichen, der mir schon lange im Kopf herumspukte. Ursprünglich ging es um einen einfachen Tausch: Celines sichere Rückkehr gegen den zweiten Teil der angeblichen Wasseraufbereitungsanlage. Dies war der alte Plan, zugegeben nicht mehr ganz aktuell. Denn Celine saß inzwischen unter frisch beschnittenen Obstbäumen in Enge, während die Trinkwasseraufbereitungsanlage verschwunden blieb.

Aber was machte das schon? Daß ich gar nicht wußte, wo dieses Hightech-Teil eigentlich steckte, war nur denen bekannt, die es aus unserem Klinikkeller gestohlen hatten. Und von Celines Rückkehr nach Deutschland hatten bisher nur ihre Freunde erfahren, und wahrscheinlich die Leute vom Verfassungsschutz.

Ich machte eine mentale Liste, wem alles ich sinnvollerweise mein Sonderangebot unterbreiten sollte: den Kurden um Baran, die den Transport mit organisiert hatten, den Kurden, die mich in ihrem Restaurant verprügelt hatten, der irakischen Botschaft und natürlich den Jungs vom CIA. Obgleich deren Interesse an der Anlage gering schien, belästigte ich auch den Verfassungsschutz mit meinem Angebot. Die Telefonnummer wußte ich noch vom ersten Besuch seiner Mitarbeiter. Herrn Sommer ließ ich außen vor, denn sein Anteil an dem Komplott war geklärt.

Am Abend zurück in Berlin, strich ich die irakische Botschaft von meiner Telefonliste. Denen würde ich mein Angebot über unseren Gastarzt Dr. Hassan zukommen lassen.

Ich erwischte ihn noch in der Klinik.

»Dr. Hoffmann! Welch eine Überraschung! Rufen Sie aus Ägypten an?«

Stimmt – wollte ich meinen Plan durchziehen, müßte ich auch offiziell allmählich nach Berlin zurückkehren.

»Nein, ich bin wieder in Berlin.«

»Das freut mich. Haben Sie inzwischen von Ihrer Freundin gehört?«

»Leider nicht. Haben Sie etwas erfahren können bei ihrer Familie oder den Freunden im Irak?«

»Mein Onkel ist da an etwas dran, sucht aber noch nach Bestätigung. Wirklich Konkretes gibt es noch nicht, tut mir leid.«

Sein Onkel? War es nicht sonst der Schwager gewesen?

»Trotzdem danke. Ich habe übrigens eine Idee, wie ich eventuell mehr erfahren kann. Ich sitze da nämlich auf etwas, das andere Leute sehr gerne haben würden. Und das werde ich morgen meistbietend versteigern. In Treptow, Kiefholz-, Ecke Elsenstraße.«

War es verdächtig oder eher unverdächtig, daß Dr. Hassan nicht näher nachfragte? Er wünschte mir nur Erfolg und wollte wissen, wann ich wieder in die Klinik käme. Wahrscheinlich am Montag, antwortete ich.

»Am Montag? Dann fangen Sie ja gemeinsam mit unserem neuen Chefarzt an!«

Die Vital-Bosse hatten den neuen Chefarzt für die Innere Abteilung bestellt? War das die Überraschung, von der Beate gesprochen hatte? Sehr wahrscheinlich. Ich konnte gegenüber unserem Gastarzt nicht zugeben, daß man mich nicht einmal informiert hatte.

»Ja, bis Montag dann.«

Sofort versuchte ich, Beate ans Telefon zu bekommen. Erfolglos.

Die übrigen Leute, die ich zu meinem Tauschbasar einladen wollte, rief ich erst am nächsten Vormittag an. Die Telefonnummer von Baran hatte ich sowieso, für die andere Kurdengruppe hinterließ ich mein Angebot telefonisch in ihrem freundlichen Restaurant Behar. Dann wählte ich die Nummer der Botschaft der Vereinigten Staaten von Amerika.

»Guten Tag, Dr. Hoffmann hier. Ich hätte gerne Ihren Mitarbeiter Mr. McGilly oder Ihren Mitarbeiter Mr. Thorne gesprochen.«

»Einen Moment, bitte.«

Nach einem ziemlich langen Moment meldete sich die amerikanische Botschaft wieder.

»Es tut mir leid. Wir haben hier keine Mitarbeiter mit diesen Namen.«

Ich versuchte es mit einem plumpen Trick.

»Dann verbinden Sie mich einfach in die entsprechende Abteilung.«

»Welche Abteilung wünschen Sie zu sprechen, Sir?«

Kein Glück mit meinem Überrumplungsversuch! Also mußte ich wieder auf mein einschlägiges Thrillerwissen zurückgreifen.

»Die Kulturabteilung, bitte.«

In der Kulturabteilung gab man sich verwirrt. Kümmerten sich diese Leute tatsächlich nur um gute Opernsitze für amerikanische Geschäftsleute oder Schlafplätze in der Jugendherberge für ein Streicherquintett aus Cincinnati? Hätte ich in der Telefonzentrale einfach bitten sollen, mich mit dem Büro des CIA zu verbinden? Ich wurde ungeduldig.

»Nein, ich möchte nicht mit der Handelsabteilung verbunden werden. Ich möchte keine Trinkwasseraufbereitungsanlage verkaufen, weder in die USA noch in den Irak. Schreiben Sie bitte einfach auf: Dr. Hoffmann bietet den zweiten Teil der bewußten Trinkwasseraufbereitungsanlage im Austausch für Hilfe bei der Rückholung von Frau Celine Bergkamp aus dem Irak. Morgen, zwölf Uhr, Treptow, Kiefholz-, Ecke Elsenstraße. Und wenn ich bei Ihnen mit diesem Angebot in der falschen Abteilung bin, geben Sie diese Mitteilung einfach an Ihre Sicherheitsleute weiter. Schönen Dank.«

Sicherheitsleute! Das war ziemlich unverfänglich. Darauf hätte ich auch gleich kommen können! Unter dem Strich war ich ganz zufrieden mit mir.

38

Berlin Treptow, Kiefholz-, Ecke Elsenstraße: Über Jahre hatte mich diese Adresse in Ostberlin terrorisiert. Genau hier hatte die Deutsche Demokratische Republik Weltniveau auch in der Schokoladenproduktion angestrebt, und jedes Weihnachten, wenn meine Großmutter dank der Reiseerlaubnis für Rentner bei uns in Westberlin mit dieser Schokolade im Gepäck anrückte, haßte ich die DDR mehr. Was mußte das für ein Staat sein, der seinen Bürgern solche Schokolade zumutete! Deshalb fand ich es nur gerecht, daß man diesen Betrieb sehr schnell abgewickelt hatte. Das Gebäude stand immer noch leer, hierher hatte ich zu meiner Tauschbörse geladen.

Als höflicher Gastgeber fand ich mich eine gute Stunde vor der Zeit ein, um in Ruhe den Aufmarsch der Eingeladenen zu beobachten. Ich hatte keine Ahnung, wie es dann weitergehen sollte. Ich betrachtete es wie einen Versuch aus der Frühzeit der experimentellen Wissenschaft: Man wirft eine paar Chemikalien in den Topf und wartet ab, was dabei herauskommt.

Ich machte es mir leidlich bequem in einem der Büros im ehemaligen Verwaltungstrakt und schaute aus längst dem Vandalismus zum Opfer gefallenen Fenstern. Trotz meines frühen Kommens war ich nicht der erste. Am Ende der Straße stand der Werkstattwagen des Klempnereibetriebes Klümmel. Aber hier gab es schon lange nichts mehr zu klempnern, und außerdem kannte ich den Wagen, hatte er mir doch in letzter Zeit häufig genug meinen angestammten Parkplatz streitig gemacht.

Nur wenig später als die Leute vom Verfassungsschutz trafen die Kollegen von jenseits des Atlantiks ein, entsprechend ihrer Corporate Identity in einem schwarzen Ford. Auch sie blieben, in Erwartung der kommenden Ereignisse, in ihrer Limousine sitzen. Die Fenster waren heruntergedreht, aber ich hatte nicht für einen Fastfood-Service gesorgt. Als erfahrene Außendienstleute hatten sie ihr Junkfood vielleicht selbst mitgebracht.

Wir warteten. Langsam stieg eine gewisse Übelkeit in mir auf, nach über zehn Jahren steckte immer noch der Geruch von sozialistischem Kakao und zweitklassigen Zutaten in den Mauern. Wo blieben die Iraker? Wo blieben Barans Leute? Wo blieben die Kurden aus dem Restaurant Behar? War heute irgendein kurdisch-irakischer Feiertag?

Falsch! Während ich mich etwas weiter aus dem zerschlagenen Fenster lehnte, der frischen Luft wegen und zur besseren Sicht, wurden mir plötzlich die Arme nach hinten gezogen und, über dem Rücken verschränkt, in einem Schraubstock gesichert. Fühlte sich jedenfalls so an. Dann wurde ich mit freundlichem Nachdruck noch ein wenig näher an die frische Luft geschoben.

»Können wir zum Geschäft kommen, Doktor?«

Die Stimme kannte ich. Dieses in der Diktion etwas eigenwillige, aber sonst fehlerlose Deutsch mit hartem Akzent war mir zum ersten Mal auf oder besser unter einer kurdischen Hochzeitsfeier aufgefallen.

»Es wird kaum zu einem Geschäft kommen, wenn Sie mich aus dem Fenster stoßen.«

Erfreulich, diese Leute waren logischen Argumenten gegenüber aufgeschlossen. Ich wurde vom Fenster zurückgezogen, der Schraubstockgriff aber lockerte sich nicht.

»Also, Doktor. Wo hast du das Ding versteckt?«

»Das sage ich Ihnen, wenn Sie mir sagen, wo Celine ist und wie ich sie wohlbehalten zurückbekomme.«

Es folgte eine Diskussion auf kurdisch, denke ich mal, jedenfalls in einer mir unverständlichen Sprache.

»Gut, Doktor. Wir akzeptieren.«

Unverschämt! Was waren das für miese Geschäftspraktiken! Diese Leute wußten nicht einmal, wo Celine war. Geschweige denn, daß sie über Celine verfügen konnten! Aber auch ich bot ihnen etwas an, worüber ich weder verfügte noch den Aufenthaltsort kannte. Ein klassisches Patt. Nicht ganz – denn erstens war aktuell nicht ihre, sondern meine Bewegungsfreiheit eingeschränkt, zweitens stand es hier einer gegen mindestens vier, und drittens waren die auch noch bewaffnet. Wahrscheinlich wog das in ihren Augen die Tatsache auf, daß sie mit Celine nicht dienen konnten.

»Also – wo haben Sie meine Freundin?«

»Kommen Sie mit!«

Schönen Dank – es blieb mir ohnehin keine Wahl! Vom Verwaltungstrakt wurde ich in die ehemaligen Produktionshallen gezerrt. Der Geruch nach vergammelter Schokolade nahm zu, ebenso meine Übelkeit. Hoffentlich gab es nicht wieder eins in den Magen!

Vorerst jedenfalls nicht. Vielleicht vertrugen diese Leute den Geruch hier auch nicht besonders gut, denn ziemlich schnell verließen wir die Abteilung Produktion und besichtigten kurz die Abteilung Heizung und Energie, dann waren wir auch schon auf der Kiefholzstraße. CIA und Verfassungsschutz allerdings parkten in der Elsenstraße! Was sollte so aus meinem streng wissenschaftlichen Experiment werden? Und aus mir?

Ich hatte die Jungs vom CIA unterschätzt, denn gerade wollten mich die Kurden in ihren Wagen schieben, da kam Agent Thorne um die Ecke geflitzt.

»Freeze, people! Stay put!«

Das typische Problem internationaler Krisen – meine Freunde von den Kurdistan Freedom Fighters sprachen wohl kein Englisch! Also froren sie weder auf der Stelle ein, noch verharrten sie ungefroren reglos. Im Gegenteil. Dem Kerl, der mich festhielt, reichte dafür plötzlich ein Arm, mit dem anderen schoß er auf den näherkommenden Thorne. Agent Thorne brach zusammen.

Man hatte mich noch immer nicht endgültig in den Wagen gestopft, als Agent McGilly den Ford mit kreischenden Reifen um die Ecke steuerte. Klar, er mußte sich jetzt entscheiden zwischen der Hilfe für seinen Kollegen, der blutend auf dem Bürgersteig lag, oder Dr. Hoffmann, der ihm neulich fast den schönen Ford vollgekotzt hätte. Bedauerlicherweise war ziemlich klar, zu wessen Gunsten die Entscheidung fallen würde. Ich bekam einen endgültigen Tritt, die Türen wurden dank Kindersicherung zentral verriegelt, und die Fahrt ging los.

Die Stimmung an Bord war mies, definitiv bad vibrations. Immer noch nicht des Kurdischen mächtig, hatte ich trotzdem eine Vorstellung von dem aktuellen Dialog zwischen dem Fahrer und meinem pistolenbewährten Bewacher.

»Warum hast du Idiot auf den Amerikaner geschossen?«

»Scheiß Amerikaner! Haben uns an die Irakis verraten! Mehr als einmal!«

Oder so ähnlich. Trotz dieser Auseinandersetzung war dem Fahrer nicht entgangen, daß zwar der CIA vorerst ausgeschaltet war, uns aber noch der Kleintransporter der Klempnerfirma Klümmel verfolgte.

»Wen hast du sonst noch eingeladen, Doktor?«

Gute Frage. Zum Beispiel seine Stammesbrüder um Baran. Und die guten Freunde aus der irakischen Botschaft. Eigentlich war klar: Wer zu meiner Versteigerung nicht erschienen war, hatte dafür einen einfachen Grund. Er wußte, daß ich Teil zwei dieses Ultradingsbums gar nicht liefern konnte – weil er es selbst längst in Sicherheit gebracht hatte. Baran oder die Iraker?

»Niemand sonst«, behauptete ich.

War das besonders schlau? Oder hätte ich lieber mit dem berühmten »... und wenn ich mich in der nächsten Stunde dort nicht gemeldet habe, möchte ich nicht in Ihrer Haut stecken« antworten sollen? Müßige Überlegungen, hatte ich doch das Geleit des Verfassungsschutzes!

In diesem Moment bogen wir in das Parkhaus in der Meinekestraße ein. Wartete hier ein anderes Fluchtfahrzeug, würde es einen hektischen Wagenwechsel geben? Gab es nicht, sondern das heftige Quietschen einer Notbremsung hinter uns. Im Gegensatz zu mir war den Leuten vom Verfassungsschutz in ihrem Transporter das Schild »Achtung, maximale Fahrzeughöhe 2,20 Meter« an der Einfahrt gerade noch rechtzeitig aufgefallen. Und das war für meine kurdischen Freunde nur der eine Vorteil des Parkhauses in der Meinekestraße. Der andere war, daß die Ausfahrt nicht wieder auf die Meinekestraße hinausgeht, sondern auf die Joachimstaler Straße. Die Stimmung an Bord hellte sich deutlich auf, nur bei mir nicht, denn ich hatte meine letzten Schutzengel verloren.

Wir hielten in einem Innenhof. Ich wurde aus dem Wagen gezogen und durch eine Tür gestoßen. Erst jetzt erkannte ich, wo wir waren: im Restaurant Behar. Kein gutes Zeichen! Erst recht nicht, daß wir den Hintereingang genommen hatten. Nicht nur, daß sich meine Magengrube und mein Schädel noch bestens an das Behar erinnerten, dieses Mal hatte ich richtig Angst, einen riesengroßen Haufen Sauangst. Unter welchen Schwierigkeiten hatte ich am Ende doch gelernt, mir allein die Schuhe zu schnüren, selbst den Po abzuwischen – sollte das alles umsonst gewesen sein?

Es ging durch die Küche, wo fleißig gearbeitet wurde. Ein Koch rührte in einem großen Suppentopf, zwei verschleierte Frauen putzten Karotten und schälten Zwiebeln. Jedes Detail prägte sich mir ein, der Koch und die verschleierten Frauen hingegen würden sich sicher an nichts erinnern können.

»Wieder eine Hochzeit heute? Wo ist die Braut?«

Statt einer Antwort bekam ich einen weiteren Tritt in den Hintern, was mir ganz unmittelbar die Treppe hinunter in den bekannten Vorratskeller half.

»Deine Sprüche werden dir noch vergehen, Doktor. Heute kommen dir deine Freunde von der CIA nicht zur Hilfe!«

Stimmt, dafür hatten sie gesorgt.

Es war klar, was von mir gewünscht wurde – das gleiche wie letztes Mal. Und genausowenig wie letztes Mal konnte ich mit diesem Ultradings dienen oder wußte, wo es war. Aber es gab einen unangenehmen Unterschied zum letzten Mal: Heute hatte ich selbst behauptet, liefern zu können! Für einen interessanten und voraussichtlich weitgehend einseitigen Gesprächsverlauf war also gesorgt.

»Wo ist meine Freundin?« versuchte ich ein Gespräch unter vernünftigen Leuten einzuleiten.

Vielleicht könnte ich doch noch eine Weile an der Fiktion Tauschgeschäft festhalten, Zeit gewinnen.

Für ein paar kostbare, weil schmerzfreie Minuten gelang das sogar. Es entwickelte sich eine dieser Buddelkasten-Verhandlungen.

»Zeig uns erst die Trinkwasseraufbereitungsanlage!«

»Nicht, solange ich nichts über Celine weiß!«

»Nein, erst die Aufbereitungsanlage!«

»Nein, erst Celine!«

Bedauerlicherweise verloren meine Verhandlungspartner die Lust an dieser Art von Diplomatie, noch ehe mir eine rettende Idee gekommen war. Sie griffen zurück auf ihre mir leider schon bekannten handfesten Argumente, gaben nicht einmal mehr vor, das Geringste über den Verbleib von Celine zu wissen. Vielleicht meine Chance? Einen Versuch jedenfalls war es wert.

»Seht ihr! Genauso wenig habe ich eine Ahnung, wo dieses Wasseraufbereitungsdings abgekommen ist!«

Leider konnte ich nicht einmal stolz darauf sein, daß sie mir keine Lüge zutrauten! Der Tanz ging weiter.

Ich dachte, ich hätte neulich schon ihr gesamtes Repertoire an erinnerungsunterstützenden Maßnahmen kennengelernt, aber diese Theorie stellte sich leider als Irrtum heraus. Neben ihren Fäusten und der Sache mit der Autobatterie, die inzwischen wieder aufgeladen war, hatten meine Freunde von den Kurdistan Freedom Fighters noch bemerkenswerte Varianten auf Lager. Und leider dauerte es diesmal auch deutlich länger, bis mich eine Ohnmacht wenigstens vorübergehend erlöste.

Dafür allerdings wurde ich mit einem herrlichen Traum entschädigt: Wie Leonore ihrem eingekerkerten Floristan erschien mir jetzt Celine, und genau wie Leonore würde sie mich retten! Blödsinn, wurde mir schnell klar, das war hier kein Traum. Celine war wirklich hier! Im Gegensatz zu mir hatten diese Kurden Wort gehalten, hatten Celine tatsächlich hergeschafft! Wieder Blödsinn, doch alles nur ein Traum. Denn Celine war längst zurück in Deutschland, ich wenigstens wußte das. Deutlich hörte ich noch ihr schnippisches »Und du meinst, das funktioniert?« von neulich, als ich ihr meinen Plan erklärt hatte.

Plötzlich stand eindeutig fest: kein Traum. Denn jetzt versuchten meine kurdischen Freunde, mich zu ertränken! Ich hustete, versuchte verzweifelt, das Wasser loszuwerden. Ein wenig half, durch die Nase zu atmen. Seltsam eigentlich!

»He Felix, wach auf!«

Warum versuchte ausgerechnet Celine, mich zu ertränken?

Erneut traf mich ein Schwall kaltes Wasser aus dem Eimer in ihrer Hand, sie hatte zu der klassischen Erweckungsmethode gegriffen. Als Arzt wollte ich schon immer wissen, ob das wirklich funktioniert oder nur im Film. Jetzt wußte ich es.

Hinter Celine sah ich Baran und seine Leute, die ich zum Teil von der angeblichen Beerdigung, zum Teil von der Pinkelbude am Chamissoplatz kannte.

Ziemlich aggressiv standen Barans National Union of Kurdistan den Kurdistan Freedom Fighters gegenüber. Ich stand, beziehungsweise lag nicht mehr im Mittelpunkt des allgemeinen Interesses, eine Tatsache, mit der mein Ego unter den gegebenen Umständen ganz gut zurecht kam.

Mit der dritten Ladung kaltem Wasser hatte ich endgültig wieder meine Sinne beisammen, kapierte die Situation jedoch trotzdem nicht.

»Celine!« Ich brauche nicht besonders zu betonen, wie froh ich war, sie zu sehen. »Weißt du, was hier gespielt wird?«

»Dein Spiel – Mensch gegen Maschine. Wir tauschen Teil zwei der angeblichen Wasseraufbereitungsanlage ein. Allerdings nicht gegen mich, wie du mal geplant hattest, sondern gegen dich!«

Deshalb also war die Gruppe Baran meiner Einladung zur Schokoladenfabrik nicht gefolgt. Warum sollten sie sich um etwas bemühen, was sie längst aus unserem Klinikkeller entwendet hatten? Deshalb hatte jetzt das Interesse an mir nachgelassen, endlich waren auch die Kurdistan Freedom Fighters überzeugt, daß ich dieses Teil tatsächlich auch bei der überzeugendsten Erinnerungshilfe nicht herausrücken konnte.

»Du hast versprochen, in Enge zu bleiben, bis ich meine Geschichte abgewickelt habe.«

»Und du hast mir geglaubt?«

Es war eine aberwitzige Situation. Während sich die Kurden anschrieen, bombardierte ich Celine mit Fragen.

»Arbeiten Baran und seine Leute mit den Irakern zusammen? Haben die dir damals das Teil von Sommer untergeschoben?«

»Haben wir nicht«, mischte sich Baran auf deutsch ein und deutete auf meine Kidnapper. »Das waren unsere lieben Landsleute!«

Das konnten die Freedom Fighters so nicht auf sich sitzen lassen.

»Wir dachten, es ginge um Ersatzteile für die Erdölindustrie, die unter die Embargobestimmungen fallen. Wir hatten keine Ahnung, wozu das Ding wirklich war!«

Im Moment stritten die beiden Kurdengruppen tatsächlich auf deutsch. Hofften sie auf Celine und mich als Schiedsrichter?

Soviel hörte ich jedenfalls heraus, daß man nach Celines Verschwinden im Irak nervös geworden war. Baran hatte gehört, daß die Kurdistan Freedom Fighters den zweiten Teil der Anlage sicherstellen sollten, und hat sie deshalb lieber selbst aus unserem Klinikkeller abgeholt – nun Tauschobjekt für meine Freiheit.

»Es war dringlich«, wandte Baran sich nun direkt an mich. »Denn wir hatten inzwischen von der ›unsauberen Ladung‹ erfahren und einer meiner Männer hat Sie mit diesem Sommer im Restaurant Trenta Sei gesehen! Deshalb mußten wir auch Ihre Wohnung kontrollieren.«

Ach ja, der Blumenverkäufer, der kein Pakistani war!

Aber gleich ging es wieder um Prinzipielles.

»Geschäfte mit den Irakern sind Verrat am kurdischen Volk.«

»Ihr macht genauso Geschäfte mit denen. Alle machen es, sogar die Amerikaner!«

In diesem Stil ging es weiter, allerdings bald wieder auf kurdisch. Mehr und mehr bekamen sich die beiden Gruppen in die Haare. Eine gute Gelegenheit, fanden Celine und ich, uns ohne große Umstände zu verabschieden.

Mit einem Taxi erreichten wir ziemlich schnell eine selbst für meinen Geschmack ausreichend große Entfernung zum Behar, und ich war froh, Celine in Enge nicht nur über meinen Plan, sondern auch über den Treffpunkt Schokoladenfabrik informiert zu haben. Allein, auch das klärte die Sache nicht wirklich.

»Aber woher wußtest du vom Behar? Seid ihr uns gefolgt?«

Kaum, denn ich hatte von meiner Position in diesem Verwaltungsbüro einen ganz guten Überblick gehabt und hätte Celine mit Baran und seinen Leuten sicher entdeckt. Und wenn nicht dort, dann spätestens auf der Fahrt durch das Parkhaus in der Meinekestraße. Wie also hatte Celine mich gefunden? Vorsichtig drückte sie meine Hand.

»Kannst du nicht einfach froh sein, daß wir dich gerettet haben?«

Klar war ich das, deshalb ließ ich das Thema fallen.

Erst zwei Tage später erfuhr ich die Wahrheit: Ich verdankte meine Rettung, vielleicht sogar mein Leben, Celines Hang zum Trödeln und zur Unpünktlichkeit. Deshalb waren meine Retter erst nach meiner Entführung an der Schokoladenfabrik aufgetaucht, zu meinem Glück zu spät für eine ausführliche Ballerei mit den Kollegen von den Kurdistan Freedom Fighters. Sie hatten dort nur noch Agent McGilly angetroffen, der sich statt um mich um seinen Kollegen kümmerte, aber wenigstens von meiner Entführung durch die Freedom Fighters berichten konnte. Das reichte, denn natürlich wußte Baran, wo die Freedom Fighters ihr Hauptquartier haben und ihre Verhöre durchführten.

From: Office of Special Plans, The Pentagon
To: National Security Advisory Board, The White House
Ref: Operation SMOKING GUN

Das Objekt Sommer konnte wieder lokalisiert werden. Es ist jetzt in den Händen der exilkurdischen Organisation »Kurdistan Freedom Fighters«, die Vorbereitungen für seinen Transport in das Zielgebiet sind nach unseren Beobachtungen weitgehend abgeschlossen.

Durch entsprechende Information an die geeigneten Stellen ist die zeitnahe Entdeckung des Objekts nach Ankunft im Irak sichergestellt.

Die Vorbereitungen für die Konsequenzen aus dieser Entdeckung können somit weiter mit Nachdruck fortgesetzt werden.

Von: Verteidigungsministerium, Bagdad
An: Büro des Präsidenten
Betreff: Speziallieferungen

Die MS »Belsazar« ist heute in den Hafen von Umm Kasr eingelaufen. Die Speziallieferungen für die Fabriken in Al Qa'im sind damit vollständig in der Republik Irak angekommen, mit ihrem Aufbau wird unverzüglich begonnen.

Das Verschleierungsprojekt »Kurdenhilfe aus Berlin« war ebenfalls erfolgreich. Es ist davon auszugehen, daß nicht zuletzt aufgrund dieser Ablenkung die weite Seereise und die Ladung der MS »Virgin of the Sea/Belsazar« der satellitengestützten US-amerikanischen Überwachung entgangen beziehungsweise dabei unbeachtet geblieben ist.

Unsere Offiziere, die weisungsgemäß die Flucht der deutschen Staatsbürgerin Celine Bergkamp nicht verhindert und ohne ihr Wissen deren Fortkommen bis in die Türkei unterstützt haben, sind belobigt worden. Es wird angenommen, daß Frau B. nun den Abtransport des zweiten Teils der bewußten Spezialanlage aus Deutschland verhindern wird. Wenn dies wider Erwarten nicht geschieht, werden unsere Dienste auf dem Weg der Anlage durch Osteuropa entsprechend tätig werden.

39

Montag, später Nachmittag am großen Wannsee: Ich habe mich früh aus der Klinik abgesetzt, mich für heute genug geärgert. Nun spüre ich, wie der Tag, die Klinik und der Ärger nach und nach von mir abfallen und vom sandigen Boden der Mark Brandenburg aufgesogen werden. Direkt vor uns geht die Sonne unter, taucht den Wald gegenüber und das Wasser in ein fast überirdisches Licht. Es ist noch nicht wirklich Frühling, trotzdem sind schon ein paar Segler unterwegs, die jetzt rechtzeitig vor dem angekündigten Regen ihre Häfen erreichen wollen. In der Klinik habe ich heute unseren neuen Chefarzt kennenlernen dürfen und mich entsprechend geärgert. Aber wie unwichtig ist das jetzt! Wichtig ist, daß Celine neben mir sitzt, daß Celine mit mir spricht. Unwichtig alles andere.

In der Klinik habe ich die allmorgendliche Bettenkonferenz geschwänzt, mich stattdessen um den bedrohlich angewachsenen Papierkram auf meinem Schreibtisch gekümmert. Es ging um das Übliche: Die Krankenkassen schrieben, daß wir bei diesem und jenem Patienten die für die Einweisungsdiagnose vorgesehene Behandlungszeit überschritten hätten, und warum bitteschön? Die Vital-Zentrale listete auf, bei welchen Leuten wir die Behandlungskosten pro Tag überschritten hätten, und warum bitteschön? Meine Versicherung schrieb, daß die Beiträge für meine Arzthaftpflicht überfällig seien und zur Zeit vertragsgemäß somit kein Versicherungsschutz bestünde. Das Letzte war dringlich, wurde gleich erledigt, mit dem Übrigen hätte ich ohne ärztliche Tätigkeit problemlos den restlichen Arbeitstag verbringen können.

Es hatte geklopft, Schwester Käthe steckte den Kopf durch die Tür.

»Dr. Hoffmann! Der Herr Chefarzt läßt fragen, warum Sie nicht bei der Chefvisite sind.«

Natürlich nahm auch Käthe an, ich sei informiert. War ich aber nicht.

Ein ganzes Wochenende voll erschöpfender Inaktivität hatte ich über Celine und mich nachgedacht, ihr schließlich eine lange E-Mail geschrieben, die Klinik komplett aus meinen Gedanken gestrichen. Beate hatte wiederholt auf meinem Anrufbeantworter dringend um Rückruf gebeten.

Ich stand auf und folgte Käthe. Plötzlich wußte ich, wen ich gleich sehen würde. Und tatsächlich! Die Visite war in vollem Gang, stumm schloß ich mich an.

»Kollege Hoffmann! Freundlich von Ihnen, uns ein wenig Ihrer kostbaren Zeit zu opfern!« begrüßte mich nach zwei weiteren Patientenzimmern Dr. Zentis, selbsternannter Spezialist für terroristische Pestanschläge, erschlichener Facharzt für Innere Medizin und neuer Chefarzt der Abteilung.

Ich folgte der Visite weiter kommentarlos, nach zwei Wochen Urlaub hatte ich ohnehin nichts Wesentliches beizutragen. Aufmerksam hörte ich zu, was die Stationsärzte über die Patienten zu berichten hatten, und erst recht, was die Patienten selbst erzählten. Unsere Ärztetruppe hatte während meiner Abwesenheit Verstärkung erfahren, einen weiteren Gastarzt, offenbar auch aus dem arabischen Raum. Vorgestellt wurde er mir nicht.

Nach der Visite gab es noch einige Probleme an der künstlichen Niere zu regeln, zu denen Dr. Hassan meinen Rat wollte.

»Unser neuer Gastarzt, woher kommt der, Dr. Hassan?«

»Ein Landsmann, aus dem Irak.«

Das verwunderte mich, denn während über zwei Stunden Visite hatten die beiden kein Wort gewechselt. Dr. Hassan allerdings erklärte sich nicht näher zu seinem Landsmann, sondern hatte eine Frage an mich.

»Sie kennen unseren neuen Chefarzt?«

Das konnte man wohl sagen! Und daß ich Freund Zentis gewaltig unterschätzt hatte. Zentis war früher Zehnkämpfer gewesen, mit ganz ansehnlichen Leistungen auf Kreisklassenniveau. Zehnkämpfer lernen Ausdauer, lernen, sich ihre Kräfte in den verschiedenen Disziplinen einzuteilen, lernen Taktik und lernen das Wichtigste: daß der Punktestand erst am Ende abgerechnet wird.

Mit diesen Qualitäten hatte er es nun erreicht, Chefarzt an der Klinik zu werden, die ihn vor Jahren wegen medizinischer Unfähigkeit hinausgeworfen hatte! Ich wäre hellhörig geworden, hätte er neulich ein wissenschaftliches Symposium veranstaltet, einen kleinen Kongreß zu einem begrenzten Thema. Das ist das übliche Vorgehen, will man auf sich für eine Chefarztposition aufmerksam machen. Aber die Variante mit dem angenommenen Terroranschlag war nicht nur neu, sie war fast genial, sicherte sie ihm doch nicht nur die Aufmerksamkeit der Mediziner, sondern auch die der Politik und der Medien.

Mein kleiner Beitrag zu seiner Pressekonferenz hatte ihm offensichtlich nicht geschadet. Einsehbar, denn die Zusammenhänge waren für den Laien viel zu kompliziert. Dr. Hassan stand noch immer vor mir, ach ja, seine Frage.

»Ja, ich kenne Dr. Zentis. Er hat früher hier gearbeitet. Ich denke, er ist eine gute Wahl. Als ehemaliger Arzt beim medizinischen Dienst der Krankenkassen hat er beste Kontakte dorthin, kann uns eine Menge Ärger aus dieser Ecke vom Hals halten. Das Gleiche gilt für die Innen- und die Gesundheitsverwaltung. Dr. Zentis kennt sich mit Gremienarbeit aus, das ist heutzutage entscheidend.«

»Und medizinisch?«

Während der Visite hatten Dr. Hassan und die anderen Kollegen immer mal wieder zu mir geschaut, ob ich Zentis' medizinischer Inkompetenz nicht widersprechen, unsinnige Anweisungen nicht korrigieren würde.

»Wissen Sie, Dr. Hassan, zum Überleben braucht ein Krankenhaus heute einen guten Administrator, jemanden, der die Abteilung oder das Haus politisch geschickt leitet und nach außen vertritt. Und da, sage ich Ihnen, haben wir den richtigen Mann.«

Es war schmerzhaft gewesen, zu dieser Erkenntnis zu gelangen, aber sie stimmte. In aller Unbescheidenheit betrachtete ich mich als den hundertmal besseren Arzt, was mich bei Zentis' fehlender Ausbildung und mangelnden Kenntnissen noch lange nicht zu einer Weltkapazität machte. Aber als Chefarzt war Zentis tatsächlich der ideale Mann, ich hingegen wäre eine Fehlbesetzung. Willkommen im Zeitalter der Funktionäre und Bürokraten!

Das Thema Chefarzt war vorerst erledigt, aber Dr. Hassan war noch nicht fertig.

»Übrigens, Dr. Hoffmann, vielleicht habe ich gute Nachrichten für Sie. Aus dem Irak.«

»Ah, ja?« fragte ich voll Spannung.

»Also, mein Schwager hat einen Freund beim Militär. Der hat ihm von einer Ausländerin erzählt, von einer deutschen Frau, die man in einem militärischen Komplex im Norden festgehalten hat, nahe der Grenze zum Kurdengebiet. Dieser Komplex wurde vor gut einem Monat von den Amerikanern bombardiert und dabei weitgehend zerstört, viele Soldaten mußten sterben. Dabei soll diese deutsche Frau entkommen sein. Das war wahrscheinlich die Sache, die mein Onkel neulich meinte. Denken Sie nur, vielleicht war das Ihre Freundin! Dann könnte sie zum Beispiel rüber zu den Kurden geflüchtet sein, ist möglicherweise schon in der Türkei. Oder im Iran, jedenfalls vielleicht bald zu Hause!«

Abdul Hassan schien richtig glücklich, gerade so, als ginge es um seine Freundin, oder seine Schwester. Hatte ich unseren fleißigen Gastarzt zu Unrecht verdächtigt?

Wahrscheinlich, denn wie sonst war zu erklären, daß ausgerechnet die Partei mit dem fraglos größten Interesse an dieser Ultrapumpe meiner Einladung in die alte Schokoladenfabrik nicht gefolgt war? Das konnte doch einzig daran liegen, daß man sie nicht informiert hatte, Dr. Hassan also weder der irakischen Botschaft noch direkt dem irakischen Geheimdienst berichtete. Trotzdem, noch obsiegte meine Vorsicht. Ich dankte Dr. Hassan herzlich, verriet ihm jedoch nichts von Celines Rückkehr. Wohl eine unnötige Vorsicht, denn er hatte eine weitere Mitteilung für mich.

»Noch etwas, Dr. Hoffmann. Sie sollten im Moment den Kreis der Leute hier in der Klinik, die über Ihre Freundin und ihr Projekt Bescheid wissen, nicht unbedingt erweitern.«

Damit schien er sich ziemlich eindeutig auf seinen Landsmann zu beziehen, unseren neuen Gastkollegen aus dem Irak. War der das eigentliche Bindeglied zur Botschaft? Oder sah ich überall Gespenster, gab es am Ende gar kein solches Bindeglied? Noch einmal dankte ich Dr. Hassan und zog mich zurück in mein Zimmer, um den Stapel dort abzuarbeiten und mich über unseren neuen Herrn Chefarzt zu ärgern. Und mich darüber zu ärgern, daß ich mich ärgerte.

Eine kleine Peinlichkeit hielt dann noch das Mittagessen in der Personalcafeteria für mich bereit. Artig hatte ich mich in die Schlange eingereiht, die auf »Königsberger Klopse« wartete, als mir das Kichern langsam auf die Nerven ging. Ich drehte mich um – kein Wunder, Schwesternschülerinnen!

»Na, Herr Doktor. Nehmen Sie uns mal mit ins Kino?«

Ich schaute genauer. Es waren nicht die Mädchen, die meinen diskreten Abgang aus dem Pornokino neulich beobachtet hatten. Offensichtlich hatten sich meine vermeintlichen cineastischen Vorlieben inzwischen auch noch an der Klinik herumgesprochen!

Die Sonne ist inzwischen ein riesiger Feuerball knapp über dem Horizont, der Wannsee ein kupferrotes Meer. Von Zeit zu Zeit biegen sich die jungen Kiefern in einem Windstoß, Vorboten des heraufziehenden Regens.

»Und da konntest du einfach so fliehen?«

»Natürlich hatte ich eine Scheißangst. Aber die war wegen der Bomben, der einstürzenden Wände, überall war Feuer rund um mich. Nicht wegen der Soldaten, die schenkten mir überhaupt keine Beachtung. Sie rannten kreuz und quer durch die Gegend, versuchten ihre Kameraden aus den Trümmern zu ziehen, die Feuer zu löschen. Es war das absolute Chaos, niemand gab Befehle, niemand versuchte die Sache zu organisieren. Vielleicht hatte es den Kommandanten und die Offiziere erwischt. Außerdem war ich in Hosen, mit angesengten Haaren und rußgeschwärztem Gesicht, so konnte man mich auch gar nicht erkennen. Ich bin da einfach nur hinausspaziert.«

Wie im Film sehe ich Celine sich mit unverschämter Selbstverständlichkeit ihren Weg durch das Chaos bahnen. Unglaublich!

»Was hast du dir gedacht? Daß du unsterblich bist? Daß man im Irak nicht auf Frauen schießt?«

»Absolut nichts habe ich gedacht. Außer, daß es eine gute Chance war, von dort wegzukommen. Vielleicht habe ich auch gedacht, der Krieg habe begonnen, weiß ich nicht mehr. Es hatte sich aber nur ein amerikanischer Düsenjäger vom irakischen Radar belästigt gefühlt.«

Trotz meiner nachträglichen Sorge bin ich froh, daß Celine endlich über die Zeit im Irak erzählen kann. Sie hat eine Menge mitgemacht, aber sie ist nicht gefoltert oder vergewaltigt worden. Warum auch? Es ging ja nur darum, daß sie dieses Giftgasdings gesehen hatte, und die Fabrik dazu. Also hätte man sie töten müssen oder eben so lange wegschließen, bis Gras über die Angelegenheit gewachsen und eine gute Gelegenheit zum Austausch gekommen wäre.

Ihre Traurigkeit, ein anderes Wort fällt mir nicht dafür ein, wie ich Celine nach ihrer Rückkehr erlebt habe, muß von ihrer großen Enttäuschung herrühren, von der Art und Weise, wie Sommer und Konsorten sie mißbraucht, ihre Mühen und Entbehrungen entwürdigt haben. Von Zweifeln auch, ob Hilfslieferungen in den Nordirak überhaupt notwendig waren, nachdem die Kurden dort jetzt massiv Geld von den Amerikanern bekommen und deren Invasionspläne in den Irak unterstützen. Enttäuscht darüber hinaus, daß diese Invasion nun unmittelbar bevorsteht – heute haben die UN-Inspektoren den Irak verlassen – und daß bei aller Ablehnung des nun sicheren Krieges weder sie noch ich eine Idee haben, wie sonst die Iraker und die Welt Saddam Hussein loswerden können.

Sicher spielt auch das spurlose Verschwinden ihres Begleiters Heiner eine Rolle bei ihrer Traurigkeit. Aber darüber zu sprechen schien mir noch zu früh.

»Ich frage mich nur, warum man diese Geschichte mit der Bombe, die du geworfen haben sollst, in die Welt gesetzt hat. Warum haben die dich nicht einfach kommentarlos verschwinden lassen? Denn das mit der Bombe hat nun wirklich niemand geglaubt, der dich kennt!«

Celine grinst mich an.

»Wirklich?«

Ich erfahre, daß Celine sehr wohl auch dazu fähig ist.

»Das war keine Bombe. Eine Handgranate, glaube ich. Da stand eine ganze Kiste mit solchen Dingern herum, auf diesem Militärgelände, wo sie auch die Giftgasfabrik hatten. Ich war so etwas von wütend! So viele Strapazen für solch einen Betrug! Und ich dachte, für mich ist es sowieso vorbei. Also habe ich dieses Ding geworfen – aber es ist überhaupt nichts passiert.«

»Es ist niemand zu Schaden gekommen?«

»Das Ding ist überhaupt nicht losgegangen!«

»Man muß den Sicherungsstift ziehen.«

»Das hat mir niemand gesagt.«

Die Böen nehmen an Heftigkeit zu. Längst ist die Sonne verschwunden. Wir fürchten, nicht mehr rechtzeitig vor dem Regen die Wannseeterrassen zu erreichen. Im Laufen halte ich Celine am Arm fest.

»Ich will nicht undankbar sein. Aber kommt jetzt nicht doch noch der zweite Teil von diesem Giftgasdings in den Irak?«

Wieder lächelt Celine.

»Mach dir keine Sorgen. Wer immer dieses Teil jetzt hat, wird nicht weit damit kommen. Dafür ist gesorgt.«

Plötzlich öffnet sich der Himmel, aus Kübeln schüttet es auf uns nieder. Binnen Minuten sind wir naß bis auf die Knochen. Celine hebt die Arme und dreht sich im kalten Regen, läßt ihn in großen Tropfen über ihr Gesicht laufen. Wir müssen uns anbrüllen, so toben Wind und Regen in den Kiefern.

»Ich bin froh, wieder hier zu sein.«

»Bin ich auch. Sonst hättest du mich nicht retten können!«

»Stimmt. Ich habe dir das Leben gerettet. Das kostet dich was.«

»Sagen wir, ein Essen bei Luigi – wenn du den Nachtisch zahlst.«

Celine legt den Kopf zur Seite, scheint das Angebot abzuwägen, lacht dann.

»Das ist nicht fair. Den Nachtisch zahlst du auch!«

Es ist das erste Mal seit ihrer Rückkehr, daß ich Celine richtig lachen sehe. Da weiß ich, sie wird wieder in Ordnung kommen. Und ich auch. Und zum Schluß werden auch wir wieder in Ordnung kommen. Wenn wir uns nicht den Tod geholt haben in diesem kalten Vorfrühlingsregen.

Eilmeldung

US-Präsident Bush befiehlt Angriff auf den Irak.

Um 18.30 Uhr Ortszeit hat US-Präsident Bush den alliierten Verbänden den Angriffsbefehl auf den Irak gegeben. Zu den ersten Zielen der amerikanischen Bomben und Tomahawk-Cruise-Missiles gehörte der Süden Bagdads und Fabriken im Raum Al Qa'im und Karbala. Bush informierte die amerikanische Öffentlichkeit, daß die »Operation Freiheit für Irak« begonnen habe.

Staatsanwaltschaft Stuttgart, Pressestelle
Pressemitteilung

Das Untersuchungsverfahren gegen die Firma Sommer GmbH wegen des Verdachts auf Verstoß gegen das Kriegswaffenkontrollgesetz und Umgehung der Embargobestimmungen gegen die Republik Irak (UN-Resolutionen 661 und 1409) wurde eingestellt. Der von einer Zeugin angezeigte Anfangsverdacht, daß die Firma Sommer GmbH illegal Anlagen und Ausrüstungen für die großtechnische Herstellung von Giftgas für den Irak herstellt und dahin liefert, konnte durch die Ermittlungstätigkeit der Staatsanwaltschaft Stuttgart nicht erhärtet werden. Für eine in Österreich nach einem anonymen Hinweis beschlagnahmte technische Ausrüstung, bei der es sich wahrscheinlich um einen Ultrafeinstvernebler handelt, wie man ihn u.a. auch zur großtechnischen Herstellung von Giftgas braucht, konnten weder der Hersteller noch der endgültige Bestimmungsort der Lieferung zweifelsfrei ermittelt werden.

Wirtschaftskurier

Deutsche Wirtschaft erwartet gute Geschäfte beim Wiederaufbau des Irak.

Berlin, Eigenbericht. Trotz der Differenzen zwischen den USA und Deutschland über den Irak-Konflikt rechnet sich die deutsche Wirtschaft gute Chancen aus, nach dem Ende des Krieges beim Wiederaufbau des Landes zum Zuge zu kommen.

Verbandssprecher Sommer verwies auf den guten Ruf deutscher Technologien und Produkte im arabischen Raum. Insbesondere Erzeugnisse des Maschinen- und Anlagenbaus, aus der Pharma- und Chemiebranche sowie Medizinausrüstungen würden hoch geschätzt. Nach dem Krieg dürften sich nach der Einschätzung von Sommer auch die nie unterbrochene Kontaktpflege der deutschen Wirtschaft zum Irak bezahlt machen. Durch die riesigen Erdölvorkommen im Irak sei genügend Kapital vorhanden, um die Aufträge zu finanzieren.

Anmerkungen und Danksagung des Autors

Sowohl die berichteten Geschehnisse wie auch die handelnden Personen sind frei erfunden, eventuelle Entsprechungen in der Realität beruhen auf Zufall und sind nicht beabsichtigt. So existieren nach Wissen des Autors weder eine »National Union of Kurdistan« (NUK) noch eine »Kurdistan Liberation Army« (KLA) oder die »Kurdistan Freedom Fighters« (KFF). Diese Namen sind frei erfunden. Nicht aber der gegenüber dem Autor wiederholt geäußerte Vorwurf, daß bestimmte kurdische Gruppen gelegentlich durchaus mit dem Hussein-Regime in Bagdad zusammengearbeitet haben sollen.

Auch gab es meines Wissens in Berlin Treptow, Kiefholzstraße Ecke Elsenstraße, nie eine Schokoladenfabrik. Ich habe die Lokalisation der realen Fabrik geändert, denn schließlich fiel die Zuteilung mangelhafter Rohstoffe beziehungsweise sogenannter Ersatzstoffe zur Schokoladenfabrikation in der DDR nicht in die Verantwortung des Betriebes.

Daß die berichteten Geschehnisse frei erfunden sind, bedeutet aber nicht, daß sie sich nicht so oder ähnlich hätten tatsächlich abspielen können.

In Denver, Colorado, wurde vom 20. bis 23. Mai 2000 die »Operation Topoff« durchgeführt, bei der die Freisetzung eines Aerosols mit den Erregern der Pest (Yersinia pestis) durch Terroristen im »City Center for the Performing Arts« angenommen wurde. Für die Angaben zu dieser Übung, die ich Berliner Verhältnissen angepaßt habe, habe ich zwei amerikanischen Kollegen zu danken: Dr. Hoffman, »Chief Medical Officer and State Epidemiologist for the Colorado Department of Public Health and Environment«, und Ms. Norton, »Executive Director of the Colorado Department of Public Health and Environment«.

Wer mit Verweis auf die Gesetzeslage die beschriebene Überwachungspraxis in Deutschland für übertrieben hält, sei auf die Untersuchung von Backes und Gusy (Fakultät für Rechtswissenschaft, Universität Bielefeld) aus dem Jahr 2003 verwiesen – und wird erstaunt sein. Unter anderem stellen die Autoren fest, daß von 554 analysierten Telefonüberwachungen nur ein Viertel rechtmäßig angeordnet war.

In größerem Maßstab ist die Überwachung des internationalen Telefon-, Telefax-, Telex-, und E-Mailverkehrs, wie sie aus dem auf Seite 6 abgedruckten NSA-Dokument hervorgeht, Aufgabe des amerikanisch-britischen Echelon-Systems mit seinen weltweiten Abhörstationen. Was den Horchposten Bad Aibling in Deutschland betrifft (BND-Spitzname »Hortensie III«, offiziell vom US Army Intelligence and Security Command INSCOM betrieben), wurde die für September 2002 geplante Schließung beziehungsweise Übergabe an deutsche Behörden ohne Angabe von Gründen um zwei Jahre verschoben.

Wichtiger Bestandteil des Echelon-Systems ist Memex, ein Analyseprogramm mit sogenannter »künstlicher Intelligenz«, das nach den Vorgaben aus dem sogenannten »Dictionary« (einer ständig aktualisierten Liste von Schlüsselwörtern und Suchbegriffen der am Echelon-Projekt beteiligten Geheimdienste) die erfaßten Quellen automatisch scannt.

Für die im vorliegenden Buch zitierte Überwachung des diplomatischen Nachrichtenverkehrs ist die Echelon-Abteilung DODJOCC (Department of Defense Joint Operations Centre Chicksands) zuständig, deren Mitarbeiter nicht ohne Humor sind: In der Eingangshalle ihrer Arbeitsstätte (»Building 600«) haben sie eine Kopie der Internationalen Telekommunikationskonvention aushängen, in der sich im Artikel 22 die Unterzeichnerstaaten (zu denen auch die USA und das Vereinigte Königreich gehören) verpflichten, »alle Maßnahmen in Hinblick auf die Sicherung der Vertraulichkeit des internationalen Nachrichtenverkehrs zu ergreifen, die in Bezug auf die Art der Telekommunikation möglich sind«.

Daß »alle Geschehnisse und handelnden Personen frei erfunden« sind, ist nicht ganz richtig, es gibt zwei Ausnahmen in diesem Buch: Anja und Torsten Römer betreiben tatsächlich in Schlepzig/Spreewald das äußerst angenehme und empfehlenswerte Hotel »Zum grünen Strand der Spree«. Und Uwe Lorenzen und Familie unterhalten in Leck/Nordfriesland das erwähnte Lebensmittelgeschäft, das bei aller Modernität an die geheimnisvollen Kolonialwarenläden des letzten Jahrhunderts erinnert und dessen Angebotsvielfalt im Verhältnis zu Geschäftsfläche und Standort wirklich erstaunlich ist.

Wieder haben Freunde aufmerksam das Erstmanuskript von »Hundertundeine Nacht« gelesen und ihre Vorschläge gemacht: Angela, Wolfgang Aschenberg, Max Krüger, Burghard Lau, Benny Levenson. Ihrer Aufmerksamkeit zum Beispiel ist es zu danken, daß die Herren vom Verfassungsschutz, wenn sie denn wirklich von dieser Organisation waren, im Spreewald mit demselben Opel-Modell, mit dem sie gekommen sind, auch wieder die Rückfahrt antreten.

Im Piper Verlag danke ich erneut Ulrike Buergel-Goodwin, die sich um den Text und alles drum herum gekümmert hat, für ihr Engagement und ihre Sorgfalt.

Ich schreibe diese Zeilen Anfang Juni 2003. Die USA haben längst das »Ende der Kampfhandlungen im Irak« erklärt, den für ihren zu Beginn angeführten Grund, die Massenvernichtungswaffen, jedoch bis heute nicht gefunden. Der stellvertretende US-Verteidigungsminister Paul Wolfowitz hat dazu in einem Interview eingeräumt, die US-Regierung habe sich »aus bürokratischen Gründen« vor dem Krieg auf das Thema Massenvernichtungswaffen konzentriert, weil es »der eine [Kriegs-] Grund war, dem jeder zustimmen konnte«. Nicht weniger bemerkenswert widerspricht ihm sein Vorgesetzter, Verteidigungsminister Donald Rumsfeld: Sehr wohl habe der Irak über Massenvernichtungswaffen verfügt, diese aber vor Kriegsbeginn vernichtet. Das wäre nun wirklich eine historische Neuerung, daß ein Regime, dem die Liquidation droht, seine vielleicht letzte Trumpfkarte für diesen Kampf selbst vernichtet! Dieses Buch wird im November 2003 erscheinen. Vielleicht wissen wir dann alle mehr.

Christoph Spielberg

Die russische Spende

Roman. 319 Seiten. Serie Piper

Berlin, ein warmer Sommerabend. Stationsarzt Dr. Felix Hoffmann will es sich gerade vor dem Fernseher gemütlich machen, da wird er zum Nachtdienst gerufen. Und um seine Laune vollends zu verderben, liefern die Sanitäter einen Notfall ein. Dr. Hoffmann kann nur noch den Totenschein ausstellen. Am nächsten Morgen ist der Totenschein verschwunden, und einige Tage später wird der Verwaltungsdirektor der Klinik, Dr. Bredow, erhängt aufgefunden ... Die Krankenhausmisere bildet den Hintergrund dieses Kriminalromans, in dem die Russen-Mafia mehr als nur ihre Finger im Spiel hat.

»Dies ist nicht nur ein ebenso kurzweiliger wie intelligenter Roman, sondern auch eine hochwillkommene Ideeninjektion für die deutsche Krimilandschaft, die Christoph Spielberg völlig zu Recht den Friedrich-Glauser-Preis beschert hat.«
Volker Isfort

05/1338/02/L

Christoph Spielberg

Denn wer zuletzt stirbt

Roman. 248 Seiten. Serie Piper

»Jeder Mensch hat das Recht zu sterben!« Da muß Dr. Felix Hoffmann, der in der Humana-Klinik nun die Abteilung für die Nachsorge meist alter Menschen leitet, seiner betagten Tante zustimmen. Doch er kann nicht an Zufall glauben, als ihm der Kauf einer Wohnung angeboten wird, die genau dem Patienten gehört, den er gerade erst erfolgreich ins Leben zurückgeholt hat. Als er dieser Spur folgt, muß er erkennen, daß hier jemand mit großer krimineller Energie Profit aus dem Ableben alter Menschen schlägt. Und zwar jemand, der nicht gewillt ist, sich dabei von Dr. Hoffmann stören zu lassen. – Ein spannender und hochauthentischer Krankenhaus-Krimi eines Insiders.

»Dr. Hoffmann ermittelt auch in unserer eigenen Sache. Und er macht es mit für deutsche Verhältnisse erstaunlicher Ironie und Lakonie.«
Andrea Fischer

05/1429/02/R

SERIE PIPER

Arne Dahl

Misterioso

Kriminalroman. Aus dem Schwedischen von Maike Dörries. 345 Seiten. Serie Piper

Kaum ist Paul Hjelm, Inspektor der Stockholmer Polizei, zur Sondereinheit für besonders schwierige Fälle berufen worden, da hat er es schon mit einem kaltblütigen Serienmörder zu tun: drei unbescholtene Geschäftsleute – hingerichtet mit Kopfschüssen aus nächster Nähe, nach einem präzisen Ritual. Eine erste Spur, die zu einer Geheimloge führt, erweist sich als Sackgasse. Ist womöglich die russische Mafia in die Morde verwickelt? Doch dann die heiße Spur: ein Jazzstück mit dem bezeichnenden Titel »Misterioso« …

»Sein Erzählstil ist dicht, seine Figuren sind glaubwürdig gezeichnet, seine Geschichte gut durchdacht und geschickt konstruiert.«

Westdeutsche Zeitung

05/1525/01/L

Josephine Cox

Die längste Nacht ihres Lebens

Roman. Aus dem Englischen von Edith Winner. 324 Seiten. Serie Piper

In ihrer Heimat führt sie seit Jahren die Bestsellerlisten an: Josephine Cox. Ihr jüngster Nr. 1-Bestseller erzählt von der schicksalhaften Verquickung zweier grundverschiedener Welten im Nordengland der 1930er Jahre: Die reiche Ada Williams und die Arbeiterfamilie Bolton scheint auf den ersten Blick nichts zu verbinden. Doch als Ada ein Jahrzehnte zurückliegendes Unrecht wiedergutmachen und ihren einzigen Sohn enterben will, beschwört sie damit eine Katastrophe herauf, die auch das Glück der Boltons zu zerstören droht …

Ein mitreißender, bewegender Roman von einer der populärsten britischen Autorinnen.

05/1524/01/R

SERIE PIPER

Andrea Isari

Römische Affären

Roman. 288 Seiten. Serie Piper

Am Tiberufer wird die Leiche des anscheinend unbescholtenen Bankinspektors Gianpiero Puccio gefunden. Vor seinem Tod hat er noch versucht, Kontakt mit der Polizei aufzunehmen. Warum mußte er sterben? Ein Fall für Leda Giallo, die liebenswerte und eigenwillige Kommissarin, die eine große Schwäche für kulinarische Genüsse hat und sich nicht um weibliche Gardemaße schert. Bei ihren Ermittlungen stößt sie in ein echtes Wespennest von kriminellen Machenschaften. Denn die Spuren laufen auf mehr als eine seltsame Verbindung zwischen der Banca di Credito und dem Vatikan zu … Ein atmosphärisch dichtes und spannendes Krimidebüt, das die Leser in die historischen Kulissen der Ewigen Stadt entführt.

05/1447/01/L

Nigel McCrery

Denn grün ist der Tod

Gerichtsmedizinerin Dr. Samantha Ryan. Roman. Aus dem Englischen von Antje Göring. 337 Seiten. Serie Piper

Das Universitätsstädtchen Cambridge wird von einer grauenvollen Mordserie heimgesucht. Die Opfer werden alle auf ähnliche Weise erdrosselt aufgefunden, und es gibt Hinweise auf okkulte Ritualmorde. Dr. Samantha Ryan, ebenso scharfsinnige wie dickköpfige Gerichtspathologin, versteht sich als einzige auf die Sprache der stummen Zeugen: Die Körper der Toten erzählen ihr, was geschehen ist, und Dr. Ryan nimmt die Fährte des Mörders auf. – Die Romane von Nigel McCrery sind die Grundlage der erfolgreichen Fernsehserie »Gerichtsmedizinerin Dr. Samantha Ryan«.

»Die neue Gerichtsmedizinerin hat das Zeug zum Kult.«
Süddeutsche Zeitung

05/1545/01/R